信長の遺書

マキアヴェリ
チェーザレ・ボルジア
御《お》留《とどめ》書《がき》

Otoya Yamamoto
山本音也

小学館

信長の遺書

マキアヴェリ
チェーザレ・ボルジア
御《お》留書《とどめがき》

装画／深津真也
装丁／ bookwall

〈主な登場人物〉

アレシャンドロ・ヴァリニャーノ　イエズス会巡察師
織田信長　日本の統治者《ゴベルナンテ》
太田牛一　『信長公記』作者
大友宗麟　豊後国主。切支丹大名
モニカ　大友宗麟の姪
狩野永徳　狩野派絵師
ルイス・フロイス　イエズス会司祭
高山右近　高槻城主。切支丹大名
穴《アグヘロ》（箕浦磯次）　ヴァリニャーノ従僕

＊＊

チェーザレ・ボルジア　ルネサンス期、若くして枢機卿に任じられると、戦いを繰り返しイタリアに統一国家確立をめざした戦略家
ニッコロ・マキアヴェリ　『君主論』を著したルネサンス期の政治思想家
レオナルド・ダ・ヴィンチ　ルネサンス期の美術家、建築家

序

フィレンツェ・トルナブオーニ通りの織物交易商・コルレオ・レイ家の蔵からおよそ四百年前の通信が見つかった。

〈総長猊下《げいか》御許に。わが霊魂を神に託す日が参りました。ハポン（日本）での職を解かれ、統治者《ゴベルナンテ》ノブナガ公の寛大で壮麗な歓送を受けた身の私に、終い油の秘跡《サクラメント》をお授けくださいますようお願い申しあげます〉

フランシスコ・ザビエル離日の二十八年後、布教に渡日したイエズス会巡察師アレシャンドロ・ヴァリニャーノが、ローマ・ヴァチカン市国のアクアヴィーヴァ総長に宛てた書簡である。

フィレンツェに逗留した日本のS大・史料編纂室W教授が二〇二二年に発見した。

終い油を願うあとにこうあった。

〈私は、いくたびも伺候を許された統治者《ゴベルナンテ》・オダノブナガに、イエスの福音のみならずイタリアの戦乱時代を画した《チェーザレ・ボルジア》《マキアヴェリ》《レオナルド・ダ・ヴィンチ》について侍講致しました。彼らを引き合いに、イタリアルネサンス期のウマニスモと政治《ポリチコ》の理念を理解させることこそ、東洋の涯《はて》の市民《チッタディーノ》にイエスの福音を伝えるいちばんの近道だと結論したからであります。

果たして、統治者《ゴベルナンテ》・ノブナガ公の理解は深く早かった。キリスト教に強い親近を寄せつつ、ルネサンスの政治の暗闘の覇者たりえたチェーザレ・ボルジアに興を持たれ、危機に晒されながら虚空のなかで戦うことこそ民に平安をもたらし、高貴に生きる証しだと了知され、身を以《も》って実行されました。

チェーザレのあの孤高と果断の行動は、戦さに次ぐ戦さにあって虚無をうかがわせるノブナガ公と同じものだったのです。ヒエイを焼いたのもイセナガシマで敵を鏖《みなごろし》にしたのもチェーザレと同じ天下一統のために君主に与えられた力量《ビルトウ》と運命《フォルトナ》でありました。

そうです。独立不羈の戦闘者、チェーザレを彷彿させ、ニッコロ・マキアヴェリが讃嘆するに違いない政治《ポリチコ》の実践者が、世界の涯のハポンにいたのです。

そして朗報がございます。

統治者《ゴベルナンテ》・ノブナガは《安土城図屛風《アヅチパンタラグレガブレ》》なる総長猊下への貢ぎ物を私に託しました。いずれヴァチカンの《地誌廊》に飾っていただいて、ノブナガ公が成した城《キャステッロ》をいただくアヅチの賑わいに接し、ハポン国の美と繁栄をご推察いただけると確信しております〉

棚からはもうひとつ、これも埃まみれの革袋に包まれた虫食いのひどい紙束が出てきた。

〈信長公記正篇　太田和泉守牛一門外不出永代蔵匿《ぞうとく》を期す完本〉と表記している。数えると全十六巻の大部だ。触れただけで砕けかける。

脇にヴァリニャーノ司祭が添えたらしきスペイン語の注記がある。

〈統治者《ゴベルナンテ》・ノブナガに近侍するオオタギュウイチなる者が、御屋形様の日々の政治《ポリチコ》、戦闘時の行動および家臣たちの動きを書きついだ正格の記録で、これより大事のノブナガ公の口述はない。後世への遺書と見做せ〉とある。

さらに頁を繰っていくと巻末にオオタの筆が添えられ、脇に司祭のポルトガル語訳がある。

〈已上《いじょう》此処に、日本国に渡ってきて地球の回転と宇宙の仕組み、イタリア国統一の政略を伝えたアレシャンドロ・ヴァリニャーノ師と御屋形様・信長公おんみずからとの応答を遺漏なく綴れり〉

表紙を折り返し、W氏は急いでメガネを拭いた。

〈信長公記　完本正篇　太田和泉守牛一〉その下に〈信長公御遺書と為《な》す〉とある。

もういちど瞪《みつ》めた。

〈信長公御遺書〉

一

夜空は、昼時分まで荒《すさ》んでいた雨と風を吹き払って星々の祝福の光を満天にまたたかせております。

船長と三人の水夫《かこ》、四人の船漕ぎ奴隷でほぼふた月のあいだ、帆の破れたポルトガル籍のフスタ船を操って、行けど進めど水平線の途切れぬ海を渡って参りました。皆知っていることだが、遥かな大海原の中央で甲板に一匹の舟虫《ふなむし》が揚がってくるのは嵐の前触れです。舟虫は磯の岩場のワラジ虫です。

舟虫を見ると私は自我流の歌を口の中でとなえる。

〈いまいちどいまいちどあなたに会う日まで、嵐来たる時も病める時も神よ、ゆく手を示し力を与えませ〉

この日も私は、海の先は海、空の向こうは空かと檣《ほばしら》に凭《もた》れて星を見上げ、舷側《げんそく》を叩く波音を耳にしているうち夜明けごろに寝入り、頭上をかすめた鳥の声に目を醒《さ》ましました。

四、五羽の灰白色の翼が、明けたばかりの空を飛んで行きます。やっと海は尽き、島か陸地に近づいたか。

青から練り紫、そして赫《あか》、さらに白へと色を変え輝き始める空と海面の先に、やがて陸地らしきかたちの薄ら影が浮かびあがってきました。

両端がすっぱりと断ち切られた、四十分の一レグア（古代ローマの単位。一レグアは約五千五百メートル）ほどの高さの鍔広《つばひろ》の帽子を思わせる岬です。背後に、濃淡を描いた青と薄緑の山の稜線がつらなっております。

青と緑の岸と水色の海、目にしたことのない多湿の野山でしょうか。熱砂の陸地でもなく、燃えたぎって褐色に泡立つ河でも海でもありません。神の大きな優しい腕に抱かれた緑の木々が、目の先にうねっています。

これほど豊潤に満たされた地に住む者も、ガリラヤ湖畔やナザレの赤土で鍬をふるう農民と同じように、主《しゅ》にひと粒の種を播《ま》かれることを待ち望んでいるのでしょうか。

いや一瞬の疑いは私の悪い癖でした。慌てて打ち消しました。

深い森でも山や谷あいの小屋でも、赦しの秘跡《サクラメント》を待つ苦患《くげん》に泣く人はいる。疑いを覚えている場合ではない。世界のすべてが神の恩寵《ガラサ》を待っているのです。

日本《ハポン》に帰りたいと、マカオからついてきた穴《アグヘロ》に問いかけました。

海賊か貿易商の詐言《さげん》に乗せられてハポンを脱し、マカオに流れついた飯炊きです。長いあいだ躰を洗っていないために、蓬髪、四肢から鼻がもげる臭いが噴き出、海水をかぶっているために余計に異臭がただよっています。

私は性急をかくさず穴《アグヘロ》に訊ねました。

「ハポン？」

「ヴァリニャーノパッパ、うらはなんも分からんき」

パッパは大勢いるからと、穴《アグヘロ》は必ず私の名を呼びます。

三十年前、フランシスコ・ザビエル師がこの地に上陸して、同志、イグナチオ・ロヨラ師に書き送った感激の言葉を、私は胸によみがえらせました。

〈ああ神よ、あなたの愛を授かるために私は何も怖れずあなたに求められるまま、この東洋の涯に足をおろしました〉

このザビエル師の声が、今度は私に向かってきます。

『ヴァリニャーノよ、フィレンツェからローマに出て、ヴァチカン教皇庁からよくぞ今ここに達した。神の大いなる使命《ミシオン》に応えるべく勇気と清貧を以って努めよ』

神に愛を注がれてハポン国に渡航した司祭はこれまでに幾人もいる。オルガンティーノ、カブラル、フロイス。

私もいま、師らに倣《なら》おう。神の御こころに添おう。

あの方たちの通信のおかげで私は、イエズス会に入会したハポンの国の領主・ダイミョウのようすの多くを知りえた。アリマハルノブ、オオトモソウリン、さらに、最高位のオダノブナガ公なる統治者《ゴベルナンテ》がキリスト教布教を赦していることも耳にしている。

もういちど穴《アグヘロ》に訊き返す。

「間違いないな。ハポン？」

「まっこと、うらにはしゃっぱり分からんき、許しちくりい」

前の何本かの歯が欠けているために声が漏れて聞き取りにくい。

本名はイソジというらしいが、獣の棲む木の洞《うろ》か海岸の洞穴で生まれ育ち、マカオでも船中でも、穴《アグヘロ》と呼ばれた。

インドのゴアから八百レグア（四千四百キロ）はなれたハポンに、いよいよこれから福音の種を播きに行く。いや福音以上に私は、ローマで若き学徒であった折り、ある女の一生を破滅させた私自身の罪業を洗い流すために死と隣り合わせの海を越えてきた。

そして神の福音があまねく届いていないこの地で、統治者《ゴベルナンテ》・ノブナガ公に神の御教えを更に注がなければならないと決めている。

ハポンの渡航をめざしたのは、ノブナガ公に拝謁し、主の教えと世界の広さとヨーロッパの文物《ぶんぶつ》のあるがままを伝えるのが第一の動機だった。

これほどに重い使命と喜びがほかにあろうか。

いまはいったいいつの日付けになるのか。鞄《かばん》から日繰り《カレンダリヨ》を取り出してたしかめる。

革表紙に刻印された私の名と使命《ミシオン》が長年の汗と海水に滲《にじ》んで消えかかっている。

〈アレシャンドロ・ヴァリニャーノ貴下、教皇聖下の大命により、汝を日本管区巡察師に任ず〉

一五七九（天正七）年七月二十五日、朱印状を持たぬ密航である。フスタ・デオネル・デ・プリト船から下ろしたジャンクは海べりまでは近づけられない。幸い崖下に、人影も石を乗せた小屋や茅《かや》で葺いた住まいらしきものも見えない。

念のために夜を待つ。密入国は、上陸のときがもっとも用心を強いる。

手にはなにほどの荷物もない。

ハポンの者に読んで聞かせられるかどうかの予想はつかないが、〈ビブリオテカ　ヴァチカナ＝ヴァチカン図書館〉の写本叢書の一対二冊と『君主論《イル・プリンチペ》』『政略論《ディスコルシ》』。ハポンが海の涯の小さな蛆《うじ》か茶虫のように見える地図、そして革表紙の日繰り《カレンダリヨ》を携えてきた。

ほかには、おのれの慰めのためのクラリネテ、聖書、メダイ、ロザリオ＝カトリック数珠《じゅず》、洗礼を授ける時の、鍍金を施した小さい顕示台。ほかに吊り香炉などの聖品をしのばせている。日繰り《カレンダリヨ》は東洋布教をめざしてジェノヴァ共和国の港を発《た》ったときからつけている。すぐにも八月、悪くない時季だ。いまなら濡れてもじきに乾き、寒くない。

この岬、陸地が、どこかは分からぬが、めざすのは主の教えを庇護するハポン・ヒゼンのアリマハルノブなる領主の許《もと》だ。その次には、オオトモソウリンなる大殿《オドン》を訪ねることをインドゴアの巡察中から決めている。

革表紙に、名は〈Valignanos《ヴァリニャーノ》〉、公式の使命は〈missao《ミシオン》 japao《ハポネ》〉とポルトガル語で刻印されているが、途中の文字は汐と風に縮み消えた。

褐色の目を持ち、鼻梁を隆《たか》く張らせ、もともと気難しい理屈をこねる質《たち》の男だった。

四十歳になったいまでこそ、遠い波濤を越えてきて若い時分の気どり気難しさを消し、薄《うす》碧《みどり》の眸《ひとみ》に澄明な光を含ませているが、青年期を過ごしたローマ、ヴェネチアでは美貌を囃《はや》され、眉根にときおり剣呑な皺を寄せて、気位《きぐらい》が高かった。

元は六尺二寸（百九十センチ）を超す偉丈夫で手足の骨格も頑丈で大きかった。ナポーリ国王アンジュー家の縁戚につながる貴族に生まれ、幼少時から青年期にかけて騎士道を学んでいる時期は、殊《こと》にたくましく闊達だった。

だがいまでは痩せ枯れた。

大西洋、アラビア海、インド洋、太平洋への長い航海と、干し大根、わずかな雑穀、いわし、野菜くずを口にするだけの苦難の布教活動で筋も肉もやせ細った。目の縁、唇に縦皺が寄った。

壮健を誇った青年期には、ボローニャ大に次いで歴史のあるパドゥバ大で市民法の学位を取り、出自の良さ、教養の高さ、物おじしない胆力と頑健を買われて〈天国の門〉と呼ばれるローマ教皇庁の裁判官に登用されるところだった。

だが、教皇庁の裁判官は教会法により聖職者でなければならない。もういちど大学に戻り神学を学ぶことになった。

ところが、貴種の誇りをあらわにして驕慢《きょうまん》で、ささいなことにも鬱憤をまき散らし、周囲との軋轢が多い。神学を学ぶこと自体が面白くない。聖職者をめざしているにも拘わらず、連夜痛飲し、朝方に居酒屋を追い出されて誰もいない夜明けの町をふらつく。修学どころではない。

この当時のヴァリニャーノの素行、態度についてパドゥバ大の学籍簿は記した。

〈若く、気まぐれで、大胆で熱しやすい。金遣いが荒く、時に激昂をあらわにして相手に食いかかる。市民法は学んだが神学を修了するのは、はなはだ困難と思料する〉

大学学務課の憂慮のとおり、事件を起こした。

二十三歳冬の午前二時、口論となった婚約者を打ち据え、剣を突き刺した。女は辛うじて一命はとりとめたが、不具となった。

投獄され、馬車で二時間ほど行ったヴェネチア共和国のもっとも人通りの多いリアルト橋のたもとに〈右の者、四年間パドゥバから追放する〉と大学発令の高札を立てられた。

終生この過ち、女への贖《あがな》い、のみならず高慢で不寛容であったおのれの生を悔い、罪びとや弱き者に寄りそう心を主への祈りとともに高めることを誓った。

司祭の道を歩み、ハポンに渡ってノブナガ公と政論を交わすことになる運命はこの時に決まった。

二

小狭い砂州がひろがる浅瀬に降りた。

ぬるっと滑る丸石に足裏を取られつつ、ここがハポンであることを願いながら鞄を汐水に濡らさぬようまだ見ぬ国の浜に近づく。おびただしい数の小蟹が足にまとわりついてきた。

ザビエル師を、キョウのミヤコのノブナガ公をしきりに思う。

ザビエル師はしかしついに、公に布教を宿願するどころか、謁《えつ》することも叶わなかった。というより、ほとんど収穫はなかった。ミヤコに行く先々や、帰る途次の城の町や辻で神の福音を説いても、おおかたの者はナムボサツ、ナムアミダ、ナムダイシヘンジョウコンゴウ、と唱え、ブツゾウという偶像を棄てようとしない。

キリスト教布教には困難きわまりない地であると知らされただけで、神の恩寵《ガラサ》を正しく授けることはできなかった師は、二年余りで苦悶のうちにハポンを去られた。悲痛の渡航だった。

ヴァリニャーノの胸にはザビエル師のその無念がつねに横たわっている。

——師の轍《てつ》は踏まず、ノブナガ公に福音を伝えられますように。ああ、ここがハポンであれ。

波打ち際から一歩踏み出し、海水の打ちあげて来ない乾いた砂山に跪《ひざまず》いて接吻した。唇にも鼻の頭にも額にも砂が貼りついた。

——主よ、私にこれからさらに険しい道のりの祝福をお与えください。

跪いたまま、ラテンの聖十字を切った。

穴《アグヘロ》にもそうしなさいと教えた。

ハポンでのこれからの長い時を、この男と過ごさなければならない。

他の日本人とはフスタの船上で別れた。彼らは、別のジャンクで島影の向こうに消えて行った。ヴァリニャーノたちは誘われなかった。ポルトガルからゴアへ、さらにハポン・イワミギンザンで千金万金を手にしたいと渡ってきた強欲と悪徳の塊のような交易商人ヴィトール・ホセと、穴《アグヘロ》の三人となって蔦蔓《つたかずら》にすがり、崖上に攀《よ》じ登った。

崖の先に何があるのかは分からない。這いつくばって顔をあげると雑木の森がひろがっていた。鬱蒼としている。ホセが、イチイやドングリの木を掻き分けて飛び出そうとした。ヴァリニャーノはそれを塞ぐ。

「待て、様子を見よう」

ハポン、この緑ゆたかな地に上陸できたのは無上の幸運だ。先師たちが集めたハポンの評と先師たち自身の尊い犠牲と克己心《こっき》に依るものだ。

穴《アグヘロ》に「ハポンか、ハポンに違いないな」くどく念押しした。

穴《アグヘロ》は首を横に振る。ホセは疑いを持った時にやるいつもの癖で分厚い上唇を舐めた。

「いんや、リュウキュウかんしれん。じぇんぶ風まかせ、潮まかせで来たき」

ここが、サツマかナガサキか、イエズス会会員なら耳にしてきたソノギのヨコセウラであってくれとも願うが、穴《アグヘロ》は頼りない。

ここで不用意に見つかっては、艱難《かんなん》はいきなり水の泡となる。

飛び出したがるホセと穴《アグヘロ》に言い聞かせて夜を待ち、夜明けを迎え、中空に陽が高く上る刻限になって空腹に堪え切れず、雑木の中から皮膚が乾いた三匹のトカゲのように這いだした。

そのあいだヴァリニャーノはザビエル師が諷しえなかった統治者《ゴベルナンテ》・ノブナガをずっと思っていた。拝謁は叶うだろうか。いかな伝手《つて》があるのか。

ゴアでもマカオでも、ヴァリニャーノは水夫や交易人から、ノブナガの戦略と政治《ポリチコ》で見せる孤高を耳にして心を奪われていた。

「ノブナガは何も望んでいない。財富も土地、人民も欲していない。ただひたすら無となって戦いに突き進んでおられる、そして連戦を勝利している。その眼の先に視《み》ているのは、天下ではなく世界だ」

フロイスら司祭がローマ本部にそう伝えてきた。

ヴァリニャーノは心を躍らせた。

ノブナガ公は、私が故国で知識を得たチェーザレ・ボルジアと同じ力量の統治者《ゴベルナンテ》か。

イタリアルネサンス期のただなかで、ローマから出た、二十三歳のチェーザレは枢機卿の名誉を棄て、父・教皇が成せなかった、イタリア諸国、教皇領の全教会を支配することになった。

あの時の青年は何をめざしておのれのほかに信じるもののない虚空に向かったのか。

最期は、一族の複雑な愛憎、悲劇的な婚姻、反逆、殺戮戦をかいくぐった末にイタリア半島を逐《お》われ、故地のスペインの荒れ野をさまよったチェーザレに、敵兵は獅子を仆《たお》す蟻の群れとなって襲い来たったという。

しかし、地面に血を吸い取られたのか、馬もろともわら小屋で焼かれたのか、イタリアの歴史作者たちは明かしていない。

だれも記録しえなかった終着である。

チェーザレのその孤高に果てていった姿は、ハポン布教をめざしたヴァリニャーノをとらえて放さなかった。

チェーザレを評したニッコロ・マキアヴェリの『政略論《ディスコルシ》』と『君主論《イル・プリンチペ》』をこの船旅に携行したのは長年のその疑問を溶かすためだった。

――マキアヴェリの片々《へんぺん》でしかなくともノブナガ公に伝えたい。

それらふたつの書の、頁《ページ》がちぎれるほどに読んで目の底に焼き付いたいくつかの章節は、憧れのハポンに上陸して崖の上の雑木のなかで潜んだトカゲの身をも励ました。

――ノブナガ公、あなたはこの国のわれらイエズス会にどのような慈悲と冷酷をお示しになるのか。あなたも虚空のなかでおのれの時が来るのを待っておられるのか。

ザビエル師もゴアでハポンの語を懸命に学んでいる途中、日本人船乗り・アンジロウに耳打ちされた話をローマの本部に〈ハポンはみな異教徒で神や自然界に大いなる関心を持ち、ダイミョウ、ことに一等の大領主・ノブナガ公という貴人が主の教えに通じたいと願っていると耳にいたしました〉と、通信した。

師はさらに伝えた。

〈このゴアの聖カエターノ修院には三人のハポンの学生がいます。三人ともにまことに利発であり、温順であり、機知と徳をそなえ、下級船乗りのアンジロウもポルトガル語の読み書き、会話をいくらか習得いたしております。私は神の恩寵《ガラサ》のもと、アンジロウらとともに多くのハポン人の霊魂を獲得しに行くべきだと考えるに至りました〉

そののちのフロイスらはノブナガ公について伝えてきた。

〈統治者《ゴベルナンテ》・ノブナガ公の軍事、戦略さらに人心掌握における冷酷非情は、われらエウロパの歴史上にも稀有なものであります〉

先達たちのそれら音信こそがヴァリニャーノに、ハポン、殊にノブナガに好奇と関心を抱かせるきっかけとなった。

——かねて敬していたチェーザレ・ボルジアから得た君主の在り方の範が、はるかな海を越えた東方の国にあるとフロイスはいう。

布教の任を果たし、ノブナガに謁見しなければならないと思い定めた。

こう奏上するつもりだった。

「イタリアにもつい七十年前、チェーザレ・ボルジアという、御屋形様と同様の戦略家がおられた。されど滅びた。縁起でもないと苦虫をつぶされるか。

神の教えのほか、この世にあるものすべては滅び、権力に坐した者は必ず裏切られるそれを証した将軍であります」

——生きて在るもののこの普遍をノブナガに語りたい。どう応えるだろうか。

先にハポンに渡った教長司祭・カブラルが本部への『巡察記』に〈日本人は蒙昧《もうまい》だ〉と綴ったことに抗う意味も含めてヴァリニャーノは思いを込めた。

〈カブラル殿よ、そなたは間違っておる。すべてのハポン人に対する悪感情、不信感を慎みなさい。この国の為政者、君主以下、民衆まで皆が皆、天性正直で、面目《めんぼく》を重んじ、怒りを抑制することに大きな誇りを持っています。われらは決して彼らに激昂した侮蔑の言葉を吐いてはならない。信義をもって遇すればハポン人はイエズス会およびキリスト教会の評判を高め、その評が多くの人を神の恩寵《ガラサ》に浴させることになるのです。最高の統治者《ゴベルナンテ》・ノブナガ公もかならずや大いなる信義の持ち主に違いありません〉

雑木林を脱けた先は、丈の低い青々とした葉と赤みを帯びた蔓が這っている畑地だった。

穴《アグヘロ》が「芋」と声をあげ「食える」といった。

三人は地に這い、土まみれのそれをかじった。腹がくちくなってひと息つき、葉に積もった水滴をすすった。

どこにも人影はない。拾い集めた藁と枯れ草に潜った。

夏季とはいえ、空腹で海水に濡れた躰は少し寒い。冷えた肌がわずかに温められた。この先、デウスの掟にみちびかれて良き道を歩けるように、さらに、統治者《ゴベルナンテ》・ノブナガ公に神の恩寵《ガラサ》がありますようにと、祈った。

「パッパ」

畑の向こうから、村人らしき男が三人、恐る恐る近づいてきた。

ザビエル師がほとんど匙を投げる思いで深く失望したハポンの者だ。カブラルも同じ轍を踏んだ。

だが、ヴァリニャーノの前に現れた初めてのハポン人は意外にもひとかけらの警戒も疑心も見せずに手を振って笑みを泛《うか》べ、親愛を示した。

——黄色い目やにを溜めた者、足をひきずる者、両腕を伐り落とした者、揃いも揃ってこの世の苦しみと病いを背負った者だ。貧苦を余儀なくされ、病いを得ても治療は届かない。ハポンはこういう者がひきもきらないのか。この人たちは、困難にあえぎ、主に叛いた罪を洗い流してくれと告解《コンヒサン》に来た。

ゴアの〈競売通り〉〈ガリヨ広場〉で、マカオの〈博士馬路《ドトール・マリオーソレス》〉で、聖職身分が分かる簡素な黒い聖衣《ブレンダ》をまとったヴァリニャーノに近づいてくる者の願いもおおかたそうだった。ハポンでも、海水に濡れた薄い聖衣《ブレンダ》をまとった司祭を待っている者が早速いた。

彼らは福音の種が播かれるのを、祈っていたのだ。

ザビエル師の時とは違って、九州区の幾人かのダイミョウがキリスト教を受け入れるようになっていた。ダイミョウたちは受洗すれば、ポルトガル、スペイン、あるいは明国《みん》との交易で利潤をあげられるだろうとキリスト教に近づいた。受洗は民草《たみくさ》にまで浸透しつつあるのか。

寄ってきた三人にもっとも分かりやすい山上の垂訓を声に出して祈った。

「ああ、心の貧しいあなたたちよ幸いだ。ああ、悲しんでいるあなたたちよ幸いだ。あなたたちは地の塩だ。あなたたちは世の光だ。もう泣かなくてよいのです」

ガリラヤでもナザレでもないこれほど恵まれた緑の中にも、苦しんでいる者はいた。

足を引きずった男が司祭の前に膝坐りした。

「パッパ。待っておったとよ。告解《コンヒサン》ば願いとうて」

まわりを流木と破れ板《や》で囲い、屋根を藁で葺いた小屋に招じ入れられ、カユという温かな雑炊を与えられた。カユには、芋の蔓とヒヨコ豆が煮込まれていた。

男たちは、かぎ裂きの走った下穿きとぼろ着をひきずっている。

目やにが床板《ゆかいた》を上げて十字架《クルス》と、手首に巻くほどの大きさのロザリオと、竹を組み合わせた小さな祭壇《アルタル》を出してきた。

「早よう、告解《コンヒサン》ば」

「いやその前に」

ここはどこかとヴァリニャーノが問うと、僥倖《ぎょうこう》にも肥前《ひぜん》の日野江《ひのえ》城にほど近い、口之津という浜だった。

クチノツなら、ゴアやマカオで幾度か耳にしていた地だ。

それなら領主はアリマハルノブ殿、道理で告解《コンヒサン》を願う者がいるはずだった。

彼らはすでに受洗されたキリシタンだが告解《コンヒサン》を聞いてもらえる司祭がいなかった。

「秘跡《サクラメント》もお願いいたしとう」

神からの見えない恵みを目に見えるかたちの水やワインや油にして、司祭が人間に与える秘跡《サクラメント》のことをいっている。

ワインも油もない。畑地の脇に出た。

海に向かって繁る椿だろうか、肉厚な緑葉《みどりば》の末に雨滴が溜まっていた。

「ではキリストの名において」

枝を折って男の額に雫《しずく》を振りかけた。

竹と莚を組み合わせた祭壇《アルタル》の前で、男はなんども床板の抜けた地面に額をこすりつけた。

禁教令が布《し》かれているわけでもなく、むしろアリマ殿は積極的にキリスト教の布教を受け入れている。なぜ、聖具を床板の下などに隠しているのか。

あとで分かった。

大日《ダイニチ》という偶像をザビエル師の時と同様に崇拝する者が多くいる。その者らとの無用の争いを避けるためだった。

スペイン、ポルトガルなら、他宗、異教の者を打ち負かしにかかるだろう。

ハポンの民はやはり、ゴアで聞いてきたとおり、まるで何事もなかったように平穏な態度で安らかに暮らそうとする国なのか。

村の背後に広がる湿った緑の山は、スペイン、ポルトガルとは対極の精神を育てたのか。

緑の国と、乾いた国。ハポンに上陸した最初の衝撃だった。

――おお、ここそが先達の通信で知らされていたハポン。幾人もの先師の通信にあった。

〈ハポンの民衆《ポポロ》はわれわれと違って感情を露わにしない。怒り憤りを抑え、親子、兄弟、他人同士でも争ったり罵《ののし》ったりせず、平静を装い、たとえ殺されるときですら、きわめて立派な態度で運命を甘受する。名誉のためにみずからの手により腹をさばくこともある〉

〈交際のしかたも周到だ。われらのようにあからさまな不満をぶつけたりせず、相手に不快の念を起こさせぬよう慎み深く対する。また、苦しみに耐えようとし、逆境にも大いなる勇気を奮い起こし、おのれの苦労についてはほとんど明かさない。他の悪口を閉ざし、領主、主君に不平を表す代わりに天候などを話題にし、常に平穏を保とうとする〉

ヴァチカンへの通信はハポンの者をこうも評していた。

〈貧窮にある者は、みすぼらしい衣服をまとって、粗末な食しか口にできないが、すべてに清潔だ。調和と秩序を保ち、優雅で礼儀正しく、天性の理解力を示す。他の多くのことでわれわれに劣るところはあるが、彼らの優れた気質とおのれに耐える力と風習は世界のうちでもっとも高尚で、思慮深い〉

「告解《コンヒサン》ば」

藁葺きの狭い小屋で、おずおずと近づいてきた足ひきずりが同じことをせっついた。

「では」

足を前に出すたびに頭も肩も大きくかしがせる二十歳ほどの男だ。罪を打ち明けた。

「ハチマングウにお祈りしたき」

戦さの勝利を願う異教のボサッというものだという。アリマ殿のこの地は、戦いに明け暮れて人は飢え、国は痩せ乱れ、窮乏の極みにある。次の戦さには勝利して、米、雑穀などの戦利品を奪い入れ、武器も農具も略奪してこなければ命絶える。そのことをハチマングウに祈った。

生きるための真摯の祈りだった。

「ばってん分捕り品ばのうては、うらどもは断崖から飛び降りんいかんけん」

両腕のない男が平べたい蟹のように土間に無防備な肩をおしつけて罪を明かした。

「岬の向こうの村が大漁んなっての。うら、干し魚を舟に三杯盗んで来よったき。ヤソでは、盗みはいかんとじゃろ」

低く声をかける。

「安心なさい」

ただし、主に願うならこれから偶像を祈ってはいけない。モノを盗んでもいけない。しかし告解《コンヒサン》をして創造主である唯一の神を認めて掟を守れば、あなたの魂は不滅で永遠に幸せな別の世界に入れる、あなたの罪は消える。と導いた。

他のひとりは、浜に流れついた瀕死の男を見捨てて手鉾《てほこ》を奪ったという告解《コンヒサン》だった。

「助けとうても食うものねえけん、ありゃあどうせ生きちいけんき」

穴《アグヘロ》の訳はところどころ間違えているかと思う言葉も句もあったが、ヴァリニャーノにはまだ正す力はない。

ゴアより海を渡ってきてこの村に寄ったヴィトール・ホセは、しきりに小屋と彼らの風体を見まわし、いくどかため息をおろした。

食い物もないこんな貧しい国にまことに銀、黄金があるのか。

俗物のホセはそう考えているにちがいなかった。だが遥かリスボンから幾つもの大洋を越えて東洋の涯に来た。いきなりここで諦めるわけにはいかない。

干した魚の臭いのする小屋の中をかぞえ切れぬ蠅が汐風にまじって飛びまわり目にも口にもたかる。

三人の告解《コンヒサン》を受けてから司祭は、主禱文《オラシヨ》、天使祝詞《アベマリア》を跪いて捧げた。ハポンで初めての祝詞《しゅくし》の祈りだった。

その夜、板張りの小屋の中に漏れてくる月あかりの下で床板に腹這った。羽根ペンを手にした。

いついかなるかたちでハポンの港を発ってローマの本部に届くかしれないが、まずこの遥かな国に足をおろしたことは通信せねばならない。

二年か、三年先にでも着けばありがたい。

それから昼間の罪を負った村人に向かってマタイ十六章を口の中で祈った。《暮らしの苦難にある者よ、私についてきたいと思うなら、おのれの十字架を背負いなさい。これを避けてこの世の命にすがろうとする者は神の栄光に浴せない。泣かないで十字架を負いなさい》

三

鞄から取り出した革手帳の日繰り《カレンダリヨ》を確かめ、イエズス会本部のアクアヴィーヴァ総長に短信する。

〈一五七九年（天正七年己《つちのと》）七月二十五日。ハポン国シマバラ・クチノツの浜に上陸いたしました。この国における布教達成こそイエズス会が全ヨーロッパにおいて名誉ある地位を得られる途《みち》と信じ、これより布教事業を巡察し、神の御教えに順《まつろ》い、偉大を成すことに努めます〉


二年前の九月にゴアのマンドゥヴィー河口を出帆した。

ベンガル湾を越えマラッカ海峡に入ると黒い雲が湧きだし、ひと粒の雨滴を額に受けたと思うと腰の下の波が大きくうねり始め、寸刻もおかぬうちに時化《しけ》と嵐が頭上に襲いかかった。ほどなくシナの南の海に入り、マカオで船待ちをした。船は炎熱に灼《や》かれ、一転、北西から吹く季節風に荒れた。

波間に翻弄されて木の葉と化すフスタ船の檣や水押《みおし》の支え材に摑まり、ひどい船酔いと腹痛に耐え、船底の隅に転がって顔から血の気を失せさせた。

荒天の大波のために艦橋のはしごから落ちたり、積み荷と甲板の下敷きになって骨折をする者も出た。骨が飛び出し、肉が膿んで、ネッタイシマ蚊が媒介するデング熱などに感染して呼吸不全にのたうつ。

やむなく切り落とした肉の断端がこんどはまた別の菌に膿んで、蛆《うじ》が湧き始める。

隣りに転がってひと晩中呻き声をあげる水夫の蛆をヴァリニャーノは一匹ずつ摘まみ取ってやるほかに、有益な手を貸してやることはできなかった。

肉が腐る苦痛はひと月も続いて、やっと水夫は海に投げ捨ててもらえた。ヴァリニャーノも手伝った。

水夫とともに船底にうずくまる司祭の胸にしきりに語りかけてきたのは、おのれの過ちの半生を否定して罪業を償うには、

〈空虚の上に立て、さすればまことの価値に至らん〉

とそう言い聞かせた自身への祈りだった。

〈妄《みだり》がましい望みと欲はむろん、主への祈りさえ捨てて無になれ。そこから真実と誠実がうまれる〉

航海の悲惨はあげればきりがない。水は涸れる、パンもトウキビもない。飢えるか、壊血病に罹るか、発狂して、幾つもの谷、山となって襲いうねる黒い波間に飛び込むか、いずれかだ。ゴアに来る以前、リスボンから、六十人で出帆した船が喜望峰《きぼうほう》をまわった頃にはわずか数人になったこともある。ヴァリニャーノらはまだ幸運だった。船べりにとびこんでくるカツオ、トビウオで長らえた。ほかの者は船底でただ蹲《うずくま》っていた。喜望峰を越えインド航路に入ると似た船がぶつかってくる。なにか食い物はないか水はないかと飛び移るが、大抵は生きている人間ではなく、腐るか白骨になった屍体がころがっている。

◯

イエズス会本部の猊下に通信をしたためたのち、ヴァリニャーノは領主・ドン・プロタジオ

〈有馬晴信〉になかなか拝謁できず、小屋で十五日を過ごした。

海岸に流れ着いた端切れ板で囲んだ崖上の狭い小屋の中で、統治者《ゴベルナンテ》・ノブナガ公に思いをめぐらせた。

ゴア、マカオで耳にした彼《か》の人の剛直の風評が胸から離れない。

〈一直線に行動を起こす君主〉

〈あらゆる権威を否定し、志を以《も》って変えない〉

〈旧弊は革《あらた》める〉

〈敵を完膚なきまで殺し尽くす、焼き尽くす〉

この島に揚がった早々の小屋の中で、そうしてノブナガへの思いをさらに募らせたのは、宗教改革を訴えたドイツの神学者マルティン・ルターに強い興を覚えたことがあったからだった。

ルターは、神中心の世界の重圧から解き放たれる人間性の復興＝ウマニスモに影響を受けた理論を示してカトリックを否定した。

厳正なイエズス会会員のヴァリニャーノはカトリックを貶《おとし》めず、そのうえでウマニスモを肯定したい心持ちがあった。

インドのゴアに届いていた風評では、ノブナガは算《かぞ》えきれぬ数のボンズとテラを焼き払ったという。そのような統治者《ゴベルナンテ》ならウマニスモを肯定し、一気に宗教改革を進めるか。

ヨーロッパでは、ルターの異議を審判する公会議と、審判そのものを認めないローマ教皇側の対立により、論は実に二十年以上紛糾した。

ヴァリニャーノが東方の国への布教を志したのは、その対立がひとまず収まってから十数年のちのことになる。ノブナガに伺候《しこう》せねばならぬと決めた気持ちのひとつに、ルター、いやそれ以前のトマス・モア、教皇レオ十世に倣《なら》って志を以って行動を起こす人への憧憬《しょうけい》があった。

共に上陸してここまで来たポルトガル人交易商ヴィトール・ホセはゴアからずっとヴァリニャーノに離れずについてきた。大きな体の赤ら顔に、金色の顎ひげ口ひげを生やしている。ゴアは、ココ椰子《やし》が立ち並び、水牛が耕す水田の手前の河岸にポルトガル人がひらいた享楽の港だ。ここから、アジアの富をヨーロッパに持ち帰る。

ホセは、サンタ・カタリーナ波止場の檳榔樹《びんろうじゅ》の木の下でだしぬけにヴァリニャーノに這いつくばった。困難の地に渡って富を手にするには、イエズス会の助けを借りるのが近道であることを心得ていた。

目の前に、黄濁《こうだく》した泥をアラビア海にそそぐマンドゥヴィー河が横たわり、泥水を掻きまわす二千噸《トン》級大型帆船・ガレオン船、無数のナウ舟、ジャンクが行き交っている。

「頼む。ワチをハポンに連れて行ってくれ」

蒟醤《きんま》椰子、棕櫚《しゅろ》から蒸留した酒《アラッキ》を飲み過ぎた赤い目で訴えた。

「断る」

「なして」

「私どもイエズス会の誓願は、清貧と貞節です」

金と女のためならいかなる者にも這いつくばるこんな男に教えても無駄だと口を閉ざした。イエズス会にも、主の福音に接するにも、もっとも縁遠い人種だ。

人口三十万人のゴアにはヨーロッパの首都ともいえるリスボンはむろんロンドン、ローマを上回る数の一攫千金を狙う男と女がひしめいていた。

赤道下の熱風と高い湿度の渦巻く下、頽廃によどんだ焦爛《しょうらん》の地である。

ここで鉄の武器を製造し、奴隷を売買し、慈善院をつくり、男は競りに出される全裸に近い未通《おぼこ》の女を買う。年増の女は通りを行く男を薄絹のカーテンに引き込む。

そうして、男ら女らがカネを与えるのはおもに、コートジボアール、ギニアなど、アフリコの東海岸、西海岸から狩りだしてきた水汲み人、煉瓦づくりの裸奴隷だ。ポルトガル人は、奴隷の肉で邪欲を満たし、彼らを船荷の積み下ろしや、泥炭などの瀝青《れきせい》施工の労務に使役する。

モンスーン期の雨季はマンドゥヴィー河口に土砂が堆積して町は泥沼と化すが、乾季には男も女も酒を浴び、乱痴気の狂熱に明け暮れる。一方で、アーメンを唱え十字を切る。

主の教えにことごとく反する生き方だ。

三月にリスボンを発った船が半年後の十月に入港する。するとあらゆる品を売り買いする者で町は沸騰する。

ホセはここで四年を過ごし、酒と身持ちの悪い女に溺れたが、このままでは若くして朽ちると危ういところで発心した。奇跡のきっかけは、マカオから、ハポンのサツマ、ヒラトに向かう交易ナウ舟を、銀の船《ナウバルコ・プラタ》と呼ぶと聞いたからだった。その中心地はイワミギンザン。

そうか、ハポンには銀も黄金も埋まっているのか。ナウ舟に乗れば行きつけるのか。

波止場から少し坂になる奴隷競売通りをのぼる。坂のほぼ中ほどのペロリーニョ広場から西に向かうと眼前に、ボンジェズス教会がそびえる。

元は、パン屋の脇でほそぼそとミサをつづけていた仮教会だったが、わずか五年のうちに大教会となり、フランシスコ・ザビエル師の銀の寝棺を納めた。

その銀も、ハポンで採れたものとホセは耳にした。まずボンジェズス教会に通えばハポンに渡る司祭の手蔓を摑めるかもしれぬと当たりをつけ、ヴァリニャーノの前に現れて跪いた。

それから泥流れの河岸にも追ってきて懇願を繰り返した。

「イクノ、イワミ、エゾヒライズミ」

ハポンで金や銀を産する地の名という。生野、石見、蝦夷平泉、ヴァリニャーノはあとでハポンへの船のなかで、漢字の地名をおぼえた。

ナラのミヤコでは天を突く巨大な偶像を黄金でくるんでいるらしい。ホセはそんなことも船乗りたちから聞きかじっていた。ホセに問うた。

「イワミギンザンと決めてあるのか」

「いや」

そこでなくとも、ハカタ、ナガサキ、ザビエル師の上陸したサツマ、さらにキョウのミヤコという所でも、絹、陶器、香辛料の売買で好運を摑めば巨富を得られると、赤い大きな目を見開かせた。

ホセの同行を許したのは、この男に抱擁の手を差し延べたわけではなく、神に非難されるかもしれぬ打算が胸に巣くったからだった。

イエズス会の布教の活動には、世界のどの地にあっても、何万クルザードもの経費を要する。その地の司祭、パードレを補助する信徒兄弟《イルマン》や、修道士《モンヘ》を飢えさせず、教会を建てなければならない。さらに修院、神学校を営み、洗礼、説教から埋葬までを執《と》る司祭たちの活動を支える要脚《ようきゃく》は馬鹿にならない。

各地に散った司祭たちは資金調達にいちばん頭をかかえた。

清貧に生きることがイエズス会の誓願のひとつに過ちはない。

しかし神の教えを伝える活動に、世俗を渡る経費の支えは欠かせない。

金と女に目をぎらつかせるホセなら思いがけずハポンで財富を手に入れるかもしれない。いやたとえ手に入れても命より大事のカネだ。教会のために差し出すことはないだろう。

されどと、自分の胸を叩いて尋ねた。

善きことのためなら、主は強欲な悪人をも回心させてお護りくださる。

同行させたのは、カネの打算のためだった。

クチノツの農夫の小屋で思いがけず数か月を過ごして、ようやくハルノブ殿に〈プロタジオ〉の名を与え、洗礼を授けたのは冬を越した三月だった。

クチノツの崖上にはからずも長く足止めになったのは、ハルノブの不義が知れたからだった。

されない。

キリストの戒めにある。

〈劣情を抱いて女を見るのは信仰の否定です。神の恩寵《ガラサ》を受けることはできません〉

ハポンの領主は妻のほかに多くの側女、側室、日陰の情人を持つというが、神の御前《みまえ》では許されない。

ハルノブは、イエズス会の純潔の律法を犯している。

目通りを叶えたハルノブは、ヴァリニャーノに対する釈明と、おのれの弁護に汲々とした。

ヴァリニャーノは、トマス・ア・ケンピスの『キリストにならいて』を引いた。

これより百五十年ほど前、キリスト教者の精神生活の完成のために著された、聖書についで世界で馴染まれている書だ。

「ハルノブ殿よ。私たちはよく悪をおこなう。弁解のためにさらに悪を重ねる。しかし内面が善である者はこの悪に囚われずおのれ自身を省みます。弁解もせず他人のことも沈黙する。すると救われる。どうか他への釈明ではなく、自省をお深めください」

小屋のなかの漁夫、農夫たちにも同じことを伝えた。

ケンピスの箴言《しんげん》を理解したかどうかは不明だが、ハルノブも、漁夫、農夫たちも弱々しい困惑の色を目に泛べてふんふんと首を折った。

ヴァリニャーノがアリマ領でハルノブへの洗礼に戸惑っているあいだに、ヴィトール・ホセはまずはハカタに出て、〈ドラド・モンタナ（黄金の出る山）〉をめざし小屋を去った。

ハルノブ、小屋の者たち、ホセといつの日かまたと再会を約したヴァリニャーノと穴《アグヘロ》は、アリマから阿蘇菊池を経て三日目にブンゴ府内（大分）のウスキ城に入った。

書院に迎えられてすぐに、アクアヴィーヴァ総長に短信した。

〈一五八〇年五月十二日、ドン・フランシスコ（大友宗麟）殿のブンゴ領に着しました。統治者《ゴベルナンテ》・ノブナガ公に一日も早く謁せられんことを。アーメン〉

四

砂浜に膝をついてその人は泣いていた。

寄せて返す波打ち際から逃げもせず、平侍《ひらざむらい》が野行《のゆき》に羽織る継上下《つぎがみしも》、白足袋を濡れるに任せ、声を殺し顔をおおっていた。

やがて、こらえていた喉を徐々に開いて波音を負かす泣き声を放ち、幼児が穴を掘るように砂に両手両指を突き入れた。

海水を沁み入らせた黒い砂礫が浮き出してきた。

次いで、そうして掘り出した砂を、深い皺をきざんだ顔面に圧《お》しつけ始めた。

供の十数人は斜面の上の松林の際まで遠ざけられている。彼らに、大殿《オドン》の姿かたちは見えるが何をしているのかは分からず、哀泣の声も届かない。

東に向かって展《ひら》けているブンゴ・ウスキ湾を抱える山の稜線を、秋の落日が赤く灼いている。

のちに足利氏から一字を許されて義鎮《よししげ》を名乗ったブンゴの王《こくしゅ》・オオトモソウリン五十歳の

姿だった。しかし、相次ぐ戦いと一族の骨肉食む内訌《ないこう》、さらにたえまない心労に押しつぶされたゆえか、六十、七十の頽齢《たいれい》に見える。

顎から頬を白黒まだらの髭が覆い、肌は乾き、口許をときおり奇妙に歪め、前に飛び出た額が特徴だった。耳が常人よりひとまわり大きい。

泣くことによって、悔悟の祈りをささげているのか。

傍らには、新しくともに暮らすようになった元側女の妻・ジュリア、その弟の林甚十郎《はやしじんじゅうろう》、甚十郎の許で育ち十五歳になる少女・モニカ、それにヴァリニャーノ、通辞の役を果たす穴《アグヘロ》がいる。

四十に近い壮齢の甚十郎は、ひと皮まぶたの中のすこし青みをおびた眸《ひとみ》が細く、なにか不審な刃を隠しているようすを思わせる。

それでいて、ヴァリニャーノが初めにソウリンに紹介されたときには、頬にも口許にもにっと笑みを泛べて、われもマカオに行ってかの地の教会で禱《いの》りを捧げてみたいものと追従した。

油断のならない男のようすが、ひと目ひと呼吸で伝わった。

穴《アグヘロ》が、甚十郎の後ろに控えている。

口之津《クチノツ》に揚がってから天草《アマクサ》の島の出だとヴァリニャーノに明かした穴《アグヘロ》は、領主・有馬晴信《アリマハルノブ》から立派な打裂羽織《ぶっさきばおり》と胴着を与えられ、腰に刀も許された。ただ髪はハポンのサムライのように頭の上に乗せる髷《まげ》ではなく、後ろで簡略に丸く束ねている。

その着衣と刀を許されたせいで、穴《アグヘロ》はとつぜん威厳をまとった者のようにつくろい、畏《かしこ》まった通辞を始めた。

それまでは「うらにはちっとその、お前さまのいうとらすデウスやらゼンチョやらのことは、しゃっぱり分からんき」と首を左右に振っていたが、急に「ゴア、マカオの教会、修道院では多くを学んだ身でござってな」と晴信の家臣に胸を張り始めた。

騙《だま》されて遠い海に連れられたとはいっているが、生まれ具《そな》えた裏処世術を以《も》ってすれば、ひと稼ぎできるとずるがしいこい慾心に衝き動かされて異郷に出たのかもしれなかった。

元来、暗愚ではなく覚えは早いが、入浴を許されて異臭を消し、ぼろ着から羽織袴に着替えただけで、尊大にかまえるようすは噴飯ものだった。

甚十郎とはまた別の、いや所詮は同類の、油断のならなそうな目つきは変わりない。

しかしヴァリニャーノは、ハポンでイエズス会員の巡察とイエスの訓《おし》えを説く任務を続けるかぎり、この小者《こもの》とともにあらなければならない。

顔に砂をこすりつけて泣き続ける五十歳の老大殿《オドン》・ソウリンのかたわらで十五歳の少女は、水平線に目を送って身じろぎもしない。こんなようすに慣れているのか。

大殿《オドン》の幾人かの側女のうち、クリスチナかダニエラという女から生まれた。ソウリンにすれば孫か姪にあたるそうで、〈モニカ〉は洗礼名だった。

赤い袢纏《はんてん》を羽織って朱のリボンを前髪に結び、黒目がちの眸に利発と勝気を泛べている娘だ。

王の血を頒《わ》けられた気品を宿して生まれてきたようすが窺える。

この波打ち際で、この娘だけが無垢、清純だった。

顔に砂をまみれさせた大殿《オドン》はやがて、主に訴え始めた。

〈汝らの敵意に余は疲れ果てた
余は汝ら敵と、民の嘲《あざけ》りの的なのか
醜悪な墓だけが余に残されておる
そこの亡霊どもさっさと来よ〉

信仰を誓っても誓ってもなお神に苦難と試練を与えられつづけた羊飼い・ヨブが天上の対話でそれでも神に順《まつろ》うと弁ずる一節を口に移している。

大殿《オドン》はこれより二年前に宣教師・カブラルから与えられた洗礼名が〈ドン・フランシスコ〉だった。

レロパが濡れるのも構わず、ヴァリニャーノは海水に浸かった砂に大殿《オドン》と同じように膝を突き、泣いている王の手を取って話しかけた。

「いいえ、大殿《オドン》、ヨブが神に与えられた試練にまだまだ到達しておりません。されど大殿《オドン》、あなたには必ず、この世の惨苦と試練を越えられた先の奇蹟の栄冠が待ち受けております」

ソウリンは涙と海水で濡れた顔の砂を落しもせず、疑わしげな眼をあげた。

水平線を見ていた赤い少女のモニカも、傍らから身を乗りださせた。

レロパの濡れ砂を払い、王の腰に腕をまわし、声をかけた。

「大殿《オドン》、どうか膝をお上げくださ い」

大友家長男のソウリンはまだ若い二十一歳の折り、三男との家督相続一件に巻き込まれた。そののち実父、実母、側室、相談に乗るかたちの側用人らの籠絡、謀殺、愛憎が入り乱れた渦難は、側室のまだ幼い娘らまでを巻き添えに一族がことごとく粛清し合う惨劇に発展した。四百年二十二代続いた大友家の、のちに九州八か国のうち六か国を領する王となったソウリンは、その惨劇の黒い翳《かげ》にずっとつきまとわれてきた。

くわえて戦国の世、島津《しまづ》、大内《おおうち》、龍造寺《りゅうぞうじ》、秋月《あきづき》ほか、虎視眈々と所領を掠め奪りにくる対敵によって夜も昼も平安はない。フランシスコ・ザビエルが初めて九州に主の教えを広めに来たとき、ソウリンはためらいもなく天から降りてくる慰めをこの異教に見つけて、ザビエルの差し伸べる手に飛びこんだ。

もともと頭脳が優れ、性明晰で、茶道、西洋音楽、屏風図、さらにポルトガルから入って来る文物に興味を寄せる進取質を備え、キリストの教えのなかの大事な律法のひとつ〈謙遜であれ〉もただちに理解し、受け入れた。

だが、キリスト教入信によって家臣団はさらに割れ、正室・イザベルは錯乱する。山伏に夫殺しを祈願させ、夫に殴りかかり、茶室の器を、「こげなん、トリの餌入れじゃわい」と叩き割った。ハポンのイエズス教会すべてが一年経営できる多寡・一万四千クルザードで購《あがな》った茶器である。

イザベルはさらに切支丹《きりしたん》となった奥女中の首からロザリオを引きちぎり、おのれも信徒となったにも拘《かか》わらずキリストの画像を火に投げ込み、たえまなく怒りを暴発させた。豊後・杵築の奈多《なだ》八幡宮大宮司の娘でソウリンの二度目の夫人だった。

侍女らが押さえつけて寝所の鍵を閉ざした。

〈御簾中御発狂《ごれんじゅう》〉を伝え聞いた家臣らだけでなくブンゴの市民もイザベルの平癒を祈願した。

正室が名乗ったイザベルとは、旧約聖書に登場するイスラエルの王・アハブの妃で、ユダヤ教に敵する偶像を崇拝し、預言者・エリヤを迫害追放した〈悪女〉と伝わる。

イザベルが狂したのには理由がある。

夫・ソウリンが日本の神仏を棄て耶蘇《やそ》教に没したのみならず、イザベルに侍る女・ジョアンナを新しい妻としたためだった。ジョアンナはソウリンの次男・親家《ちかいえ》の妻の、四十を越した母親である。ソウリンには息子の義母にあたる。

近習の同紋衆らに冷笑された。「とうとうオバ食いを始められた。倅の嫁の婆々とは」

これにイザベルの生んだ嫡男・義統《よしむね》、側近・田原親虎《たわらちかとら》の相続、改宗などで愛憎と修羅が渦巻く。

これ以前にも、ソウリンは〈無双の美人〉の人妻に懸想《けそう》してその夫を下郎衆に殺させていた。

霊魂の救済とはほど遠い地獄《インヘルノ》に堕ちると家臣たちが口を揃える罪業深いキリスト教徒だった。

もとより、オレは神の恩寵《ガラサ》には浴せられず、天国《パライソ》には到底招かれない身であると自覚して苦しみながら、長い年月をその手枷足枷に巻き付かれて生きてきた。

砂の上の王は、顔を覆って泣き続けている。

こんどははっきりと聞こえる声をあげた。

「パードレ、悔いあらためよといわれてももう遅せえだわ。もはや決まっておる。神の下達《かたつ》によって首を刎ねられる」

「いったい何人の命を奪ったのですか」

「パードレ、オレにいっちくれ。おまえなど生きる望みをいまここで捨てて、今生を恨んで死ねと。ほげにいまさら泣いても跪《ひざまず》いても遅せえっち、祈りなど屁のつっぱりにもならんとな」

「いえ、主の御前にお進みください」

「オレはな、四百年続いてきた一統の血に流されっと。罪と死と地獄《インヘルノ》ば背負って、フフッ、流された先の暗黒地獄に溺れて死ぬとよ」

オオトモソウリンという大殿《オドン》にもやこのようなかたちで謁するとは思いもしていなかった。ゴアを出帆するとき、ノブナガにかさねあわせて惹かれるところがあったのだが、ヴァリニャーノは豊後の国に入っていきなり痛棒をくらわされた気がした。

穴《アグヘロ》は、ソウリンの身も世もはばからぬ恰好にいたたまれぬようすで立ち尽くし、林甚十郎は細い薄い色の目でじっと王を見つめている。

次いで甚十郎はふっと顔面に込めていた力をゆるめ、「さっさ、御屋形様」と腕を取りに行った。

「ええいこのお」王が振り払う。「おためごかしは、やめんか」

紅潮させた顔についた濡れ砂を苛立たしげにこすり落としてからやっと、普段らしい声を取り戻した。

「よう聞け、覚えちょけ。意味ありげにな近づいちきて顔色を窺うおめんのよな者こそ寝首ば掻きよる」

「決して左様な」

「そう応える者ほど裏切る。忠義ヅラこいてな。特に、『アレは油断ならん』と他の者のことを囁いてくる男はまずおのれが逆心を剝き出す。まあ、見ておれち。甚十郎おぬしはかならずやオレを売り渡すか騙し討ちに来るユダだ」

いってから「ああ」とソウリンはヴァリニャーノに深いため息を降ろした。

「パードレ、御身にすがりてえけ。されどパードレ、あなたは手ば差し出さん。オレはどげんな男かや。あの女の亭主と母親と義父はオレが殺した。殺しちあの女をモノにした。しかしな、モノにはしたが長くは置かんね。ひと月もせんで放りだした。パードレ、これほどのことで主はオレを袋叩きになさるんか」

内側の女や臣下の家政だけではなく、外側にもソウリンは多くの命を奪るおぞましい悪夢を起こしていた。

これより二年前に、薩摩・島津に格別の戦さに挑んで軍兵《ぐんぴょう》を失った。

その年、〈主に護り給われし神の国〉を建設すべく、臼杵湾から南へ日向《ヒュウガ》の国に船団を組んだ。かねてより祈願していた新しい国奪りだ。無鹿《むじか》から耳川《みみかわ》へ。

王・ソウリンは南蛮の赤いマントを羽織り、頭には兜ではなく羽根飾りをつけた。船に、十字と〈ＩＨＳ〉の紋章を彫り込み、金糸の刺繍入りの深紅の旗をかかげさせた水主《かこ》、舵手《だしゅ》はみな切支丹だった。

「いざや往け。わらどの神の国ばめざして」

日向延岡《ヒュウガノベオカ》〈無鹿《ムジカ》〉という地だった。四万二千の大軍である。

主戦場の耳川に着すには無鹿から十里（四十キロ）、軍勢の脚で二日を要する。

しかしソウリンは耳川まで出陣せず、おのれが建てた無鹿の教会でミサと説教の日を過ごし、辺り一帯の神社仏閣を一社一寺残らず焼き払った。

務志賀とも表す無鹿とは耳慣れぬ名だが、宣教師からエウロパの音楽を聞かされ、その美しさに感動して王は尋ねた。オルガン、ヴィオラ、クラリネテが奏する音色だった。

これは何か。ラテン語で〈Musica（ムジカ）〉、エウロパの国々に渡って〈ミュージカ〉となったと教えられた。

我が思い描く〈神の国〉はこの音色のように清らかで心地よくあれと、ソウリンの胸に、〈無鹿〉なる地名が思い浮かんだ。

海を背に、緑に囲われ、川の流れる盆地の理想の国だ。

王が無鹿に立てこもっている間に、耳川の戦場のソウリン軍は五万を失った。全軍壊滅である。

逃げ帰った王は、臼杵城から馬で半刻（一時間）ほどの海に臨んだ下《した》ノ江《え》の岬に、教会の離れを模した堂舎を建て、甚十郎の姉・林ジュリアと暮らした。

どこから命を奪いに来る者が現れるか。朝から晩まで眠りもさえぎられ、怯えつづける日々となった。


ソウリンは依然として泣き伏している。昏《く》れてきた波打ち際の岩場に白と墨色のまだら羽の小鳥が長い嘴《くちばし》を突き入れている。鳥に近寄ったモニカの袢纏と髪結びの朱のリボンがソウリンから離れた浜辺に赤く浮き立った。貝でも拾いに行ったのか。

「ドン・フランシスコ」

なお、海水に浸された砂に足から膝を濡らしたままのソウリンに、ヴァリニャーノは促す。

何かを祈っているようだが、王の様子は曖昧で不鮮明だった。

モニカが、小さい舞い扇のかたちをした白い貝と薄紅いろの巻き貝を拾ってきた。

老人は皺の手に受け取り、耳元にあてがってゆるく振った。

なにか聞こえるの？　モニカがそう尋ねたようにヴァリニャーノには聞こえた。

「いや」ソウリンは首を振ってからもういちどしゃがんだ。

「やろう」とモニカの小さな手を摑んだ。

ふたりは砂の上に、それぞれ人差し指と中指の先を立てた。

ヴァリニャーノには分かった。指ダンス《デド・エルバイレ》という。

イエズス会の子らにはなじみの遊びだ。

砂に立てた二本の指を人の脚に見立てて、絡めたり離したりとっさに逃げたりする。クラリネテやヴィオラに合わせて、踊っているような抑揚や強弱の拍子をつける。

肢《あし》の長い虫が戯れているようにも見える。

老人と少女はいつもやっているようだった。

大軍を指揮したソウリンの末枯《すが》れた朽ち葉色の指に、モニカの白い細い小さな指が突っかかり巻き付く。ふたりの近くに大波が寄せてきて、老人は慌てて少女の手首を掴んだ。


冷えてきた気配の中を堂舎に戻った。

板間と畳の間がふたつだけの、禅寺の茶室を倍にした大きさの建物だ。

人生の切れ端を投げ棄てたかと見えたその老人は、甚十郎の姉、四十半ばほどの妻・ジョアンナの出してきた徳利の酒を含むと意外のことをいい始めた。

「パードレ、オレはまだ諦めておらんと。安土・右府殿に扶《たす》けを求め、安芸毛利を挟み撃つ。必ずや、神の恩寵《ガラサ》を受ける。必ずや、天国《パライソ》に参る」

モニカと穴《アグヘロ》を人払いにしていない。下級の平侍《ひらざむらい》が着るのとおなじ恰好で継上下《かみしも》をまだ着替えない。濡れた裾に砂がついたままだ。

「そなたらも箸を取れ」

イワシの小魚、カブ、それに煮ナスの馳走だった。王の前の函膳にも同じものが載っている。

ただし、みなと違って食うより飲むのに忙しい。

穴《アグヘロ》はまさか九州の太守《シニョーレ》と同じものをかたわらで食うことになるとはと、箸の進めようもない。だが、通辞の役がある。モニカには屈託の欠けらもないが、出過ぎることはない。幼児の折りよりサムライの作法を積んでいるようすが伝わってくる。

浜辺で泣き声をあげた王の姿がヴァリニャーノの胸から去らない。

五

「大殿《オドン》、私はあと二、三日もするとこの地を去らねばなりません。そのまま御酒を召しあがりながら、お聞き願えますか」

ソウリンは頷き、モニカは目をかがやかせた。

この、利発を隠し、もの言わぬ少女は海の外からもたらされる主の福音を待ち望んでいた。しかし老王からノブナガの名が出て、ヴァリニャーノはモニカにではなく、思わずソウリンに応えた。

「この地を去ってから私はハポンの最高統治者《ゴベルナンテ》にぜひともお目にかからねばなりません。そのために海を越えて参りました」

ソウリンは平たく薄い盃を干しながら「いかにも」と声を這わせた。

穴《アグヘロ》の顔を見てハポンの語を正確に訳すように目で促してからソウリンに向かう。

「大殿《オドン》・豊後の太守《シニョーレ》がこれまで島津《シマヅ》やほかの多くと戦ってこられたのは実に、おのれが存在した記憶を多くの者に末永い世までとどめたかったからなのです。それは人間の本性であります。しかし、まことに残念ながら太守《シニョーレ》は、正邪、善悪の判別力に欠けておられた」

ソウリンは何も応じない。心の底から司祭を信じ、その上に反駁する気力がない。

「いんや、まんだ終わっていねえ、右府殿の扶けば借りて毛利を挟み撃つ」繰返す声は弱々しい。

なお燃やしつづける妄念を荒々しく表明しているのか、それとも振り落とされまいと辛うじて崖縁に指をかけているのか、判然としない。

「ノブナガ殿と結ぶ戦さ仕掛けでありますか」

「さよう。かならずやその機は参る。パードレ、オレは太守《シニョーレ》と呼ばれると粛然とする。まだ六千は持っておる」

老王は生への執着を示し、面目と栄を求める。

「それほどの軍兵がなおあるのですか。太守《シニョーレ》はこの堂舎に御隠棲を決められたのではありませぬのか」

「なんの。余が城に戻ればみな起《た》つ」

島津征戎《せいじゅう》の軍団を組んだが指揮は執らず、まぼろしのように思い描いた王国〈無鹿〉に立てこもってミサに明け暮れ、四万の兵士をそこからわずか十里の耳川の戦場に益なく散らしたのを忘れたか。

いかなるものにもデウスのご加護があるといったばかりだが、かような君主にはいかなる救済があるのか。このお方は、ゴア、マカオに聞こえてきていたノブナガ公や、チェーザレとはまるで違う将なのか。いまさら太守《シニョーレ》の敬称の資格があるのか。

いやこの方は、フランシスコ・ザビエル師から幾日にもわたって神と契約するキリスト教徒の教理を学んだはずだ。

ザビエル師去った後もハポンに布教に来るパードレたちを親しく引見してきた領主だ。その人がおのれが指揮を執らない戦さでだけではなく、一族内の疑心愛憎によって数えきれぬ命を奪い、情欲を抑制できずに泣いている。

ヴァリニャーノは、深い失望をおぼえながら常に立ち昇ってくる箴言《しんげん》にまた摑まった。

【君主は国の存亡の折りはいかなる汚名も怖れるな】

【人間の欲望は際限がない】

【人間は虚栄心が強く嫉妬深い】

マキアヴェリはチェーザレを藉《か》りて残したのだ。

——この老王は理解できるか。

「さすれば大殿《オドン》、戦さはいかに指揮すべきかを説いたニッコロ・マキアヴェリ、それを果敢に実践したチェーザレ・ボルジアなる名を、先着のザビエル師やカブラルから耳にしたことがおありでしょうか」

と話を転じた。

頷いたソウリンに問い直した。

「いやそのまえに、ロレンツォという名は？　お聞きですか」

フィレンツェ共和国を実質上統治したメディチ家最盛時の当主だ。

「かの人は太守《シニョーレ》とは違って戦さに向かわず、巧みな外交政策でイタリア全土に平和をもたらしたと申します。ロレンツォの没後、イタリアは列強の侵略の草刈り場と化した。

メディチ家は追放されましたが、城下の広場で、人々が彼の遺徳を称えて、『ポポロ・リベルタ』を連呼します。この話は聞いたことはございますか」

「いや、『ポポロ・リベルタ』とな？」

ソウリンはゆるく首を振った。

「『人民は自由なり』という嵐の声です。大殿《オドン》、死を遂げたあとでかような栄誉もあるのです。国の幸いを主に祈って最期に臨めば、主の祝福、人民の喝采に浴することができるという好例でしょうか」

「余が死に際にあって、『ポポロ・リベルタ』と？」

ソウリンのつぶやきにヴァリニャーノは応じない。

「さきほど申しあげかけたマキアヴェリという哲人は、こんな寸言も書き残しました。つい五十年ほど前の人です」

【人はおのれの父親が死んだことより、持ち物を奪われたことをいつまでも心に残す】

【君主が憎まれるのは人民の持ち物に手を出したときだ】

「卒爾ながら大殿《オドン》は、民、兵をどれほど奪われたでしょうか。もはやこれ以上、戦さはおやめになってはいかがですか。さすればいまからでも遅くはございません。『ポポロ・リベルタ』と、大殿《オドン》の頭上に祝福の雨が降るにちがいありません」

「いや、ならぬ。毛利を討たねばならん。ほかにも悪鬼悪魔がな、余のまわりで赤く燃える舌を突き出してきておる」

「いえ、大殿《オドン》は矛《ほこ》をお納めなされ。戦さの値打ちは勝利することだけにあります。敗北すれば、人民からすべてを奪うことになり、主の祝福も受けることはできません。

次には、戦場の先陣で大殿《オドン》みずからが敵を撫で斬りにする。この激情がなければ、兵は奮い立ちません。これは大殿《オドン》、私が申しあげているのではありませぬ。

大殿《オドン》が美しさに胸を震わせられましたオルガン、ヴィオラなどの〈ムジカ=ミュージカ〉が興《おこ》りました時代に、マキアヴェリが外交軍事の経験と思索を注いで綴った『君主論《イル・プリンチペ》』から拝借した口添えであります。

王はいかに民、兵に向かえばよいのか、学ぶべきことが多く記されております。これを統治者《ゴベルナンテ》・ノブナガ公にお伝えします。

いつか私に機会と能力があればこれをハポンの語に訳したいとはひそかな願いですが」

ソウリンにそうして『君主論《イル・プリンチペ》』を語りかけているうちに、この〈戦さの激情〉こそいかにもノブナガ公とともに頒《わ》かち合う対話の真髄だと胸に沸いてくるものがあった。

◯

砂上で泣いてから旬日が過ぎた。

じきに年が改まる暮れの午後、海風が吹きつけてくるコレジョで、ヴァリニャーノがミサを終え、穴《アグヘロ》、モニカ、林甚十郎が「参ろうや、天国《パライソ》へ」と唱和しようとした時だった。

「ええい、寄るな」

やにわに喚き声で当たり散らして、太守《シニョーレ》が枯れ木を思わせる躰を揺らせざま石の床に仆れた。

モニカがヴァリニャーノにしがみつき、

「パッパ、パッパ」

膝にかぶさる。

だが、ソウリンは応えられない。

下顎を開き、ぜえぜえと息を吸い込もうとする。

ヴァリニャーノがミサをあげる前から物《もの》の怪《け》に憑《とりつ》かれたような怒声をあげていた。

甚十郎に「おまえは悪魔だ」と激昂し、「いやここへ殺しに来た亡霊か。ならば、どいつの亡霊じゃ。名乗れ」とわめいた。

手がつけられない迷妄の騒ぎだった。

「皆の者、余に慰めなど無用ぞ。鐘を鳴らせ」

くくり窓に吊るされた〈ＩＨＳ〉と十字の紋章の入った銀鐘の綱をモニカが引く。

少しひび割れた音が右にかたむき、左に向かって響く。

王の手を取って鐘の音に耳を寄せたヴァリニャーノが声をかける。

「死のご用意をお召しくだされ」

ソウリンは一瞬、不要領な表情を泛べ、目を力なく左右に泳がせた。

目の前のパードレのいまの言葉は、オレに告げたのか、亡霊に宣告したのか。

頭も意識もこんがらがってたてつづけに口走る。

「ああ、オレは醜い出来損ないだ」

「苦難の冬を越せば、余にも海のきらめく春が来るのか」

「ああ、パードレ、余が救わるる道はあろうか」

「ああ、オレが死ねば皆『ポポロ・リベルタ』と万歳するや」

「いや、ムジカはどう在る。鳴らせ、鐘を鳴らせ」

城下にひびきわたる割れ鐘だ。城の警護の者だけではなく、近習も御徒歩《おかち》奉行らも駆けつけてくるに違いない。侍医も来るか。


しかし老王は死ななかった。年を越して連日、湾に雪花が飛ぶ時節まで、ヴァリニャーノは、おもいがけずこの地にとどまり、老王を招き寄せ、いくつかの行事をこなした。

ミサ祭を執り行い、城の大広間に〈ブンゴ区〉のイエズス会員百七十余名を集め、城下の武家、町人、修道士《モンヘ》から告解《コンヒサン》を乞われて素朴な福音を与えた。

大殿《オドン》が作れたコレジョには、日本人とポルトガル人合わせて六人の青年を入学させ、ラテン語、スペイン語、日本語、さらに教理《カテキズモ》を学ばせ始めていた。少年たちには、セミナリヨで初等教育をほどこした。

コレジョもセミナリヨ・ノビシャド（修練院）も目の前に砂州のひろがる臼杵の城下に建つ。三方を海、湾、河に囲われて、亀がうずくまったかたちの三層の海岸城だ。

しかし大殿《オドン》はほとんどその城にあがらず、ジュリアと暮らす下ノ江の岬の堂舎とコレジョを駕籠で行き来した。もう馬に汗をかかせる力は残っていない。

この日は臼杵湾からの風が耳を刺し、さらに急に冷えた。

木の柱と漆喰を嚙み合わせた壁と、石畳の床の寒気は身に応える。

老王は、冷え切った石床に唇を押しつけたかと思うとこんどは、手にした祈禱書をたかだかと掲げて吼《ほ》えた。

「来るなら来やがれ、亡霊ども。オレは負けはせんど。来い、お前らの正体は分かっておる。ものども、よろうち出会え。馬じゃ。馬を引け」

モニカが大殿《オドン》の膝に身を寄せる。王の傍らから離れることはない。

「モニカ。モニカよ。オレは救われん男ぞ。幼いからとてお前さえ安心できん。オレはな、いずれオレを脅かしに来るお前らの首は皆々刎ねる。悪い芽は若いうちに摘み取る」

「はい。あちも大殿《オドン》といずこへなりと参りとうございます」

「左様か。まことこの世は地獄《インヘルノ》ぞ。砂の上で祈ろとコレジョでミサば聞こと、この世のものはいずれ皆滅んで、地獄《インヘルノ》に落ちる」

「はい、主と大殿《オドン》のおそばなら、地獄《インヘルノ》でも天国《パライソ》でも」

「さようか。そなたを殺す手筈もしたがの」

「はい。この世は皆、苦患《くげん》を背負うて生まれて参ると申します。されど、あちはもっともっと惨めな者にならなければいけません」

「よう、言うた」

「大殿《オドン》とパッパの手に曳かれイエスさまの御許に参りたいと願っております」

いいながら、王の膝に突いた二本指を肢の長いガガンボのように踊らせた。

王は気づかない。また祈禱書を掲げて大声で喚いた。

「長者丸・義統《よしむね》、お前はオレの申すことをただの一度も聞いたことがあったか。さりとて、その口裏でオレを敬《けい》すという。お前の舌は何枚あるや。舌の数も知れん嫡男に豊後をやることはできん。オレもじきに死ぬ。死に境いをとうに踏み越え、老いぼれた。

ほれ、オレがお前にこう告げている間に、南無南無《なむなむ》の坊主が近寄うて参ったぞ。

オレはあ奴どもの寺も地所も焼き払うた。されど腐れ坊主どもめ、わらわらと押し寄せて来やがる。義統よ、坊主は盗っ人だ、唾をひっかけてやりたい占い師ぞ。奴らは悪魔を連れてくる。オレが死んでも奴ら邪教の墓に入れるでないぞ」

朦朧《もうろう》と身もだえているような呪詛を吐きつづけるソウリンに、ヴァリニャーノは冷ややかな目を送った。

この大殿《オドン》は、ゴアやマカオで私が思っていた人物とはちがう。チェーザレやノブナガ公の足許に及ばぬ。

ハポンの四百年続いた領主一統の血とは、なにか。

洗礼を受けたといっているが、偶像からも悪魔からもおのれが手をかけた死者からも逃れられずにのたうっている殺しの悪党の一族か。

この人物がまことに、神が宇宙の創造主であるとザビエル師に説かれて怜悧に応じたと伝えられるあの王か。

「甚十郎。甚十郎はいるのかそこに」老太守《シニョーレ》は威勢をなくしてきた。弱々しく呼びかける。

「はっ。お仕え申しあげております」

「いまならオレを殺《や》れるぞ。殺せ。殺せば城をやる。代わりにモニカをくれ。オレはこのモニカを抱きもうて往く。モニカはオレのマグダラのマリアぞ」

罪深い娼婦だったが、イエスによって回心し美しき聖女となった福音書の女の名を呼んだ。

「大殿《オドン》さま。城でお寝《やす》みになられませんか。去年《こぞ》の暮れ方にもお仆れになられて」

「触るな。余計のことよ。お前は悪魔にも諂《へつら》うのか。そん暇があるなら、仏僧を焼き払え。きさまはオレの顔色を窺ごうち、いつ殺すか機を狙っちょった。義統《よしむね》にはやらんが、甚十郎きさまには城をやると申した。オレはモニカを抱いておる。それでよい。城とモニカの交換だ。

祈禱書も要らぬぞ」

「宜しいのでしょうか、では、いかにも承りました」

甚十郎は口許に薄ら笑いを浮かべたが、大殿《オドン》には見えない。

「きさまもやはり醜い愚物よの。一国の城に目が眩む。こんげなもんのどこに、張りがあるや。悪賢い愚か者めが。きさまの手でこん城を焼くと誓うなら、やる」

ヴァリニャーノは、大殿《オドン》を取り巻いた近習、重臣らのようすをただ眺める。

「オレはこの地獄《インヘルノ》の暗黒にふたがれて死ぬ」とおのれに吐きつける一国の老王の悲惨を主はいかに神聖のマントでくるんでくださるか、自信をなくしかけた。

「大殿《オドン》」

呼びかけて、迷う羊の褐色の染みの浮きあがった皺だらけの手をさすり、なお祝福を祈った。


夜になって、修道院の二階の小部屋は更に冷え込んできた。

海からのすきま風にゆらぐ蠟燭の仄赤《ほのあか》い炎を瞠《みつ》めて、疲労した重い息をおろした。

白い漆喰と木の柱を組み合わせた壁、二階のこの祈り部屋は石畳みの一階と違って床も板だ。

ここはどこか。ゴアなのか、フィレンツェ、ヴェネチアか。遠い思いにさらわれかけた。

いや、フィレンツェより寒い。ハポンか。

そうだ、昼間、王が狂騒したハポンのウスキだ。

不思議に睡魔が来ない。手足が冷え、昼間の太守《シニョーレ》の譫妄《せんもう》と悪夢がまだ目から耳から消えぬせいだ。

「地獄《インヘルノ》を抱いて死ね」「城をやる。かわりにモニカをくれ」

老王は躰を起こして介抱にかかった侍医や奉行を撥《は》ねつけた。狂乱に跳びついた家臣たちが、迷妄から醒めないままの王を城に運んで行った。

ヴァリニャーノはアクアヴィーヴァ総長への通信のペンを執る。いまは総長の要職にあるが、フィレンツェでローマで、同期生として修養の時期に机をならべた懐かしい友だ。

六

深更、ハポンの海べりの祈り部屋、蠟燭の炎の下で紙を擦《こす》る羽根ペンの音だけが耳を掻く。

〈総長猊下《げいか》御許に。

遠い異郷に過ごして、時に故国に思いが飛ぶ私のささやかな感傷をお許し願います。

フィレンツェ、ヴェネチアはプリマヴェーラ（春）の季節でありましょうか。

いちど私はフィレンツェの南門からシエナの丘に向かう街道を馬で駈《か》けたことがあります。

丘陵の両袖に葡萄の雄しべと雌しべが、アカシアの白い帽子をかぶせたような花を開かせておりました。トスカーナ地方をつらぬく、キャンティ街道のことです〉

書き始めてみて、大殿《オドン》の昼間の狂熱に接したばかりのヴァリニャーノは、おのれの胸からいっときも去ることのない、チェーザレ・ボルジアを評したマキアヴェリの思い出を異郷の遠い友に語りたくなった。

地獄《インヘルノ》に道づれにするとわめくこの地のソウリンに引きずられるより、長くおのれの支えの倫理となってきたマキアヴェリとチェーザレの箴言に胸を奪われたかった。箴言と寸鉄の至言の先には、ハポンに渡ってきた第一の目的を叶えてくれるであろうノブナガ公がいる。

キャンティ街道の先の山荘で書かれたというマキアヴェリの親書を諳《そら》んじていたせいもあった。

悲痛に砕かれているソウリンにも、世界にはこんな情景もあると、通ずるなら聞かせてやりたい章句になるかもしれぬと思いながらペン先を動かした。できうればノブナガ公にも伝えたい。マキアヴェリの手紙だ。

〈猊下。マキアヴェリがあのキャンティ街道沿いのサンタルドレアの山荘か石囲いの小屋で『君主論《イル・プリンチペ》』を浄書したと知って私は、春の一日、物見高い好奇に駆られて訪ねてみたのでした。

イタリア文学史上もっとも美しいといわれた手紙に出てくる小屋です。年代記作者・セッテイマーニの書に紹介されていたものですが、マキアヴェリは大略、こんなことを綴っておりましたそうです。

《日の出とともに森、泉をめぐり、貧しい小屋に帰ってわずかな手持ちのカネが許す昼食を摂る。午後からは居酒屋に出向き、卑俗な雑言が飛び交うテーブルを囲んで金を賭けたカードやサイコロに夕方まで興じる。すると、脳のかびは消え、私に覆いかぶさってきている運命のいたずらに、強い意思をもって対《む》かい合うことができる。

夜、山荘の書斎に入って書誌の中のいにしえ人と対話する。この時は、すべての苦悩を忘れられ、貧乏に憂いを覚えず、死への恐怖も消える。

そうして古人と対話したものを『君主論《イル・プリンチペ》』なる小冊子に致しました》

手紙の終わりには切迫した暮らし向きをこう綴っています。

《私はこの『君主論《イル・プリンチペ》』をメディチ家に奉呈しなければならない。いまの暮らしを続けていたなら、貧窮のなかで腐り切ってしまいます。メディチ家が雇ってくれることを願うばかりです。初めはどんなつまらぬ仕事でもよいのです》

その苦境にあってチェーザレ・ボルジアの哲理を解きほぐしたマキアヴェリの非常に人間臭い挿話であります。

《あの男は》とセッティマーニは書いています。マキアヴェリのことです。

稀代の博打屋であったと。朝は日の出とともに起きて自分の地所の森の伐採に行く。昼から走った居酒屋には、肉屋、粉屋、葡萄搾り、煉瓦工らが待っている。必ず、いかさまをやったやら、昔のカネを返せ、いや返さんで喧嘩沙汰になる。罵り合いは街道まで聞こえる。博打打ちではあったが博才はなかった。しょっちゅう敗ける。朝から森の伐採に行くのは木をカネに換えるためだった。

煉瓦工はマキアヴェリに、二年前に勝った十リラを返せとうるさい。だからいや返さんといってるだろ。

喚き散らし合う騒ぎである。日が落ちると山荘に戻って『君主論《イル・プリンチペ》』に向かう。そしてまた翌日、昼を済ませると博打店で殴り合い、蹴り合いになる。

マキアヴェリ四十四歳の時だったそうです。

私は彼の山荘を訪ねて行ったその日、林檎の木に馬をつなぎ、街道から少し逸れた木《こ》の下道を行きました。近くに蜜蜂の巣箱があったのでしょうか。

一匹の蜂が何度払っても、手の甲にたかるのです。前肢を伸ばしてしきりにカーキー色の四枚の羽を震わせていました。

目を上げると、はるか丘陵の向こうに煉瓦いろに白の稜線を象《かたど》った聖母院《サンタ・マリア・デル・フィオーレ》のあのクーポラ（円屋根）が浮かんでおります。その向こうにアルノ川が薄墨いろに横たわっています。

オリーブ林と葡萄畑のあいまに、醸造小屋、農夫が集まる小さな居酒屋、驢馬《ろば》小屋が点在し、春の盛りの花も暮れなずむ大気も空もけぶっている晩《おそ》い午後でした〉

ペン先の音だけが響くウスキのコレジョでヴァリニャーノはなお遠く想う。

〈十四年前に訪ねたその日、キャンティ街道に夕ぐれが近づいて、私は結局肝心のマキアヴェリの山荘を見つけることはできませんでしたが、ナポーリ生まれの私に、ナポーリよりヴェネチアより、フィレンツェの風光が性分に合う気が致しました。

その数か月後、私は本部に召喚され、「命ぜられればいずれの地においてもイエズス会の善き修道士として生きる」と単式誓願致しました。二十八の歳でありました。

一生をマキアヴェリズムに殉じようとするほどの若気は持ち合わせておりませんでしたが、かの書を繙《ひもと》くことで私は大学では習得しえなかった政治学に通じた気がしております。

本日、狂想の太守《シニョーレ》・ソウリン殿の傍らにあって私の胸はなお、あのキャンティ街道の村の情景とマキアヴェリの博打と夜の思索に胸を騒がせられます。

マキアヴェリは念願叶ってメディチ家の顧問役に採用され、しかしメディチ家の没落とともに失意をかかえて没しますね。

その波乱の一期《いちご》をたどるうち、私はチェーザレ・ボルジアについてもいくぶんかの知を得ました。猊下に申しあげるほどのことではありませんが、同期生の誼《よしみ》としてお許しください。

いまでも『君主論《イル・プリンチペ》』『政略論《ディスコルシ》』の数多くの惹句が私の胸に残っております。

狂乱の姿を見せたソウリン殿は純粋すぎるのか、はたまた日本人は根っこをくねらせて立つ松のように堅牢で逞しい思考は苦手で、たやすく情動に衝き動かされてしまって楊柳のように仆れるのか。しかし楊柳はおのれを誇らず風に吹かれてしぶとく生きる、このこともノブナガ公の為政と併せて考えてみたいものです。

　ブンゴに参って思いがけない疑問に駆られました。

　御存じのとおり、マキアヴェリは君主の軽はずみないっときの怒り、同情を繰り返し戒めております。

【人の上に立とうとする者は罠を見抜くキツネの業と、相手を噛み殺すライオンの強さを同時に備えよ】

【君主たるもの、もし偉大な功績をあげたいと思うなら、人をたぶらかす技、すなわち権謀術数を習得せねばならぬ】

【信義などに構わず、奸才《かんさい》によって人民臣下を欺《あざむ》ける君主こそが偉業が為せる】

　ブンゴに参ってソウリン殿の狂躁に接し、私の心も信仰も乱れております。殺し屋どもがやってくると日夜怯えている太守《シニョーレ》はわれらのヨーロッパにも例は絶えません。はるかカエサルの時代から、多くの王が「悪魔よ去れ」「春は来ぬのか。余を地獄に落としてみよ」と、神に、敵に罵《ののしり》声をあげて参りました。

　マキアヴェリに天与の勇将と称揚されたチェーザレ・ボルジアも、呪詛を唱えながら、最後はわずか十二騎の従者と丘の畑で無惨な死を遂げました。

本日の大殿《オドン》・ソウリン殿は幸いに侍医の介抱を受けて絶息を免れたが、苦しい息の下から「この世のものは皆滅ぶ。皆々、地獄に落ちる」と吐き散らしておりました。

彼を目にして、ゴアからフスタ船に乗るときに樹《た》てた所願どおり、一刻も早くこの王を負の手本としてノブナガ公に謁してみたいとさらに願うようになりました。

公こそ、剣《エスパダ》を執って、政治《ポリチコ》に生きる最高位の智者ではないのかと、ますます思いなしてきたのです。

一直線に行動を起こし、あらゆる権威を否定し、敵を完膚なきまで殺し尽す。

マキアヴェリやチェーザレの箴言を体現しているのはハポンでは公しかいないのではないか。

キリシタンダイミョウのアリマハルノブ殿にもソウリン殿にも、その《智》はない。

公に謁したときにこの見聞と古人の譬えを伝えたいと思います。彼こそ智略と戦略にもっとも通じた王だ。私は今日、希望を抱きました。

マキアヴェリはかくも綴っておりますね。

【勝利は実力または謀《はかりごと》で勝ち取れ。民からは愛されよ、同時に恐れられよ】

【民衆というのは頭を撫でてやるか、消してしまうか。いずれかだ。民衆に危害を加えるときは復讐など叶わぬように徹底しなければならない】

【主君は、大人物であり、ずば抜けた才気を有しているとの評判を一身に集めるよう努めよ】

【主君に危害を加える者は即刻殺せ。古い制度は恐れず改革せよ】

【多数の敵と戦うとき、劣勢であっても緒戦の攻防に耐えれば勝利する】

チェーザレは愛慕されると同時に、復讐などとても叶わぬ恐怖で民衆をおののかせました。その政略、戦略、ふたつを徹底したチェーザレこそ、運と力量で権力を得たすべての統治者《ゴベルナンテ》の模倣すべき君主だと、マキアヴェリは繰り返しております。

同様に、私はノブナガ公にこの天質をのぞみます。

そう言えば思い出しました。苦しみの多い生涯を送ってシスティーナの天井画やダビデ像を残して果てたミケランジェロ・ブオナローティの遺体は遺言どおり、フィレンツェのサンタ・クローチェ聖堂に埋葬されたのでしたね。彼の悲歌にありました。

「私は死につつ、生きる
私の肉体は魂の牢獄である」

本日のブンゴの太守《シニョーレ》に通じます。

ではノブナガ公はいかに滅び、何を残すのか。何を遺言するのか。これもマカオで耳にした風評ですが、ノブナガ公はおのれが成した天下城を、カノウハなる画工一族に描かせてビョウブという壁画にするらしいと。ローマ、フィレンツェの誰も目にしたことのないそのビョウブをバチカンの廊下図書館に展示できればと、私の夢想は広がります。

ブンゴ国の王が覗いた地獄に刺戟を受けて、統治者《ゴベルナンテ》・ノブナガ公への期待を書き連ねた真意、どうぞお汲み取りくださいませ。一年後でも二年後でもローマの御許まで届くよう念じます〉

○

ブンゴでソウリンの狂態に思わぬ月日を付き合ったあと、着いた早々の堺《さかい》の屋敷に「オオタ　ギュウイチ」と名乗る者が現れた。

「御屋形様《おやかた》の御下命で」といった。

「よもや、ノブナガ公から早速に？」問い直したが、間違いではなかった。

この国の統治者《ゴベルナンテ》・ノブナガに命じられて、渡来を歓迎する口上を述べに来たという。

公が、切支丹《きりしたん》司祭に下にもおかぬもてなしをすることはゴアの時より聞いていた。

だが、わざわざしかも間髪も入れずにと、ヴァリニャーノは胸を熱くした。

ハポンに上がった宣教師はまず堺に入港し、ミヤコに入る。みな交易商の日比屋了珪《ひびやりょうけい》を頼る。

ヴァリニャーノも、了珪の屋敷に逗留した。オルガンティーノもフロイスも、この商人の厚遇にあずかっている。


上陸した堺で幾日か過ごしたヴァリニャーノはゴア、ブンゴで耳にしていた、いまひとりのキリシタンダイミョウ高山右近に早く司候しておこうといちど高槻を訪ね、すぐにまた堺に戻った。急に多忙になった。数日後すぐにノブナガへの返礼の心積もりで、太田牛一の安土の居宅を訪ねた。ゴアからの通辞で今は磯次《いそじ》と呼ばれる穴《アグヘロ》をずっと伴っている。この男には、ハポンの者との疎通を大概助けられた。

膝行したヴァリニャーノに顔も躰も、達磨《だるま》を圧し潰した姿かたちの牛一が短い指で手招きをした。達磨はハポンの者が崇める聖者だという。

「もそっと近《ち》こう、な。ヴァリ殿と申されたな」

「やっ、恐れ入ります」

「慣れぬ日本、堺に着いたばかりでわざわざ安土までよう来られた。早速の御返礼じゃと？ 大儀でござった」

「こちらこそ、堺の了珪さまの屋敷までお出迎えのご挨拶、御礼申しあげます」

「なんの。そこもとは、通辞だな」

「はい。堺で紹介させていただきました、箕浦《みのうら》磯次」

「いかにも。ポルトガル語をようした。ゴアから船に積んできた男やったな」

「はっ」磯次は低頭した。

ヴァリニャーノが引き取る。

「この者は天草の洞穴で生まれ育ち、私が名を与えるまでは穴《アグヘロ》と呼ばれておりました」

「アグヘロ、穴となし」牛一は小肥り顔をにっと圧し潰した。

「わしは牛じゃ。牛はなんという」

好感を抱いた。

「牛ですと、Vaca《バーカ》ですね」

「バカ。なるほど、そなたの国では、わしゃバカ。そりゃぴったしじゃの」

牛一は、堺で初めて会ったときから磊落《らいらく》であった。安土でも変わらない。ヴァリニャーノは

牛一の仮宅の安土へは、堅田から船首の丸い、丸子《まるこ》と呼ばれる舟に揺られてきた。

湖面のあるかないかの波さわぎに揺られたヴァリニャーノの目の底に、フィレンツェの市中を流れるアルノ川が泛《うか》びあがってきた。船待ちをするインドのゴアでは泥色の大河を目にしているばかりで、清らかな淡水を目にするのはアルノ川以来だった。

パドゥバ大で学んでいたころ、チェーザレが騎馬で駈け抜け、マキアヴェリが歩いたポンテ・ヴェッキオ橋に立ったことがあった。

上流のアペニヨンのファルテローナ山に発するアルノ川は昔は急流だったらしいが、いくつかの堰で治水され、橋の下に小舟が浮かんでいた。

赤煉瓦を敷き詰めた橋上に何軒もの肉屋が連なり、牛、豚、禽獣の解体で出る骨、臓物を投げ捨てていた。市の教会、美術館、ギャラリーは芸術の妍《けん》を競って華やいでいるが、市中の暮らしはリスボンともローマとも変わりなく汚臭が立ち、猥雑だった。

マキアヴェリの棲み部屋はフィレンツェのこの橋から一分ほど、四、五階の高さの建物の一室で、夏場だけ彼は、キャンティ街道沿いのサンタルドレアの小屋で過ごす。

学生の折りのヴァリニャーノは、ヴェッキオ橋の近くの住まいも見に行った。

〈私は貧しく生まれ、つましく生きることを覚えた〉と打ち明けるマキアヴェリは、この二階とサンタルドレアの小屋で『君主論《イル・プリンチペ》』を下書きした。

ヴァリニャーノは、マキアヴェリのその部屋を見上げて親近をおぼえた。

統治者《ゴベルナンテ》・ノブナガの城のある安土を目指す丸子舟に揺られて、思いはせわしない。

あの折りのフィレンツェの人口は六、七万、統治者《ゴベルナンテ》・ノブナガが居城した美濃岐阜《みのぎふ》は九万、堺は八万という、……アルノ川、ポンテ・ヴェッキオ橋、橋上肉屋の情景、都市の人口までの、胸に浮かんできた点綴《てんてつ》は、ヴァリニャーノを久しぶりに故郷に戻した。

東洋の統治者《ゴベルナンテ》に、古今の名著のひとつとなる『君主論《イル・プリンチペ》』『政略論《ディスコルシ》』をまことに伝えることになろうとはと、湖面に映る自分の痩せ衰え骨張った顔をみつめながら感慨は深い。

湖を渡って舟を降りた。

安土山の麓では築城の工事が続いていた。城内に調度を運びあげる荷駄《にだ》隊のかけ声、重臣たちの屋敷を普請する作事人や番匠たちの怒声と下知《げじ》が飛び交っている。

七

了珪から託された品を牛一に差し出した。

「礼物《れいもつ》は、かようなものしか用意できませなんだが」

首にでも巻くか、つける、緑の石と黄金いろの金細工が絡み合った宝飾だった。

「奥方さまが、ドレスというものを着たときに」

「奥方さま？　ドレス？」

「いずれドレスもお持ちいたします」

「女の着るものか？　あっいや、手前に妻《サイ》はおらんのよ。色気もなんもさっぱりでな」

「はっ、おひとりで？」

「まあな。そこんとこはあまりのう、訊いてくれんな」

牛一は、信長の七歳上でしかないが五十も半ばに見える。対したヴァリニャーノは牛一のひとまわり下になる。〈牛一〉という稀なる名は、目が牛に似ているとかつての主君・柴田勝家にいわれて気に入り、〈一〉は、琵琶法師が名乗りの末尾に〈一〉をつけることに倣った。

五尺二寸（百六十センチ）に足りぬ小達磨だが、小肥りの顔も首元も手足も血色はよく、夕闇が落ちてくる刻限を待ちきれずに甕《かめ》や樽の酒《ささ》に手を伸ばし、ときに涎《よだれ》をたらすほどに乱酔する。御屋形様の近侍として過ごす日々の、常に織田一統の視線に囲い込まれている緊張から、極楽水が喉を通ったとたんに解かれる。

サイは呆れて尾張春日井の家郷に戻った。

癪《しゃく》持ちで、泣いたり笑ったり忙しく、夫の不器用な琵琶弾きを「ありゃまのぺぺん」と物笑いし、涎を垂らすまで盃を放さない醜態に「どた牛《ギュウ》どの」とあきれ返る女だった。正式な離縁になったのかどうかははっきりせぬまま戻ったり出たりしている。今では「どた」と縮められた。

しかし、どたは何をいわれても、「えへへ」と笑ってのれんに腕押しの風狂を返す。サイはさらにあきれる。どたは里に去《い》んだサイにしばらく未練をひきずり、突然帰って来るかと居宅の玄関口で待ったりしたが、とりあえず気配はない。

信長や、その家臣たちに近侍しているほかの時間は、彼らの日々の動静を和綴じの手控えに書きつけることで過ごす。

気晴らしにぺぺんの琵琶を弾く。撥《ばち》は半円を描いて下からゆっくり上げ一気におろして弾かなければならない。柱《じゅう》を押さえる左手と指の使いと撥さばきがおそろしく難しい。高い弦から低い弦に弾く返《かえ》し撥《ばち》も、二弦ずつ鳴らす割り撥もいつまでも上達しない。

「諸行無常の響きあり」もぺんぺんと弦を掻くだけのだらけ撥《ばち》では、平家一統の悲哀も祇園精舎の鐘の音の風韻も伝わってこないと倅の牛次《ぎゅうじ》も父を嗤《わら》う。

勝家に牛の目といわれた通り、たしかに邪心も虚飾も含まぬ黒目がちで、サイの勘気には触れるが、男としては好感をもたれる器量人だった。元は貧乏寺の僧籍にあったが、還俗して勝家に仕えた。

倅の又七郎牛次はといえば凡庸鈍重の出来そこないで、父の落胆は聞かされる方もうんざりしている。

「うちのでれすけ」

そうして、妻子、御家《おいえ》の平安に恵まれぬまま牛一は歳枯れてきた。主君・信長に仕えていることだけが誇りだ。信長公の話になると、口のわきにたまってきた泡にも気づかない。口癖があった。

「オレは御屋形様のおそばにいるために生まれてきたようなもんだでの」

「御屋形様の天下統一までこの牛《ギュウ》の命もつかの」と続ける。

ヴァリニャーノに会った近頃では、筆を持つ手が震え、目はかすんできた。足も正座をすると、きゅっと攣《つ》れて痛い。それでも『ノブナガ記』の下書きの綴りの上に屈みこみ、不明の箇所はゆかりの部将にくどくどと聞き書きにまわった。

「ギュウはありゃ鬼になりよった。御屋形様を偲び恋う夜叉よ」

陰口をたたかれても介する気はない。

誤嚥を起こした肺疾もあって、城への遠回りのゆるやかな裏道、搦手《からめて》坂をまわり込むときなどは荒い息を吐き、咳をし、石垣や普請中の柵に手をつく。

天下布武の仕上げにかかっていた期の主君・信長は九割方成った安土城天守の黄金の間に坐して潑剌《はつらつ》だった。御屋形様がそのようすなら、牛一も末枯《すが》れてきたとはいえ、痛いの、しんどいのと口にするわけにはいかぬ。まだたっぷり飲《や》れますわと妙なところで張りきる。

「奥方さまがいなければ、ならば、おひとりでお寂しい」ヴァリニャーノが不閔を言う。

「なあん、天下人にお仕えして果報なのよ。このうえの欣快どこにござる」

「さすればさらにまあこのようなものでお慰めに」

オルゴールを差し出した。「こうしてここのネジを回してくだされ」

木箱の蓋を開けて教えられたとおりに小太い指でネジをひねるとゼンマイが回り、いままで耳にしたことのない金具を綿帽子で叩くような温かい音が流れだしてきた。

しばし、磯次も耳をかたむける。

牛一がヴァリニャーノに口を切る。

「今日はそなたを狙う討手の姿はなかったかの。堺でも申したが、御屋形様の命をなきものにと機をうかがっておった観音寺城の六角承禎《ろっかくじょうてい》（義賢《よしかた》）の乱破《らっぱ》か間諜、さもなくば一向宗徒残党の摩利衆《まりしゅう》かもしれんけど、嗅ぎまわっとるのよ。いや、法華も襲いに参るで。あ奴らには伴天連《ばてれん》はことに目障り、用心するに若《し》くはないて。お気をつけあそばれい」

「危難は日々。されどこの国で務めを全うしたいと念じる気持ちに変わりはありません」

「いかにもよういうた。さすが遥かな海を越えて参った伴天連よ。これもなんぞの縁。力になろうぞ」

「はい。船を天まで押しあげたかと思うと次には海底に突き落としてしまうインド洋、アラビア海の嵐も越えて参りました。海では、命やらこれまでの持ち物一切は一瞬のうちに消えてなくなります」

「わしは堺と兵庫津の浜に立って目にしたことがあるが。あれがさように暴れるのか。鏡のよに静かじゃったけどの」

「アフリコの喜望峰からゴア、マカオ、そしてハポンへと嵐の海の途中で肉体も物もすべて滅びますが、霊魂は残ります。ことにマレー半島とスマトラ島のマラッカ海峡は肝をつぶします。

命が滅してもよいからと、嵐の船に乗ってハポンに渡って参る人間にはふた通りあります。船に乗ることを決めた初めに、命など要らぬ、しこたま金銀を手に入れたいと願う交易商です。もうひとりは、この世に生きる命を棄てたわれらのような司祭、私はこれからもなお主の御心に導かれてこの国に祝福の雨を降らせるために祈り歩きます」

「左様なもんかの。その意気や良し。感服いたしまするがはて、わしには海の向こうのことはさっぱり難しいての。井戸の中のこの蛙《かわず》に、マラッカなんとかじゃ、アラビア海じゃいわれてもピンとこん。そんげなことが分かるのは、この国にたったおひとり、御屋形様だけよ。

さりながら、そのなんたら海を越すのとおなじよに城を成すのも命がけでな。荒割《あらわり》石を山の上にあげるのに一万人、そなたが降りたこの下の船着き場から材木を引っ張ってくるのに二万、左様の数が日の出、月の入りとは無縁の、ぶっ通し作事じゃでな。

わしは『ノブナガ記』下書きに〈昼夜、山も谷も動くばかり〉と綴ったわ。身命を賭せば何事も成せるいう証《あかし》よ。石普請で百五十ほどの者が下敷きになって命果て申したなれど。

して、山麓の大手道から城の石垣まで、近場の観音寺山などの石切り場から切り出す石はいくらあっても足りんのよ。石ならなんでも苦しゅうないと御屋形様が申されての。んで、普請方、作事方、墓石《はかいし》であろうとホトケのカンノンであろうと湖《うみ》向こうの坂本、山科あたりの寺の片っ端から運んできまして。ほれそなた、さっき歩いた大手道も搦手道も、墓の石とカンノンが埋まっておるのよ。天守台の基もなあ」

「われらのローマ国でも遠くギリシャ国でも、墓、石塔、なんでも新規に建てる城の壁にも土台にもいたします。左様ですか。ノブナガ殿も同じ下知を放たれた」

「ほう、そなたんとこも、墓石で城を造るの？　御屋形様は、世界のほかにもおるっての？」

「はい。いずれお話しすることになりますイタリアの若い将軍チェーザレ・ボルジアも各地で墓石、石像を積み上げた城を造り、打ち壊し、またあらたに築城しました」

「御屋形様と似ておるんかね。こちらの城は、御屋形様の宿老・丹羽《にわ》鬼《おに》五郎《ごろう》左《ざ》長秀《ながひで》殿が奉行を勤められてよ。ほれ、こっちに来る時、目にしたろや、湖の向こうに山があったやろや、比良《ひら》の山いうて、あのふもとや堅田から湖越しのこの地の上に六階七層、高さ百十二尺超（三十四メートル）の天下城を総普請されたんよ」

　天正四年に起工した城完成はまだまだ先だ。起工から三年後の五月吉日、信長は天守部本丸御殿の工事にかかる棟梁、大工らを慰労した。山麓に重職、家臣らの屋敷も建てなければならない。総完工は二年後八月一日の〈安土馬揃え〉に間に合わせる。

「わしはそなたが越えて参られた海の向こうに行ったことはねえから分からんが、この世で最も高いところの御座所《ござしょ》でござる」

「いえまだよく目にしておりません。こちらに参るとき、朝日に照り映えて城は白く浮きあがっているばかりでした。いたるところ黄金に輝くと聞いております。次に参りました時には、その黄金いろを」

「いやいや石積みから城建物の建築、内装までまだ成ったわけではござらん。道半ば。これまでの土城ではのうて石城だ」

磯次はふたりの通辞を務めるだけで、おのれの考えも感想も述べない。人を介したときには私見は述べるな、虚を交えることなく言を削ることなく精確に徹せよ。

アリマハルノブから裃《かみしも》を与えられた時にヴァリニャーノは申し渡した。

「よう聞いておくれかヴァリ殿。ローマ国にもギリシャ国にもねえ高いとこの御座所ですぞ。ちっとは自慢もしてみとうなりますわ。されどまあ、その前に、ちくっと一杯いきてえもんだわい」

「手前はたしなみませぬが、どうぞ」

手を拍《う》つと、世話焼きの歯欠け婆ぁ、〈鉋《かんな》〉どのが牛一の膝元に木樽を持ってきた。

「どれ」

目を閉じて、枡に差し換えた極楽を一気に呷る。

「いや至福」

黒目に喜色のぬめりを湧かせた。

頃合いだ。いま願い出るべきだ。ヴァリニャーノは念を押した。

「太田殿、堺で申しあげました通り、私はあと一年もせぬうちに日本を去らねばなりません。御屋形様への拝謁、なにとぞ早くお取りなしいただきたく。日本に渡ってくる前からノブナガ公にお目にかかれる日を祈念してまいりました」

「いや、分かっておる。とくと承知の助じゃ。されどヴァリ殿、察しはつくだろうが、どこの武将も貴人もそう易々とは御屋形様には謁せぬ。しばし猶予はいただくぞ。まあ、三年五年待たせぬとは存ずるが、しばらくしばらく。そのうえに先年の摂津守村重殿御謀反一件、あれからの家臣一族合わせて五百二十数名の打ち首の跡片付け未だ続き、とにかくのう、御屋形様は日々ごちゃごちゃ忙しいんよ」

「はあ。御屋形様とはどういうお方でありましょうか。気難しいと耳にいたしましたが」

「さようよの。気難しいといえばその通り、よう知っとるの。ここんとこにしょっちゅうひりひり青筋立ててな。俺どももいつ槍突きにされるかと」

牛一はおのれのこめかみに指先を突き立てた。

「まあ御前《ごぜん》に出れば分かるけどな。こむずかしい話より海に描いてあるという赤い道を越えた先の国のことをお聞きになりたがる」

百々橋口《どどばし》の辺りで大きな石積みか鍬入れでもあったのか南西方角からの喊声が、夕暮れが近づいた湖からの風に乗ってきた。

牛一の忠告に、チェーザレの言葉や軍略をノブナガに伝えたいと意気込んでいた気持ちが一枚削がれた。

「されど、戦さのことなら」と牛一に口を挟んだ。

「〈オウニンノラン〉と申すそうですが、京のミヤコが戦乱と飢饉で荒れ果てたと同時期、フィレンツェでは、チェーザレ・ボルジア、ニッコロ・マキアヴェリ、レオナルド・ダ・ヴィンチ、左様の者たちが国を作っていたのでございます」

「ほう。こっちもそなたのとこも、みな同じよな時期にな、戦さで苦労しておるのか」

「今日はひとつだけ太田殿にお話しいたしましょうか」

「おうおう、むずかしいことはかなわんが、まっしかしわしも、海の赤い道を越えたかの地のこと、かの人のこと、学ぶにはよき折りか」

「ま、それはのちほどに。それより軍略の話を」

「【そもそも君主たる者は人民を優しく手なずけよ、あるいは抹殺してしまえ。そうせねばいつか復讐に遭う】

【戦争を避けようと先送りして勝った軍はない。その間に敵は才覚、武力を備えて強大になる。そうさせてしまえば、おのれは自ら滅びる】」

「と、誰が？」

「いま申したマキアヴェリが。これを実践したのがチェーザレ・ボルジア」

「なにそれしきのこと御屋形様がやっておられるわ。酒呑んでも呑まんでもわしにも分かる。んなこと、いまさら御屋形様の耳に。されどたしかに謀反して一年ものあいだなんも仕掛けなんだ摂津村重の戦さ構え、まことにしょうもない、戦さに向けた理屈もなかったということだわな」

「摂津殿のことは私にはよく分かりませぬが、ひとたび構えたら蟻の一穴の弱点も捜しまわって初志を貫かねばならぬのが戦略、戦さ心得。ノブナガ公は摂津殿の眷族《けんぞく》三十六人も斬首されたそうですね。まことにチェーザレの通りの御政道です。敵に即座に恐怖を与えられぬ者に勝利はないと。チェーザレは政治《ポリチコ》も戦さも苛烈そのものです」

「御屋形様は、おのれの城に立て籠って敵を迎えたことはいちどもねえ。おのれから往く」

牛一は、口端に酒精か涎の泡つぶを溜めている。

「左様です。戦いは出て勝つもの。そして負ければ一族の女子供まですべて抹殺されるもの。ヒエイザンでもそうだったらしいですね。ボンズだけではなく、お山の女子供ひとりのこらず焼き殺された。ノブナガ公は正しいのです。

【人は、恩恵、恩賞を与えられても、昔におぼえた怨念は消えない。恩恵で怨念を消してやる。さような上すべりの考えでは為政を過つ】ともマキアヴェリは申しております。

チェーザレも敵者を鏖《みなごろし》にしました。

マキアヴェリはこのことも称《たた》えています」


山肌に這う搦手道の、燃え木を投げ込んだ鉄籠《かご》の篝《かがり》やぐらの火が牛一の仮寓の書院の障子に赤く揺らいで映っている。

「では、今宵は」

ヴァリニャーノは日本人の作法をよく心掛けている。

茅《かや》の円莫蓙に長い膝を折ったまま、低頭した。

司祭の退出を酔眼で見送った牛一は翌朝になってこの日の出来事を、『ノブナガ記』の下書きに短く綴った。

〈去《い》んぬる三月十二日、堺に上陸せし伊國伴天連ヴァリニャーノ師を出迎えしところ、本日、余の安土山下草屋《さんげそうおく》に復礼に参れり。

余、予《か》ねて見知りし伴天連フロイス師は、如何程《いかほど》も拙庵には訪れず。

さりながら、ヴァリニャーノなる此度《こたび》の伴天連、御屋形様に《チェーザレ》また《マキア》なる伊國の者のこと熱弁致したしと速やかに訪れり。訴願は尋常ならざるなり〉

牛一の仮寓を辞したその夜、ヴァリニャーノは堺の日比屋了珪に紹介状をもらった安土御城下・安土道の仮宿に旅装を解き、書院の小机を借りていよいよこの国の統治者《ゴベルナンテ》の居城下に足を踏み入れた喜びをローマ本部に綴った。

〈総長猊下御許に。

本夕、安土城山下《さんげ》に在ります。安土、この遥かな異郷に足を踏み入れたことを神に感謝し、いまこそイエスの言葉に従い、かねてより思い描いておりました、チェーザレ・ボルジアの事蹟と哲理をニッコロ・マキアヴェリの書を藉りて統治者《ゴベルナンテ》・ノブナガ公に伝えようと心を新たにいたしました。

この国は上下の秩序にまことに慎み深く、公を説けば、国土すべての民が神の御足許に跪《ひざまず》くかもしれません。その希望も私を勇気づけます。

ノブナガ公は十三歳から四十六歳の本年まで、正確に数えられるところではありませんが、実に大小、百二十回におよぶ合戦、戦役に臨んだそうであります。

諜報、奇襲、騎馬軍団戦、焼き討ち、銃撃戦、時と所を変えて惨憺のすえに辛うじて勝利をおさめたようすはまことに、イタリアの中部から南部を馬蹄と槍穂で踏み散らしたチェーザレ・ボルジアの野望あるいは戦略そのままの写しであります。

以下の便でまた詳しく紹介いたしますがギュウイチ殿は、『ノブナガ記』なる綴りに、公の驚くべき戦果をこう綴ったそうであります。

【御合戦、いちども不覚これなし】

一度たりと敗けたことがない。誇張もあるに違いありませんが、その勢いは、一万二万の傭兵軍の総指揮を執って騎馬で敵軍に突き進んだチェーザレの姿になお重なります。

さて本便では、チェーザレを彷彿させるハポンの統治者《ゴベルナンテ》・ノブナガ公のこの二年の戦争の、しかも戦後処理ひとつについてだけ御報告申しあげます。

すでに申しあげました摂津殿の最期であります。オオタギュウイチ殿から聞き得ました。

謀反を企てた男の家臣五百余名、妻子二十余名は、公開鏖《みなごろし》にされました。万本の竹を伐って来て河原に矢来を組み、ひとりずつ竹先で突き殺す儀式は、朝から夜まで、翌日の昼になってなお終わらなかったそうであります。川原は血とはらわたの腐臭に満ちた。その片づけがまだ終わらぬと。

ノブナガ公のその激越の精神に、猊下に言わずもがなでありますが、ギリシャ、ラテンの哲人たちが問うてきた《魂の道行き》を思いました。

《救済《アリビオ》》です。

公はハポンの武人には珍しく、おのれが行為を起こすことによっておのれの魂はいかに救済されるのかを見定め、さらにおのれの数々の行為が必ずやこの国を平安に導くと見届けようとしているのではないか。

いずれさほど遠くないうちに、ノブナガ公に謁します。

はるかな国より猊下に、かぎりない信愛を込めまして。アーメン〉

八

「ギュウ、して、堺はいかがであった」

五十を算《かぞ》えていまだに牛一か、ギュウだ。まともに和泉守《いずみのかみ》又七の名で呼ばれたことはない。舌を打ちたい気を鎮《しず》め低頭した。

「こたびの伴天連《ばてれん》、なんと申したかの」

「アレシャンドロ・ヴァリニャーノ殿と」

「ヴァリニャーノとな。フィレンツェ国からや?」

「御意にございます。ゴア、マカオを越えて来て、肥前・有馬修理《しゅり》殿と豊後・左近衛宗麟殿の許より罷りおり、のちに堺へ」

「こたびも了珪のとこか。あれは前のヴィレラやフロイスの折りにも骨を折った」

「左様です。あの者は先んじて伴天連の世話をしております」

鉄砲、瀬戸物、絹織物を扱う取引き人・了珪は五百石、千石積みの安宅船《あたけぶね》で堺から瀬戸内海を伝って、主に博多へ長崎へ行き来する。村上や塩飽《しあく》の水軍とも財力で友誼を結び、さらなる売買の利潤を求めてキリスト教徒となった。最近は、銀にも手を出している。

「了珪は、伴天連に摺りよって喉を鳴らすと難ずる者もおります」

「了珪のように伴天連を遇する者もおれば、信貴《しぎ》の弾正《だんじょう》は、伴天連から新しい文物を仕入れるのに肝をつぶす。余は弾正らを叱りとばした」

謀反を起こして信長勢に追い詰められ、信貴山城もろとも燃え死んだ松永弾正久秀親子は、キリスト教を忌んだ。

「アレらは料簡が狭すぎる。伴天連のひとりやふたり、なんの怖れがあろうか。この国に地球儀が入ってきてどこに災厄が起きようか」

「御高慮のとおりにございます」

本名を呼ばれぬことぐらい、どうということはない。牛一は恭《うやうや》しく頭をさげた。

「然り。遠い海を越えてきた貴顕を敬せよ。宋や明の時代は了えた。次はスペイン国だ、ローマ国だ。ポルトガルだ」

まだ夏には幾日かあるのに落日が近い。

安土城二層の十二畳〈花鳥の間〉の金箔押しの襖に、湖の残照が射し入っている。

新しい伴天連が九州・豊後から上ってくる。いずれ引見するが先に堺まで出向いてどれほどの人物か見て参れ、と牛一に下知《げじ》していた。すると思いの外《ほか》早く、三、四日もおかぬうちに、伴天連は堺を発ち、安土に返礼にあがってきた。その報告で牛一は御屋形様に登城した。

「いかな男よ？　下《した》に参ったのか」

いつもどおりに性急だ。

「はっ、かなりの人物と拝察いたしました。丈は六尺を越し、永《なが》の苦労のゆえか剝いた木肌のごとく痩せておりますが、眼光はかえって鋭く、道理を枉《ま》げることのない人柄かと」

「信に足る男や？」

「恐らく」

信長の頰とこめかみがかすかに攣《つ》れた。

「なにが、恐らくぞ。そなたは、弓のほかは昔からなまくら目だからの。疑うことをせず、この世の者は皆、善き人と。この世に善き者などどこにいようぞ。おれがそうだ。日々の戦さに明け暮れ、次は誰が寝首を搔きに来るか、殺し屋はどこから襲来するやと疑ぐり心が解けぬ。まあ、弾正親子、村重一統に続いて、信盛《のぶもり》め父子も掃《はら》ったがな」

佐久間《さくま》信盛は、初期の信長家臣団で柴田勝家とともに筆頭位の部将を務め、のちに最大の軍容を誇る織田軍団で最も重要な方面軍を担っていた。

しかしつい半年前、信長は十九ケ条の譴責状《けんせきじょう》を自ら書いて信盛に突き付け、高野山の奥に追放した。

「ほかにもな、ぞろぞろ、悪党どもは今時分脂汗《あぶらあせ》を垂らしながら、次は俺が信長の脛《すね》を蹴り飛ばしてやる、あわよくば亡き者にと策を練っておるわ。

さしずめ、京のシロクビどもとサルめが曲者《くせもの》。油断ならん」

「姫路《ひめじ》の御前が？」

「いかにも」

「そのことも記に録しますか」

「すべて残せ。こたびのヴァリと申す司祭との問答もな」

「はっ」

「いずれ遺書としてもよかろう。もう城も成る」

「えっ、御遺書でございますか。されど」

「なんだ」

牛一に怪訝を返した。

血色のとぼしい白い顔が、襖から動いた夕陽にさらに白く浮き立つ。首の血脈も青白い。

「むっ？」

「御屋形様がお赦しなされても、三河や姫路殿が末々まで切支丹にご寛大であられるかどうかは予断が許されませぬゆえ。伴天連どものことを書き留めましても、いつぞや削らねばならぬ時も参るかと」

「タヌキ、サルか。案ずるな。われの詳伝から、切支丹を取りのぞかせるようなことはさせぬ。いずこの寝首掻きどものことも書いておけ。重ねて申す。殊に遺書にはヴァリニャーノがこと、委細もらさず留め書け」

「まことに御屋形様の目は世界に向いておられましたことを御遺書に」

「然り。安土、三河、甲斐一統みな天下の切《き》れ切《ぎ》れぞ。所詮、一期の夢」

「安堵いたしました。されど『伝』には御屋形様に謁《えつ》せられた者のことはみな綴らねば」

「『伝』にはそれで良し。ところで、書きおぼえはどこで綴っておる」

「はっ、折々に、御城中や山下《さんげ》の仮寓の草庵にて。岐阜にあったころには手前の家宅で」

「ギュウよ、それで余のこまかな動きを遺漏も見当違いもなく書き込めると思うてや。向後《きょうこう》、綴る場は、この一層東、蘆雁図《ろがんず》の間とし、朝の内に務めよ」

それから、と指図した。

「そなたひとりでは心許ない。余が目通りを許す者は多い日で二十人を超えることもある。〈蘆雁〉に机を置いて、もうひとりふたりの輔弼《ほひつ》と突き合わせ、揺るぎない『伝』なり『記』をめざせ。思い当たる者はおらぬか。外に漏らさぬ信の置ける者だ」

それならすでに、丹羽長秀公の御供《おとも》近侍衆・長束正家《ながつかまさいえ》、その弟・直吉《なおよし》、またその家臣・奥村《おくむら》左馬之助《さまのすけ》を配していると応えた。

「そなたの倅は？」

「愚物ですが、なんとか手伝わせております」

「では、そなたが死んだら、『記』は、倅には預けられぬか」

「それはもうここの御金庫に」

「馬鹿め。日ごろに申しておろう。余も死ぬ。この城も果てる」

「なんと御屋形様、さようのことを。安土城が燃えることなどあろうはずはございませぬ」

「戯《たわ》け。この世のもののすべては消ゆと覚えよ。なんど申せば分かる」声が一層甲高くなった。

「はっ。なれど」

「だが、余の武勲と事績は残せ、『伝』の『記』にな。よって、なんと申した、そなたのその愚物せがれ、ぼんくら嫡男」

「又七郎牛次、と申しますが、しかしお屋形様、あまりそう愚物、ぼんくらと」

「まあ良いではないか。蛙の子は蛙ぞ。又七郎牛次に申し渡せ。末代まで残せとな」

「はっ。畏《かしこ》まりました」

「尚更にヴァリ司祭との問答を録した遺書に心傾けよとな。されどなあ、ギュウ。余も臭みが取れぬな。この世にあるもの、すべては消ゆと申しておるのに、『記』を残せと」

「御屋形様、お怖れながら『記』と申すだけではいかにも芸が足りませぬ。『古事記』に倣うわけでもございませぬがかねてより考えておりまして、『信長公記』と名づくのはいかがでございましょうか。〈平家〉の物語に準じて『織田物語』などもございますが」

「まあ題簽《だいせん》などに頓着はない。そなたがいずれ決めい」

折々に綴っていた覚書だが、題簽の話を持ち出していよいよ精確を期さなければならないと、牛一は座した膝を締める気になった。

敵、味方、天下の寝首掻きも伴天連も切支丹もヴァリニャーノ殿も残さず記載する。そのうちヴァリ殿との問答は確かな遺書とするべく心する。

○

信長にしては長い席だった。重職ではない牛一のような下僚《かりょう》には時に腰を据えることがある。まだ立たない。

「されどな、ギュウ。遠江のタヌキか丹波亀山《たんばかめやま》のキンカ頭か。いま一等、おれに忠義づらを見せるのは誰ぞ。赤誠《せきせい》のしたり顔が一番、寝刃《ねたば》をこっきり合わせてほくそ笑む。そ奴こそ、ただのネズミに非《あら》ず。猫の首に齧りつく。世の中は詐欺と奸計の曲事《くせごと》にあふれておる」

「然りと申しあげたいところですが、手前は人の世は善きかなと」

「ほうまだまだめでたいの、ギュウ、余に苦言を呈したいと申すか。ズが高けえぞ」

やはりいつもの難詰が始まるのかと、牛一は身構えた。

このたび堺に上陸し、御城下まで挨拶に出向いてきたヴァリニャーノという伴天連は邪悪な者には見えないと報じに来ただけだ。

にも拘《かか》わらず、『ノブナガ記』から、遺書に及び、寝首搔きに来る謀反者の話に、御屋形様の胸の針先が顫《ふる》え始めた。

こうなれば、畳の目をひとつずつ後ろに尻ずらしして、退散するにかぎる。が、大事を忘れていた。

「ヴァリニャーノ殿、御献上の品は何がよかろうかとお尋ねでございました。何も案ぜぬでよいとお答えいたしましたが」

「要らざる気遣い。時計など持って来おっても埒はない。西洋帽子か羽根飾りならよいが」

「左様のものは、フロイスが先に長崎より運んでおります」

全国の諸将は信長に謁するときはかならず音物《いんもつ》を携《たずさ》える。馬、鷹などの生き物から瑪瑙《めのう》、紅花、白練りなどの稀覯《きこう》の品もある。伴天連も例外であっては礼を欠く。

「いえそれより、御献上の御品《おしな》のことはよいとして、ヴァリニャーノと申す者、手前には耳慣れぬ名をしきりに告げておりました」

もっと尻を下げたいが、伝えておかなければならないことがまだあった。

「うん？」

牛一は、ふところから掌に載る覚え帳を取り出した。

「されば、かようの名でございますれば」

帳を手に読む。

「チェーザレ・ボルジア、と、舌を噛むげな。おらにはなにがなにやら、さっぱり合点がいきかねますが」

信長は、口許に笑みを漏らした。

「チェーザレというのは、ローマ国かフィレンツェ国を治め、なりふり構わぬ戦さ上手であった、古今無双の勇猛の御屋形なりと、なにやらの書、たしか『君主論《イル・プリンチペ》』『政略論《ディスコルシ》』といったかに書き残されていると、どの司祭かから耳にした気がせぬでもないが、いや分からぬ。まっ、気を入れて読む機会があってもよいか」

「やっ、たしか御屋形様のお口からいつぞや耳にいたしました書は、それでございましたか。トルレスですか、オルガンティーノですか、これまでに来た伴天連の話になりました折りに」

牛一はもう一度、控え帳を開いた。

「チェーザレ・ボルジア、この者の政《まつりごと》の要諦、戦略論を明かした、マキアヴェリという者の書を是非に、御屋形様にお伝え致したいと、こんどのそのヴァリニャーノと申す伴天連が」

「ほう、興をそそられる」

「恐れ入ります」

牛一は下段の座で膝を進め、聞きかじった挿話を伝える。

「御城下に参りましたその者、イエズス会本部の威令で、あと一年もせぬほどでマカオかゴアに戻らなければならぬとのことでありましたが」

「ほう、海を越えて参ったのにせわしいの」

「左様に」

ヴァリニャーノから知り得たことを約した。

チェーザレは、アレクサンデル六世ローマ教皇の父と遊女のあいだに生まれ、父の庇護の許、枢機卿となったが、五年でその権威の象徴である緋の衣を脱ぎ捨てイタリア全土統一をめざす戦乱をくぐり、最期を無惨で閉じた。

後世の史家はチェーザレを〈悪名高き毒薬使い〉と評したが、フィレンツェ共和国の軍事顧問、歴史家のマキアヴェリは『君主論《イル・プリンチペ》』を著してチェーザレの政治《ポリチコ》と軍事の独創性を称えた。

「『彼の王国統一の野望、信念はノブナガ公に重なる』

ヴァリニャーノ司祭はそのことを手前に揺るぎないようすで説きました。

『それゆえに上様に伺候かなえたいのだ』と」

信長が膝をくずしてくつろいだ解放を見せるのはめったにない。戦さの祝勝の時にしかくずさない。

信長軍をかたちづくった〈連枝衆〉にも重職の部将たちにも、むろん旗を降ろしてやって来る諸大名にも、くつろいだ顔、恰好、肚の底をかいま見せることは珍しい。

牛一のこの折りの身上は、信長の家臣団の末席をけがす軽輩の近習にすぎない。

いくつかの京の寺社の伝令役を務めて賀茂社から一度、筆を贈られたことがあるほどの功しか挙げていない微禄の軽輩だ。

だが信長は、重職の家臣団ではなく、こういう者には時に心馳《こころば》せの欠けらを覗かせる。

牛一は、もとは下級の足軽衆で駆け回っていたが、弓が巧みだった。

稲葉山《いなばやま》城（岐阜城）から七里ほどの美濃加茂・堂洞《どうほら》の戦さで、弓働きが無類だと偶々信長に認められて知行《ちぎょう》を賜り、近習への道がひらけた。

のちに、弓も達者だが、こまめに筆を執る男だと誰かれともなく言いだした口の評が信長の耳に届き、われが認した者どもの名、戦さごとを録せよとじきじきに命ぜられた。

首巻につづく永禄《えいろく》十一年を巻一として、以降、年ごとに一年を一巻として書き継ぐかたちになる『信長公記』をまとめ始めるようになったが、初めはさして確かな志もない覚え書き〈ノブナガ記〉からだった。

だがのちには、とても生半可な心得で対せるものではなくなり、修正、補筆、推敲をかさね、改訂の貼り合わせ切り取り激しく、下書きからして通りいっぺんで綴られるものではなくなった。

聞き間違い、見間違え、覚え違いも多く、再度又聞きの取材による、訂正のうえに訂正を重ねる苦心惨憺の産物となった。

永禄十一年から始める前の、溜めていた忘れ控えの首巻に、牛一はこれだけは残したいとおのれの小欲に駆られて差し挟んだ行がある。

〈二の丸の入口おもてに高き家の上にて、太田又助只一人あがり、黙矢《あだや》もなく射つけ候を、信長御覧じ、きさじに見事を仕候《つかまつりそうろう》と、三度迄御使に与り、御感《ぎょかん》有て、御知行重ねて下され候ひき〉

自分の手柄のことだ。全十六巻におよぶ大部に、牛一がおのれの顔を出すのはこのくだりだけだ。記した。

〈高い屋根にあがって射た太田又助の矢は外れず、きさじ（心地よく）、見事であった感動したと三度におよんで信長公のお褒めの遣いが参り、領地も頒けられた〉

牛一、人生の有頂天の一瞬だ。この時に、信長公こそ終生の主君と思いを決した。

さらに公が仆《たお》れたのち、是が非にも『信長記』を成し遂げ、少なくとも三部を手写しして、御屋形様ゆかりの熱田社《あったしゃ》、越前劔社《つるぎしゃ》などに奉納しなければならぬと誓ったのも、この折りの弓働きのお褒めに発した。

「その者。まことに一年でローマ国に帰ると申しておったか」

信長は牛一に繰り返し尋ねる。

「大海を越えてくるのはさても難儀ぞ。地球儀というもの、世界屏風図というものをフロイスかヴィレラかに見せられたことがあるが。チェーザレなにがしが余に似ておるといったのはあの折り、フロイスであったかの」

「いかにも左様のことがあったかもしれませぬが、しかとは。されど、こんどはヴァリニャーノと申す者が左様のことを。よほど似ておるのでございましょうか」

「しかして……チェーザレとな、チェーザレなんと申した」

「チェーザレ・ボルジアと。ボルジア家のチェーザレとの謂いのようでございます」

牛一は、癇《かん》走りかけた主君にまたなにか難題を吹っ掛けられるかと一瞬尻をずらしそうになったが、案に相違して機嫌は損ねていないようだと胸を撫でた。

「地球儀を目にしても海の涯がどれほど遠いのかまるで要領は得ぬ。船で数百日もかかるといったか。伴天連どものこと、左様の地球儀のこと、チェーザレ・ボルジアがこと、『信長記』と称することになったか、に漏らさず録せよ」

「あい、謹《つつし》んで」

「むっ」立ち上がりかけた。

「ではヴァリニャーノなる伴天連に御屋形様の御引見、苦しゅうないとお伝えいたしても」

「然り」

背中を見せて〈花鳥の間〉からさっと消えた。

九

この年の初めから信長は、戦さを忘れていた。

これまではみずから戦陣の前線に飛び出し、殺戮、焼亡をきわめて破壊し尽くし、おのれの身にも中途半端は許さず、むきだしの欲業の完結をめざしてきた。

焼き尽しさらに殺し尽し、業の果てまで到達しなければ帰陣せぬ。

それが三河吉良《きら》に初陣した時からの戦さづとめだった。

だが、天正七（一五七九）年安土城天守閣が成りつつあった頃より、武田《たけだ》が最終戦に臨んでくるという報に接しても、おのれは動かず嫡男・信忠を遣った。滅多にないことだった。十一年戦争の末、本願寺《ほんがんじ》を殲滅《せんめつ》し、残すは武田と毛利、これまでのようにがむしゃらに勝ちに行かねばならぬ道理はないと道を決したか。

いまでは諸国との戦さなどより、その先、海のかなたを視《み》なければならぬと思い定めたのか。代わりに安土城の補強、作事に心を動かしていると皆に見えた。信長も深く思うところがあった。

牛一を帰して六層目の天守下の花頭窓《かとうまど》に凭《よ》った。

外からは弧を描いた馬蹄のかたちに見える窓だ。

窓は湖に向いた一か所しかなく、ぐるりは赤漆と金箔の襖絵、床と円柱は深紅の漆に塗りこめられている。座敷間を閉ざしてあるために、山下から迫りあがって来る敵は見えない。わずかに湖を進んで来た時の軍船を目にできるだけだ。

ここまで攻勢をかけられる敵はいない、と信長は見越していた。

湖の向こうの比良《ひら》の連山は雪をかぶっているはずだが、湖《うみ》からしのび立つ暮色に辺りは昏《く》れなずみ、遠い比良の連山も暗い青色に打ち沈んでいる。完成したばかりの城に格別の感懐はない。

大きな息をおろした。

要らざる節介を尋ねる者がある。

御屋形様は連戦を重ね、金襴に取り囲まれた御天守でおひとり、天涯の孤独を感じなさらぬか。

左様の愚者への返答は持ち合わせていない。

この天守にあって、ひとり黒い湖面から連山を見る心持ちのどこに虚ろな無常があるや。

たしかフロイスだったかに教えられた。

これより五十年ほど前に、ポーランド国の司祭・コペルニクスなる者が、天体は地球のまわりを回るのではなくわれらの足許の地球そのものが輪転していると説を立て『天体の回転について』を著したという。

その主張を進化させた理屈が、渡来伴天連によって日本のコレジョや、セミナリヨの教本に採択された。

四季の移り、日夜の長短、潮の満ち引き、降雨降雪まで……その教本の中身を司祭に聞かされて信長は強く興ずるものをおぼえた。日本国の切れ切れはどうでもよい。世界はあまりに無辺だ。それを知らせるのは切支丹、伴天連だ。

雨とは、微かな気泡の集まりとする説からやがてこう転じたという。

〈雲から生ずる。雲は大地から多量に上昇する湿った熱い蒸気が寄り集まり、中空で冷えて凝縮する。この冷却されたものが水に変じて、空気より重いゆえに下降し、雨となる〉

このほか、風、雷、台風、彗星、虹、海の塩分、地震などについても教えていた。

いずれも、これまでの内裏も京の長袖どもも大名も民もことごとく知りえぬものだった。

世界はこれほどにわれらの知らないことに気づいている。

天涯の孤独などを思っているばあいではない。

力量を溜め、運を引き寄せ、涯まで駆け抜ける。安寧の泰平をつくる。余が滅せば遠江の食えぬ男が継ぐ。あれは危急の時の決断ができる。武田、毛利一統も打ち破る。なれど、サルとキンカ頭は油断ならぬ。いつぞ裏切る。いや、皆々そうだが。

黒い湖面の手前の足許の岸に篝《かがり》火がゆらめいている。

ここに立てば、ここに坐れば、赤い道の横切る海の彼方から声が聞こえる。

われにはさらに目指さねばならぬ星がある。

伴天連の指し示した〈エストレラ　デル　ノルテ（北の星）〉、日本では北辰といったか。どの世界の涯から見上げても不動の天空にあるという星だ。

地球儀で見せられたが、われの在る海も陸も円形なる地球に存すという。天空も円い。

そこで動かぬもの、それが〈北極星〉だ。

われはその星に駈けあがる。孤独などと愁傷している暇はない。


石山寺を破却し、門跡を放逐した天正八年の秋の初めの頃から、信長の目の底もこめかみも、伴天連に見せられた地球儀とそれをとりまくようにあるという天体へひりついた。

星に駈けあがるとは征夷大将軍になることでも、内裏を身近にいただくことでも、天下布武を成すことでもない。

まだかたちには視えぬが、もっと高い広い世界というもののことだ。

年の初めから、信長は戦陣に打って出ぬ代わりに、そのエストレラを思いながら安土城の下、北西部に馬場を作造し始めた。
すぐ近場の普請のようすを目の当《ま》たりにして牛一は御屋形様の姿、動きを控え帳に走り書いた。その日、御屋形様、御城下への格別のハレのお出ましとなった。

〈信長公、安土山下御馬場入り、黒き南蛮笠をめし、御眉をめされ（剃った眉に黒墨を引く）、赤き色の御布袴《ほうこ》（宮廷の礼服）を穿かれ、唐錦《からにしき》の御側次《そばつぎ》（武家の袖なし羽織）、虎皮の御行縢《むかばき》（騎馬用の腰たれ）。天下晴れの御装ひにて乗らせられる蘆毛の御馬、飛鳥《ひちょう》のごとくなり〉

そのうしろを着飾った重臣どもが続く。

〈おのおの歴々美々しき御出立《いでたち》、思ひ思ひの頭巾、装束、結構にて、早馬十騎・廿《にじっ》騎宛《ずつ》乗らせられ、後ろから、爆竹に火を付け、噇《どう》と囃し申し、その後、町へ乗り出し、御馬納めらる。見物群衆をなし、御結構の次第、貴賤耳目を驚かし申すなり〉

戦さなど捨て置き、天下布武など眼中に入れず、北の星をめざす気概高くかかげ、信長はこの飾り立てに専心した。そしてこれこそ、京都御所、天長内裏の面前で繰り広げる馬揃え、本番前の立ち稽古と心した。
牛一はそれも控え帳に綴った。

〈正月廿三日、惟任日向守光秀《これとうひゅうがのかみみつひで》に仰せ付けられ、京都にて御馬揃へなさるべきの間、各々及ぶ程に結構を尽くし、罷《まか》り出づべきの旨、御朱印を以《も》って御分国に御触れあり〉

これが本来の目途《もくと》だった。戦さ場より内裏が所在する京都御所での晴れ姿こそ、信長の一世一代の大勝負、「我これより北の星に昇る」と内にも外にも告げるきざはしの一段だ。諸侯、諸氏が思い描きもしなかった仕掛けを投ずる。

御所馬揃えにはまだひと月近くある。

月光はない。黒い湖は普請作事の遠い篝火に揺らいでいる。

信長は孤独でもなければ虚無に取り込められているのでもなければ、野心をたぎらせているわけでもない。ただ、胸の芯に〈北の星〉をかざしてそこに在る。

夕刻、太田牛一が報告しに来たヴァリニャーノなる新しい司祭の「チェーザレ・ボルジア、この者の政《まつりごと》の要諦、政略論《ディスコルシ》を是非に御屋形様にお伝え致したい」との献言と、コペルニクスなる者の『天体の回転について』、「海と空は円い」と地球儀をまわしながらかつて教えたルイス・フロイスの説明が胸によみがえる。

牛一の所に挨拶に参ったというヴァリニャーノなる者も余の眼を世界に開かせてくれるや。

湖からの風がことのほか冷えてきた。

元来、躰の冷える質《たち》だったのに四十をいくらか超えた歳になってから、逆にときおり胸、手のひら、さらに喉許が奇妙に汗ばむ。

時にどうかした具合で、心ノ臓の拍動が高乱れする。

天守六層の間には誰もいない。湖に向いた格子を閉ざして蓋をする押し込み戸を自分で引いた。昏れても、冬仕舞いの春雪の照り映え、篝の遠火による微光が高い天守まで届いていたが、蓋の戸を引くと外光は遮断され、蠟燭の灯だけが黄金と朱の襖と壁を淡く照らし出した。

階下からの吹き抜け柱に隙間がある。窓を閉ざしたのに蠟の炎の先が揺れる。

フロイスとはどこの者だったかと、思いを後戻りさせられた。

スペイン、ポルトガル、フィレンツェ、ナポーリ国……教えられてもいずこにあるのか、イタリアにはいったいどれほどの数の国があり、いかなる者が住んでいるのか諒解できぬが、海ばかりでなく、陸地までが円い、という地球のかたちが伴天連たちによって伝えられたのは清新だった。

チェーザレという若き領主は、余に似ておる、と言っておったのも面白い。

さすれば、チェーザレとやらは、いかな合戦に臨み、どのような戦略をあやつり、いかに勝ちをおさめてきたのか。それをヴァリニャーノは余につたえようというのか。

これまでに左様な伴天連はいなかった。歓待いたすに決まっておる。尋ねるべきことは多くある。

そのフィレンツェ国の天下人の運否天賦《うんぷてんぷ》はどうであったか。

盟主と呼ばれる者は、定められた運をどのように使えばよいのか。

また、家臣のこと、領民、傭兵のこと、飢餓、戦乱……チェーザレの国ではどう治められているのか。

それよりなお大事がある。戦乱荒廃のあとの万民の意力をふたたび生き返らせるためには何をなせばよいのか。ミヤコは応仁のあと、なお荒れ果てている。日本を安寧、泰平に為す途はあるのか。フィレンツェ国のチェーザレはいかに新しい国風を打ち樹てたのか。

なるほどギュウの願いどおり、ヴァリニャーノと申す伴天連、じきに目通り遣わさねばならぬな。

いつであったか同じイエズス会・フロイスとの仲介を取った和田弾正惟政がのちにフロイスから聞いて参った余の印象を教えた。余に謁見してなにもかもひどく驚いたらしい。

〈大殿《オドン》は、中背の丈で、鼻の下に八の字の細い髭を生やし、思いのほか、悠然とお話しになる声はやや高く、明瞭に聞こえました。

腰に虎皮を巻き、木挽きと変わらぬ袢纏に股引の粗末な衣服を着けておられた。

この統治者《ゴベルナンテ》のたたずまいはなにもかも珍しく、いったいここはどこか、いかなる貴人の城かと私はお尋ねいたしました。と、ここはアシカガの将軍が住んでおるところだ。いや畏《かしこ》まることはない。羽根飾りにもなれぬ男の住まいでな、と仰せられた。

聞き違えでなければ羽根飾りとはデコラシオン　デ　プルマ（Decoraión de Plumas）。

統治者《ゴベルナンテ》・ノブナガ殿は、ハポンの国の頂点におわす将軍《ゼネラル》を羽根飾り、いやそれにもなれぬ者だと仰せられたのでございます。

その羽根飾りにもなれぬ者に、大殿《オドン》は一万五千から二万五千人をかぞえる鍛冶、杣、番匠、木挽き、大工、土掘りが、日々大殿《オドン》の指し棒で張りつめて造営した住まいです。これを与える〉

フロイスはヴァリニャーノより年長で来日も十七年早い。だがヴァリニャーノはイエズス会総長の名代・巡察使の肩章を佩《お》び、位階はフロイスより高い。

フロイスは弾正惟政に覚え書きを残した。

〈大殿《オドン》に仕えるハポンの領主諸侯らは大殿《オドン》の歓心を買うことに汲々とし、競って自領の石の祭壇を打ち砕き、地上に投げ落としたホトケをこの普請現場に搬出しております。

他の者は濠を掘削し、ヒガシヤマ、アラシヤマなどへ木材を伐りに行ったり、カルタゴの女神・ディドンが建設した神殿の造営現場がかくもあったであろうと想起させるごとく犇《ひし》めく地もあり、ミヤコの衆は大殿《オドン》・ノブナガへの恐怖をいやが上にも募らせておりました。

愚生が大殿《オドン》に二度目に謁したのは、吊り上げ橋の上で、足下には美しい濠が清水を流し、水面で鳥が遊び、魚も泳いでいました。

大殿《オドン》は、この宮殿の造営中、ミヤコのすべての寺院に鐘を撞くことを禁じ、土掘り人たち一万、二万の作事人が参集、解散のときだけに、鐘撞きを許しました。

鐘が鳴ると一刻の猶予なく、皆、集まらなければならない。作事を終えるときも一瞬の時に遅れると怒声が飛ばされる。すべてが緊張と、刻限との戦いで進んでおるのでした。

ある時、普請見物に来た貴婦人が被り笠を少し上げた。それをなにやら揶揄《からか》った作事人があった。偶々これを目にした大殿《オドン》は駆け寄って、一刀のもとに男の首を切り落としたそうであります〉

フロイスは弾正に会った時、こうも言っていた。

「大殿《オドン》に謁した私には、すべてが愕きでありましたが、なによりも、エウロパから遥か東の涯にある領主の好奇の深さに驚嘆いたしました。荒海を幾つも越えた先の先の国ですよ。イタリア、スペイン、ポルトガルの何から何まで知りたがるのです。

作事、普請の喧騒のなか、吊り上げ橋の上で、大殿《オドン》の声も、顔や手の動きもゆったりと鷹揚でありながら、矢継ぎ早に私にお尋ねになられた。

ポルトガル国からここまでどれほどの道のりか。いかなる心持ちで来るのか。

私は虚勢も外連《けれん》も込めず答えることに努めました。

『われらローマ教皇庁イエズス会の司祭はデウスの教えを御国に広める望みだけを抱いて波濤を越えて参ります。現世の益や名誉にはいささかの関心もございません』

大殿《オドン》はさらに愚生に尋ねられました。他愛もないことでございました。

『インドのゴアというのは暑い国か』

『日中のほとんどを寝そべって過ごします』

『働かぬのか』

『まあ、そのようで』

『働かんで何を食っておる』

カレーという辛いものをと、お答えいたしました。

『余にも食えるや』

『むろんのことであります。こんど長崎に船が入りましたら、取り寄せますか』

細い目が童のように輝いておりました」

〇

安土城六層の間は立春に届かぬ時節の冷えこみがしのび入ってきた。

「誰か」と呼びかけたが、近習の控えていないことに気づく。

駆け寄ってくる跫《あしおと》もない。

無明《むみょう》の闇のなかで信長は、フロイスら伴天連どもをこれまで何度、何人引見したかと数える気になった。明瞭な回数など分かるはずはない。京で岐阜で安土で、三十回、五、六人に及んだか。

さらに羽根飾りにもなれぬ将軍・義昭のために造営した二条《にじょう》城のこともはるかに遠い。義昭はあの折りはまだ副将軍であったか、足利の位階、公方どものこと、すべてが胸に茫漠と霞んでいる。

造営が成った二条城御所に愛着はなかった。日々二万の作事人を集めて工事に挑むのが面白かった。誰が住むかは二の次のことであった。

いや、フロイスのことだ。あ奴が岐阜の城まで来た時か、佐久間や和田ほかにもいたが諸大名のいならぶ席だったか。オレは告げた。

「内裏《だいり》（天皇）も公方も敬するには及ばぬ。そなたは、余の差配のもとにあり、余が述べることのみを達し、あとはそなたの欲するがまま、一切の忌憚は要らぬ」

将軍はむろん、天朝の勅諭などにも意を介さずパードレや信徒兄弟《イルマン》を保護する、と宣してやった。

それより以前は、怪異のボンズ・日乗が内裏から伴天連排斥の綸旨《りんし》を賜っていた。棕櫚皮のように強張った顔面の日蓮宗ボンズだ。パードレ、信徒兄弟《イルマン》を日本から閉め出しにかかる急先鋒を務めていた。

思い出すだに面妖の男だった。

「御屋形様、天下様」と粘っこい舌を転がしてきたが、遠ざけた。

素性も不明だった。諸国行脚ののち禁裏《きんり》より賜ったと虚偽の金襴の布切れをかざし、怪しげな法華経を振りまいて長州・右馬頭《うまのかみ》に取り入った。オレの以前には、信貴の弾正や近衛《このえ》に近づいたこともあった。

左様な胡散臭い日本人より、艱難の末に海を渡ってきたフロイスやほかのパードレらの新しい熱情と精魂に親愛をおぼえた。

あれらが、地球の円いこと、北の星が動かぬことを余に教えた。

そういえば岐阜城だったと、思い返した。

あと二日ばかり、ここにとどまれとフロイスを押しとどめた。

尋ねたいことがあふれ出していた。

インドのゴアには、どのような城があるのか。そなたの国では、月の出入り、星の流れをどう測るのか。海の向こうには寒冷国、熱暑の国があるというがどのように寒く暑く、領民はどう過ごしているのか。

いや左様のことはすぐにも知れる。

さほど遠からぬうちに、余が軍団を組んで世界の海に出向くことがあるぞ。

と、幾つかフロイスに問うたり、おのれの身に答えてから膝を乗り出し、オレは司祭に強いまなざしを向けた。

「そなたに助言を致す。先年来より、ポルトガル国やフィレンツェ国から渡来する者を制せよと申し始めておる大名や公家がおる。〈禁海令〉〈鎖国〉をと進言する者もある。一笑に付してばかりではおられぬ。いつぞやこの令の布かれる日が来ぬとはいえぬ」

思えばオレはと、信長は一瞬ひるがえった。

フランシスコ・ザビエルという者がこの国に渡って来たと耳にしてから異国人には尋常ならざる興を抱いた。

鉄砲は、明国から伝来したと聞いていたが、もとはポルトガルのものだ。ザビエルがゴア、マカオを経て種子島《たねがしま》に渡来させた。

これから時世は、鉄砲と切支丹が拓いていく。石垣の城などとうに無用の長物か。

美濃の国主・道三《どうさん》入道に謁した二十歳の頃より、オレは鉄砲に気を寄せていた。のちにも、鉄砲をもたらすポルトガル国やヨーロッパへの思いは深まり、さらに日を経て根来衆《ねごろしゅう》らにつくらせた鉄砲で今川の治部大輔《じぶのたいふ》を〈桶狭間《おけはざま》〉に討ち取った。

だがすべては移ろうのか。遠くないうちに〈禁海令〉の時世が来ると。

〈禁海令〉〈鎖国〉は悪令だと余は宣し、『信長記』にとどめておくようギュウに伝えた。

海を閉ざして、これからの日本があるはずはない。

ヨーロッパの文物を禁じて日本は孤立するのか。

その思いに至ると余計に、ギュウの連れてくると申すこんどのヴァリニャーノなる伴天連には心が急く。チェーザレ、マキアヴェリなる者のことなら、夜を徹してでも聞き澄ましたい気がする――近習の控えがない六層の間で信長はひとりごとの尾を曳かせた。


かねてフロイスら伴天連はみな、ポルトガル人、日本人の修道士《モンヘ》らに運ばせた音物を信長に差し出した。

緋色の合羽、フィレンツェ国の羽根つき縁つきの天鵞絨《ビロウド》の帽子、聖母マリアを象《かたど》ったメダイの聖具、コルドヴァの革鞄《かわかばん》、鞍、時計、虎皮の外套、ヴェネチア国の切り子細工、インドのカレーという調理に使われる香料……世界はどれほど広いのか。

信長はまだ見ぬフィレンツェ国に思いをおよばせた。

だが、かの国のかたちの片鱗すら目に泛《うか》べることができるわけではない。

それが叶うなら、稀覯品に興じてもよいが、分からぬものをやたら愛でても詮はない。

「海を越えてきた珍奇の品々、喜んで受け取りたいが」

帽子と鞍と鉄砲のほかは返し、パードレたちに礼として朱印を与えミヤコの教会の門に制札を掲げさせた。

〈伴天連には随意を与え、我が領する国のいかなる地に逗留することも赦し、これを妨害したり不法に呵責する者は処する〉

ミヤコのパードレ、信徒兄弟《イルマン》たちは手放しで嬉々としたが、ただ彼らを喜ばせたかったわけではない。

誰にも打ちあけはしなかったが、目論見・観念があった。

義政《よしまさ》の代・応仁《おうにん》より数え切れぬ戦乱を越えてきたこの国を、君臣が一体となって再び安寧に返らせるには、デウスという者を戴くキリスト教と折り合うのが至便の策ではないか。

さもあるかあらぬかは後で見立てればよい。安寧とは上から下まで皆憂いなく食っていけることをいう。

時世の先が読めぬ暗愚どもは、パードレ、信徒兄弟《イルマン》にこの国を乗っ取られると騒ぎ立てる。

そうではない。彼らを活かし、彼らを乗り越えていく。それが次代を導くということだ。今度のヴァリニャーノは余に何を伝えるか。

倚《よ》りかかっていた窓から離れ、六層の間の金泥塗りの小座敷に尻を落としたとたん、がくっと首を落として背を丸めた。

小姓や侍者がいたなら、いつもの御屋形様ではない恰好に駆け寄ったに違いない。

さほど大きくない細い柄の禽獣《きんじゅう》が、肢を折ってうずくまった姿に似ている。

右から左へ敏活に、しかも手短に指示を出す昼間の風儀とは違う。

小座敷にじっと首を折って動けなくなったのは、戦国のあとに切り拓く時代の先に、またおのれ自身の先に、何が待っているのかと不明瞭な像しか結べない気配に取り込められたからだった。

この国を切支丹国にすれば、陸も海も円いとするフィレンツェ国やローマ国、ポルトガル国と伍していけるか。千古不易に動かぬという〈北極星〉を戴く左様な天下を造ったのがデウスと言うや。

真《ま》に受けはしないが、ならばデウスというものの姿かたちを見に近づいてやってもよいか。

胸の芯を拍つ動悸が聞こえた気がした。

いったいいつ戦さをやめることができるのかと心持が揺り戻ったのは、義政以降の応仁の乱からほぼ百年の長きに亘って、町は荒れ果て、領民が路端の草を齧って逃げまどう姿がたちのぼってきたからだった。苦しみのない世はわれが創る。

されどたしか五十五で没した足利八代・義政はいまわのきわに詠んだ。

〈何事も夢まぼろしと思ひ知る身には憂ひも喜びもなし〉

可もない、曲もないその歌が胸にひびくわけではない。

いったい尊氏以降、義昭の十五代までの幕府は何を為そうとしたのか。何を成しえたのか。

ふふっとおのれの口許から薄笑いがこぼれた。オレは違う。オレはスペイン国、ローマ国を見る。北の星をめざす。天下ではない、世界を駈ける。

信長は、うずくまったままの恰好で折り曲げた胸に掌をあてた。

不規則に乱れた動悸がなお、トクットクッと拍動している。

そういえば足利を開いた尊氏も似た隻句《せきく》を残した。

〈この世は夢のごとくに候〉

まことに足利一統は、何を成したかったか。

この時より十一年前の元亀《げんき》元（一五七〇）年、信長は諸将に五箇条の〈御掟〉を示達《しだつ》している。

〈これまでの将軍・義昭の下知はすべて無効とする〉

〈諸国大名に発する折りはかならず余に献言し、余の副書を添えよ〉

〈足利が忠孝の者に与える恩賞の土地はない。いかにも必要とあらば、余の決済を仰げ。余が与える〉

〈天下のことはすべて、信長に委託されておる。なんぴとも足利将軍の内意への配慮は無用のこととする〉


室町幕府を開いた始祖・尊氏が目に耳にしたなら卒倒する威令だった。

信長は繰り返しおのれに問う。

幕府を超え上位に就き、天下人となり、さらにそれを超えて、世界をめざして国を治めるためにはなにが須要か。

荒廃した民心をひとつにまとめることの外はない。

藁にもすがりたい思いを余人に漏らすわけにはいかぬが、ギュウがいってきたそのチェーザレとやらに啓示、手がかりはないか。

いや、ソウリン、ジュスト右近らにも調示はないか。あやつらはなぜ戦さの世でキリシタンなのか。

小乱れていた息がようやくおさまってきた。額にあてた掌に、冷えた残り汗が貼りついた。

十

ジュスト高山右近はヴァリニャーノを初めて召見するなり訴えた。

「わが領地には悲惨が満ち満ち、日々、神の恩寵《ガラサ》が届くよう祈っております」

「ヒゼンでもブンゴでも似たようすでありました」

ブンゴの王・左近衛ソウリンの悲惨についても話がおよんだ。

同じ切支丹ダイミョウだ。ヴァリニャーノは伝えた。

「薩摩軍に無残な敗北だったようです。日向国の〈無鹿〉なる地に神の国を築こうと島津と戦ったが壊滅させられ、ひとりの女を手に入れるために夫、母親、義父を謀殺し、また一族一統で長い内訌を繰り返し、ついに御乱心になられたようすをお見受けいたしました」

ジュスト右近は気弱げに目をあげた。

「パードレ、教えてください。神はソウリン殿にいかなる癒しの手を差し伸べておられるのでしょうか」

ジュストの膝の手を握りしめた。

「私はすぐにまた堺に戻り、あらためて当地に参りますが、いつの時も、ジュスト様。神へのわずかな疑心でも戒めなければなりません。嵐の夜の船底でも私は神を疑ったことはありません。ソウリン殿にもかならずや魂の救済と祝福が訪れます。私もイエズス会の辞令により、あと一年もせぬうちにマカオ、ゴアに帰ります。そしてもう一度も二度も、はるかな海を越えてまた日本にやって参ろうと決めております。そうです、帆を下ろせ、躰を檣《ほばしら》にくくりつけよと叫び合いながら、精神を病んで漆黒の海面に飛び込む者の姿を見ながら、嵐の夜を何度も越えるのです。しかし神は必ずや嵐を鎮めてくださる。左様な波濤をいま一度越えようとする私が、ジュスト右近さま、この高槻の地にわずかばかりの力でもお貸ししたいと存じます」

「お助けくだされ」

「世界は広く、国は異なり風習も言語も違う。われわれの風習もエウロパという小さな地域に生まれただけのものではないか。謙虚に学ぼうと考えております」

高槻の山里の風が入ってきた。大蠟燭の炎が一斉に揺れる。

磯次やモニカの顔も揺れる。かれらはむろん、ジュストに向かって口がきけるわけではない。切支丹ダイミョウの好意と信愛により同席を許されているだけで終始、黙している。

ジュストはヴァリニャーノに、静かに訊き返した。

「お話はよく腑に落ちます。しかしひとつだけお伺いしてもよろしいか」

「なんなりと」

「戦さを重ねて領民を苦しめる。左様なことでわれらは、領民に平安と愛をほどこせましょうか」

「ジュスト様、私たちのもっとも大事にする美徳は〈愛〉〈信仰〉〈希望〉です。戦さに勝ちなさい。戦さに勝ってこそ、ジュスト様は御領地の皆々に〈愛〉も〈信仰〉も〈希望〉もほどこすことができるのです」

「それには殺し合わなければなりません」

「ためらわずに殺しなさい。そしてのちに、より多くを救うことになる尊い恵みを確信いたしなさい。君主の道はそのことに尽きます。謀《はかりごと》を使っても勝利しなさい。領民から愛され恐れられなさい。危害を加えに来ようとする者の首はただちにはねなさい。そして勝つ。それがもっとも領民を安寧に導く途です」

ここでもマキアヴェリの言を伝えた。

夜は長い。ジュストはこの国に渡ってきた巡察師・ヴァリニャーノを早々と手放したくはない。かねての不思議を問うた。

「かつて渡って来られた司祭殿に伺ったことがあります。二十年ほど前にポルトガルのリスボンなる町で、『罪びとを善に導く』という布教書が出まわったそうですが」

「ああ『罪の一式《ギヤドペカドル》』ですね」

「どのようなことが？」

「〈われは人なり。死は遁《のが》れがたし〉と始まります。そしてこの騒々しい世でみな命は短い。権勢など儚《はかな》いと説いております」

ジュストは、膝に手を揃えて居ずまいをただして聞き入った。

「〈今は壮《さか》んにあれど、たちまち病いの床に伏す。目は光を失い舌はもの言えず、面《おも》のいろは枯野の草に似、いまだ息の通ううちより屍《しかばね》に似て〉と続きます」

「いかにも。そのように聞いております」

「聖書の、愛の定義について述べる〈ヴァニタス〉から来ています。人間の愛の態様はさまざまで、確かな定義は不可能、無意義だと唱えております」

「ヴァニタス？」

「聖書のなかの、生の儚さを語る一節です。ヴァニタスは、儚いことの意です。私はこう解釈しました」


【草原は輝き、花は咲き誇り、されど、そは暁の露に似たり。空《くう》の空、すべて空の空かな】


「左様ですかパッパ……いつぞや御屋形様が拙者に申されたことと似ております」

「ノブナガ殿が？」

「私に、鹿毛の血統馬、黄金三十枚を下賜なされ、『敦盛《あつもり》』を舞われた祝宴で」

ジュスト右近はかつて与力として従っていた摂津村重謀反の報に煩悶したが、最後には信長に添った。これにより、村重の敗北は濃厚となり、信長はジュストに高槻城を頒け与え、二万石を四万石に加増して賞した。その宴の夜のことだ。信長は〈桶狭間の役〉の前夜に舞った『敦盛』をジュスト一統に披露した。

〈思へばこの世は常の住処《すみか》にあらず。草葉に置く白露、水に宿る月よりなほあやし。……ひと

たび生を享け、滅せぬもののあるべきか〉

ヴァリニャーノはひとつのことに思い当たった。

聖書と日本人の共通項がここにある。

ならばヴァニタスと『敦盛』は相通じて同じではないか。この思念にもとづき、信長公の声がかりで日本人信徒兄弟《イルマン》を増やせないか。

ヴァリニャーノら司祭が高槻でミサをおこなうと耳にして隣国だけではなく遠く美濃、尾張などから千人を超す日本人信徒兄弟《イルマン》、切支丹信徒らが集って大手門内広場を埋めた。とはいえさして広くない広場だ。長い行列が門の外から教会に続いた。

磯次もモニカも参会した。フロイスもオルガンティーノも駆けつけた。ソウリンのブンゴではこれほどの数が集まるミサはなく、モニカは主の祝福を授かるよろこびに十六歳の成人した女身を震わせた。

ブンゴにいるときと同じように赤い袢纏《はんてん》を羽織り、髪に朱のリボンを結んでいる。

◯

モニカが同道してきたのは、別れたヴァリニャーノを見送りに来た船着き場で、突然「パッパ」と膝にすがりついたからだった。

「パッパ、あちをお連れくださいっ。まだまだデウスさまの祝福、ミサ、イエスさまのことに未熟で、知らないことが多すぎる。デウスさまへの忠節に生きてこられたブンゴの御国を治められる御宗主様がなにゆえに浜の砂の上で泣き伏されるのか、底が知れません。

ヨハネさまかマルコさまであったか福音書を残され、この世の一切は神によって出来、暗闇のなかの人を光で照らすと申されたそうです」

イスラエル人が奴隷だった身から解放され、エジプトを脱出した日を祝う、また悪霊がイスラエル人の家を通り過ぎた故事を祝い、イエスの復活を祝祭する準備期間の四旬節の頃となっていた。

「パードレ、光があるならなぜこの世はこれほど哀しみに満ちているのでしょうか。

パッパ、パッパにおすがりいたします。この世にはなぜ絶望や悲痛が多いのか。あちにお教えください。宗主様は砂の上でなぜ泣かれなければならないのでありましょう」

船着き場だった。堺に向かう臼杵の定航船の渡り板に波が寄せてくる。モニカはヴァリニャーノの膝から頽《くず》れ落ちた。

「モニカ殿。神は仰っております。『儚《はかな》い一時《いっとき》を棄てて永遠のものを求めなさい。さすればこの世の絶望も悲痛も嘆かずに済みます』と。平安を授かりたいと願うならモニカ殿、どうぞ神のその言葉に従いなさい」

モニカと磯次を伴ってブンゴを発ち、ヴァリニャーノらは堺の切支丹を歓待する交易商・日比屋了珪の邸に入った。

太田牛一が訪ねてきたのはその日の午後だった。

ヴァリニャーノ司祭が東上して来ることを知らされていた了珪が信長に通じていた。

「着いたばかり。すべてに不案内のことゆえ追ってすぐさま安土へ返礼に伺う」とヴァリニャーノは応えた。牛一が去って寸刻もせぬうちにこんどは彼らの控えていた茶湯《ちゃとう》の間に、金色の口髭を生やした大柄の男がぬっと赤ら顔を出した。

ゴアで「ハポンに連れて行ってくれ」とヴァリニャーノに地に額を圧《お》しつけて志願したヴィトール・ホセだった。

東洋の涯の黄金《ドラド》の国・ハポンで千金一攫の思いを募らせてヴァリニャーノとともに口之津《クチノツ》に揚がり、肥前日野江で袂《たもと》を分かった。

その男が、了珪の屋敷に姿を現した。

ポルトガル語で身振り手振りをまじえた。

豊後から瀬戸内の海を伝って来る途中に飾磨津《しかまつ》（姫路）の湊がある。

そこから半日ほど山に向かえば生野《いくの》という広く深い銀山に行き着く。深い地底に潜らずとも、銀塊の欠けらが闇の中の蝋燭の光に白く浮かぶ。

信長の庇護にある但馬国の山名祐豊《すけとよ》なる守護と了珪が、銀二十貫を二百丁のエスピンガルダ銃に交換する取引を始め、筑前守秀吉がこれを継いでいる。

掘り出した銀塊を灰吹きの法で精錬して銀を堺まで運ぶ。ポルトガル商人とエスピンガルダ銃に交換すれば二割の割り前にありつける。ホセはこれを幾度か繰り返していた。

「パードレ、いまに見ていてくだされ。おいは船でん買うき」

「そなたは悪魔の誘惑に導かれて荒野《あれの》にのぼるのだな。悔い改める日が参ればよいが。いつか光が射し天の国が近づいたと祝福される日があれと祈りましょう」

「いや、パードレいつぞ、おいの情けば受け取ってくれ。コレジョでもセミナリヨでも建てられますき」

ホセは低頭して、ヴァリニャーノの手を太い掌で握り込みあわただしく退室した。


堺で了珪に礼を尽くし、ミヤコに向かった。高槻のジュスト右近にいまいちど司候したのはその途次であった。

京にのぼる街道そのものも立ち並ぶ民家も、荒れ果てていた。橋は落ち、山は地肌をむきだし、家並の屋根も壁も崩れ落ちている。

「このさまをどうご覧になられますか」

フロイスがヴァリニャーノに故国のポルトガル語で話しかけた。

「私にはほどなく福音が舞い降りてくる気がします。苦しんでいるのです。新しく再生するためにおのれの皮を内からつついて破り出ようとする雛《ひな》に似て、激しくうごめいている。これからハポンは大きく変貌しますよ。そのために、この現状を精算する国を分かつほどの大きな戦さを経なければいけないかもしれませんが」

「長く荒れた戦さをして参って、なおまた大きな戦役があるのですか」

「私にはそう思えます。オルガンティーノ師も同様の観測です。この国の者ではないからよく見える」

宣教師にしては口下手というか無口で、信徒兄弟《イルマン》らに何をどう説いているのか分かりにくいと評のあるオルガンティーノも頷いて続けた。

「あなた方の言われる通りかもしれません。ローマ本部の通達どおり私はあと二年でゴアに退き、本国から派された副王をお迎えして〈聖パウロ学院〉と〈司教座聖堂〉でミサを樹《た》てなければなりませんが」

〈副王〉〈聖パウロ学院〉の語がオルガンティーノの口からもたらされて、ヴァリニャーノは遠い地の遠い昔に引き戻された。それがしばらく胸に巣くった。

ポルトガルからの副王の船は、数か月の雨季を過ぎたあとの九月、秋が始まる頃マンドヴィー河口をすこし遡ったガレー河岸の副王波止場に入港する。

教会は一斉に鐘を鳴らし、河岸の要塞が祝砲を何十発もとどろかせる。居並んだ二百の軍兵たちがトランペットとクラリネテを吹き鳴らすなか、新副王はまず大司教教会へ着任を報じに行く。ヴァリニャーノたちが盛儀のミサを捧げると次に、〈テ・デウム・ラウダームス（われらは汝を天主として奉る）〉の聖歌が堂に満つる。

ミサが終わり、副王が官邸に入ると、パードレ、修道士たち堂衆はマンドヴィー河岸に降りて、満天に競って打ち上げられる花火に興じる。

湿気と汐を孕んだ暑熱の国の匂い、狂騒の音、一頭の象かあるいは一匹のねずみの腐乱死体から沁みだした疫病の菌がいつ〈ソドムの町〉にするかもしれないと恐れられているゴアの懐かしい光景に、ヴァリニャーノは久しぶりに胸を占められかかった。

いや、そんな思いにひたっている場合ではない。

この国の統治者《ゴベルナンテ》にもうすぐ謁する。オオタギュウイチなる者が統治者《ゴベルナンテ》から派されてきて、着任の祝意をわざわざ述べにきた。

しかし公ははたして、チェーザレとマキアヴェリに興をお示しになられるか。

オルガンティーノが発する。

「ヴァリニャーノ様、あらためて申しますが、われらここまで艱難の旅でした。いよいよ統治者《ゴベルナンテ》に謁することができるのですね。それにしても長い航海でした。嵐は必ず来ますし、近頃では海賊の襲来の激しいこと極まりない」

船の積み荷を奪い、命は助けても帆を上げたり艪が漕げないように腕から先を切り落とす海賊が横行していた。首ではなく腕を落とすことは惨劇でも蛮行でもなく、彼らの土着の祈りの宗教儀式であるらしかった。

「世界は混沌としています」オルガンティーノは二次、三次と軽易に口にしているが、渡航は言いしれぬ辛苦に見舞われる。

「いえ、すべては、神の、より大いなる栄光のために。私は十字架《クルス》を背負われたイエスに倣います。

生まれ変わった雛の飛べる日が、ハポンにかならずやって参ります。それをこの目で確かめたい。

すべてはさほど遠からぬうちにお目にかかれる統治者《ゴベルナンテ》次第でありましょうが」

ほどなくして一行は、大山崎《おおやまざき》という山ふもとの村にさしかかった。

だしぬけに道を塞ぐ者があった。五、六人もいるか。頭に巻いた白い裹頭《かとう》の布で顔の半分も隠している。風を孕むとふくらむ紫いろの母衣《ほろ》を背に負い、手に一尺ほどの手鉾《てほこ》、薙刀《なぎなた》を持つ者、あるいは短い鎗を剝き身で突き出している者たちだった。

手首から切り落とす海賊の話が出たせいもあったか、フロイスが咄嗟に「賊だ」と叫んだ。

ヴァリニャーノたちの一行に、武具の扱いに習熟している者はいない。

刀と二丁の鉄砲を携えているのは、了珪からの知らせでジュスト右近に直接遣わされた高槻奉行の走衆の八人だけだった。

「何奴《なにやつ》」

走衆頭の柘植与十郎《つげよじゅうろう》が質した。大柄で、戦さをくぐり抜けた剛の者であるようすが、体格、立ち居から見て取れる。ほかの七人も構える。

「そなたども道を塞ぐは……摂津高槻・高山右近大夫《うこんのたいふ》長房《ながふさ》懇意の格別の客人と知ってのことか」

「フン、耶蘇《やそ》か。耶蘇よな。耶蘇が、伴天連がミヤコに何をしに参る。われらの身は名乗らずとも分かろ、このなりだ」

「一向？」

「いかにもおぬしどもが目障りだ。邪教を説いてこの国を乗っとるつもりか。拙者、稲葉喜《いなばき》十《じゅう》と申す〈摩利衆《まりしゅう》〉。覚えてもらおう」

「摩利衆？」

柘植が返した。

「ミヤコへ、たっての用だ。御屋形様に拝謁に参る」

「なに、信長？　あ奴、さほど遠からぬうちに死ぬ。撃たれるか焼かれる」

「摩利衆とはなんだ。その前におのれどもが滅するぞ」

「摩利支天《まりしてん》！　耶蘇の伴天連どもを日本から追い払うまで、付け狙う。われら、見ろ、鉄砲をかつぎ、薙刀をまわし。いまでもきさまらの命、なにほどの力も要らず刎ね飛ばせるぞ」

太田牛一が「お気をつけあそばれい」と言っていたのがこ奴らか。

「信長の命もわれらが貰う」

傍らで震えているモニカをヴァリニャーノと磯次が挟み囲う。

山ふもとの野路とはいえ、京に急ぐ街道だ。商人、武家、領民が行き交う。

裹頭《かとう》を巻き、短い振りの薙刀、槍を手にした僧兵らしき恰好の集団が、ポルトガル衣装の袖なしの肩掛け衣・カパを羽織り、カパのうえにマントを重ね着し、半ズボンを穿いた伴天連どもと角を突き合わせているようすは異様だった。

〈摩利衆〉と名乗った男らは、じりっとヴァリニャーノたちに草履を進めてきた。

はるかに遠いローマから海を越えてきた、この国の統治者《ゴベルナンテ》に謁する直前で遭難するのかと、ヴァリニャーノは現実ではない場に連れられる思いにとらわれた。こんな場で果てるわけにはいかぬ。

「トヤッ」

稲葉喜十と名乗った敵方の頭目が声をあげると、仲間は二手に分かれた。右の者らは低い堤を駆け下りてヴァリニャーノらの背後にまわった。背に負った母衣が風を孕んでビュッと音を立てた。

ハポンではこのような戦いがあるのか。

ヴァリニャーノら伴天連は、目にしたこともない不意の出来事に足をすくませた。

稲葉が狐に似た顔に薄笑いを泛べた。

「悪鬼・信長めに参じに行くというなら、なおのこと」

迎える柘植与十郎が両腕を左右に大きく広げて怒声を返した。

「一向宗徒残党摩利衆とは面妖！　お相手いたす」

と、背後から馬脚の響きがどうっと押し寄せてきた。

「柘植殿、われら、なり代わり、お相手いたす」

警護を厳重にとあとを追ってきた高槻の与力衆たちだった。

敵は堤の下からネコヤナギ、ハンの木が茂っている川原に飛び入った。結局、摩利支天に遣わされたというだけで、実《じつ》の正体は不明のままだったが、ヴァリニャーノはハポンの異教徒の顔を初めて見せられた気がした。布教の先々で危難は続くのか。

〈アクアヴィーヴァ総長猊下御許に。

ミヤコのイエズス会教会は、腐食の進んだひどくみすぼらしい古家でした。ハポンのホッケ経典に追いやられ、ほとんど半壊しておりました。このままでは布教は覚束ないとフロイスらは、近辺の切支丹信徒らとともにジュスト右近殿ら有力ダイミョウに設立の力を願いました。

そして、彼らの所願をかなえたのはやはり、統治者《ゴベルナンテ》・ノブナガ公でありました。彼の応諾の許、大量の木材が近江、河内、紀伊ノ国から調達され三階建ての《南蛮寺《ナンバンジ》》と呼ばれる教会が蛸薬師姥柳町に無事完成いたしました。そしてこの日を、ザビエル師の日本上陸日八月十五日に合わせて《聖母の被聖天》に捧げる記念日にいたしました。

ミヤコとその周辺のブッディストたちは、ナンバンジに思いもかけぬ多数の日本人信徒兄弟《イルマン》が集って祈りを捧げるのを目にして、吃驚《きっきょう》したそうであります。

この国では統治者《ゴベルナンテ》・ノブナガの允許《いんきょ》がなければ何ごとも進まぬという証《あかし》です。

さほど遠くない日に私はノブナガ公に謁することが叶いそうです。その節に、大いなる祝福を持って辞すことができますかどうか予断は許しません。

されど、最高統治者《ゴベルナンテ》に説く言葉を持ち合わせていないわけでもない。

【草原は輝き、花は咲き誇り、されど、そは暁の露に似たり。……空《くう》の空、すべて空の空】と唱えた《ヴァニタス》の詩句を話してみようかと考えております。

別便にて、小生の本来の任務であります日本管区要録《スマリオ》をお送りいたしました。便はわが信徒の手でミヤコからナガサキへ、そこから運がよければ二、三か月のうちにマカオ行きの定期船に載せられますでしょう。

【日本布教事業を維持発展させるためにイエズス会が採るべき途】

【ローマに派遣するハポン使節のこと】

【少年の修院学校を設け、エウロパの書籍が読めるようラテン語教育をすること】

について通信いたしました。

猊下の御健勝をお祈りして、遥かなハポンより　アーメン〉

十一

太田牛一に向き合って、長束直吉《なおよし》、直吉の家臣・奥村左馬之助、倅の牛次ら三人の師弟が経机を挟んでいる。

弟子らはみな二十歳の半ばを越した男盛りだ。

ヴァリニャーノ、モニカ、磯次が、彼らの傍らに侍《はべ》った。

机の袖脇、彼らの尻のまわりには書き継いだ切り貼りや、損じた反故、それに主な大名・諸侯の分限帳《ぶげん》、総見記から、走衆故実《そうしゅう》、家臣団職制一覧までが所狭しと積まれている。

『信長公記』と題簽《だいせん》のほぼ決まった『記』は、信長が命じる城づくりと変わらぬ公式の作事となった。

虚偽も遺漏も、横着な手抜きも許されない。毫《ごう》もゆるがせにしてはならぬ城の梁や柱の指図書、絵図面、普請とたがわない。

心覚えと見聞で書き足し書き足ししてきた下書きは、年代も合戦などの顛末も飛び散らかっている。これを時系に従って、精確を期しつつ写し直さなければならない。

腹案では、信長公御上洛以前の『記』を一巻一冊、そののちの治世を『本記』十五巻十五冊として成らせたいが、膨大な人数と社寺地名が登場して、これの突き合わせと精査に苛酷なほどの労力と刻限を要する。

『信長公記』は後世、声に出して読んでもらうつもりの信長公正史としたい。琵琶法師の謡いにのせる『平家物語』と同種の語りものをめざすと牛一は志した。併せて、御遺書とする。

この数日、〈第三巻・元亀元（一五七〇）年四月十四日〉の条で暗礁に乗り上げていた。

将軍・義昭の二条城御所完成を祝賀する能興行の格別の日だ。

観世《かんぜ》や金春《こんぱる》の大夫が何を舞ったか一番から七番までの曲名は判明した。地謡《じうたい》、小鼓、太鼓、笛などの演者の名も、観《かん》、金《こん》の両家を訪ねて聞き取ったから謬《あやま》りはない。伊勢国司・北畠親房中納言卿、右近衛権少将家康卿、三好左京大夫義継ほかに、〈摂家・清華家御歴々衆、畿内隣国の大名、武将等々、晴れがましき見物なり〉と牛一は筆を下ろして、「これでよいかの」と三人にさらえ読みを、聞かせた。

「ここは、御屋形様の大事の大事。桶狭間と、これから叙することになる天正三（一五七五）年の長篠の戦さにも比肩する枢要事の条。念には念を入れよ」

〈爰《ここ》において信長公、御官御辞退なされ、御請けこれなし。忝《かたじけな》くも三献の上、公儀、御酌にて御盃御拝領。御面目の至りなり〉

将軍・義昭から信長公の耳に「もっと上位の官職に就かれるよう正親町《おおぎまち》帝に取次ぎましょう」と囁きがあったが、辞退した。ただ三献の礼と盃は受けた。

冠位を辞した六日後、久しぶりの出陣となった。

牛一は念を押す。

「そなたどももよう分かっておいでだろうが、御屋形様ははっきりと義昭公を願い下げられた。いや、一笑に付された。これまでどおりの天下の仕組みに従いあれと、将軍じゃの、能舞いじゃの、御冠位じゃのと持ち出してきた義昭公をお断りになられた。『御請けこれなし』だ。

いや、この条と突き合わせねばならぬ日のことがある。

たしかこれより十日ほどのちのことであったか。あいや待たれい」

書工房とせよと信長じきじきの達しを受け、城中、一層東十二畳〈蘆雁図《ろがん》〉の間の隅にいざり寄り、覆い掛けてあった油単《ゆたん》をめくってまだ始末の行き届いていない手控え帳を漁《あさ》り始めた。

一応、控えは、編年にしたがったうえに、日付けを追ってまとめてある。

さらに訂正、追加を書き込む用意に墨筆《ぼくひつ》を入れる行間を大きくあけ、日付けの変わり目には数行分の余白をもうけている。

見聞伝聞、実見をすべて『記』に綴るわけではない。

見聞きしたことをとりあえずみな、控えに書き出してから取捨する。

膨大な量で、しかも飯粒を溶いた糊と細麻紐しか、貼ったり綴じたり結わえておく補助具はない。

ひとつひとつに〈これこれの事〉と仮の小題簽を附した。

そのほとんどが〈戦さ〉に関わる。

〈四月廿日、信長公京都より直ちに越前へ御進発。坂本を打越し、其日和邇《わに》（大津）に御陣取〉

信長は〈戦さ〉と〈死〉の人であることを牛一と三人の輔弼《ほひつ》は綴りを整理しながら、あらためて胸に迫らせられる。

牛一の悪い癖だった。目当ての捜し物をしているのに、手許、指先に何か触ってくると、横道に逸れる。

左馬之助らが待っているのに、「なるほどこうして引っ張りだすとやはり、〈戦さ〉と〈死ぬ〉ばかりだの」と呟きながら、「御請けこれなし」に続くいま大事の、越前へ御進発のそれを捜すより戦さと死の記述と条々に引っ張られた。

〈侵攻〉以下、〈謀反〉〈奪還〉〈自害〉〈城奪い合い〉〈攻撃〉〈頓死〉〈追放〉〈敗北〉〈敵対〉〈謀殺〉〈攻略〉〈居陣〉〈退城〉〈狙撃〉〈接収〉〈焼き討ち〉まだある。〈出陣〉〈切腹〉〈処刑〉〈挙兵〉〈蜂起〉〈落城〉〈討ち取り〉〈降参〉〈平定〉〈和睦〉〈召し上げ〉〈海戦〉〈成敗〉〈包囲〉。

このなかに無数回の〈合戦〉が入ってくる。

その折り折りに、〈天道おそろしく候〉〈天道恐敷《おそろしき》事《こと》共《ども》也〉〈天道恐次第なり〉と牛一の述懐が附してある。

これからもこれが増えていく。

手前どもが表す『信長公記』とは煎じ詰めれば〈戦さ〉と〈死〉の行列のこと、そして〈天道恐ろしや〉と綴るのかと、牛一はあらためて気づかされた。

胸の声を継いだ。

「さもあろう。これが御屋形様が、ぎりぎりで究めた進退突貫の跡よ」

「和泉守さま、捜し物はございましたろか」

直吉が声を飛ばしてくる。

「あいや、ちと」

引っ張りだし、手繰りだしてめくるたびに、おのれにいま少し篩《ふる》い分ける器量が備わっていればと嘆じる。さりながら次の捜しものでまた同じことを繰り返し、おでこに汗を浮かせる。

下から横から引っ張り出さなければ、目当てのものは出てこない。

いつものことだったがこの日は夏でもないのにおでこばかりでなく、小肥りの腹、背、額から汗がにじみ出てくる。そのあいだ、弟子たちはひとこと発するわけでもない。

「あったあったぞ。これじゃ」

若い皆の前に綴りを持って来た。

そら豆の莢《さや》のように膨らんだ短い指に唾をつけて「はあ」と呟きながら綴りをめくり、かろうじて見つけたその日の条をなぞった。

「やはりの、〈巻一〉に書き綴じることになる永禄十一（一五六八）年よ。

これじゃ。八月、九月、十月にかけても御屋形様は戦さ続きでござった。この控えにある。

八月七日江州佐和山近在一遍を討ち果たし、ついで尾張、濃州、伊勢の軍兵引率し、九月七日近江平定で平尾村に御陣取り。翌八日、江州高宮《ごうしゅうたかみや》。十一日愛知川《えちがわ》にて野陣。十二日観音寺城残党攻め、箕作山城《みつくりやま》攻め立てられ。……と左様のことだ」

もう一度指に折り直してみた。八月七日、八日、十一日、十二日……戦さまた戦さ。

ずっと黙っていた左馬之助が珍しく半畳を入れた。

「而《しこう》して？」

「いかにもいかにも而して。わしが捜したのは、御屋形様の御戦陣の足跡にあらず。御屋形様の御威勢なり。

以後、御畿内隣国の諸侯諸大名、ことごとく御屋形様の御下知に順《まつろ》うありさま。

あとでもういちど照合して巻一に収載いたすが、皆が皆、信長公にひれ伏した証《あかし》」

〈松永弾正、我が朝《ちょう》、無双の九十九髪《つくもがみ》（唐物茶淹れ）進上申され、今井宗久、是れ又、隠れなき名物松島の壺、并《ならび》に紹鷗《じょうおう》、茄子（利休丸壺）を進献〉

「義昭将軍からの感状も下されとるわ。読むよ、将軍からだぞ」

〈貴下このたび、日も、時も措かず矢継ぎ早に、国々凶徒等を悉く退治せしむるの条、其の武勇天下第一なり。足利当家の再興これに過ぐべからず。織田家、弥《いよいよ》国家の安治安泰を進め、偏《ひとえ》に痛み入るの外なし。

御父　織田弾正忠《だんじょうのちゅう》殿〉

「御屋形様を御父《おんちち》とたてまつって義昭公は感状まで捧呈。時が過ぎてこれよりわずか二年のちに公からの御冠位推戴を御屋形様は〈御辞退なされ、御請けこれなし〉と相成ったわけだわの。戦さは槍、刀だけにあらず。奸計、算術が要る。張りぼて将軍の感状などくそくらえ、と足蹴にされた」

「いかにも」三人ともに頷く。

牛次が口数の少ない皆の中を継ぐ。磯次とモニカも彼らの細密の作業の妨げにならぬよう一言も口を出さない。

「あらためてそう録を読み上げられると、なるほど」

「〈御請けこれなし〉、この一瞬が、御屋形様が天下布武に向けてご決意を示された時でござるのよ。ひとたびは手を結びあった足利将軍殿もこれで反織田同盟に奔《はし》られた」

ほかにも天下布武をめざす信長に、大坂本願寺、朝倉、浅井、武田、毛利らが日夜、刃を研ぎ始めていることを牛一は説いた。

そして〈御請けこれなし〉の六日後、『公記』の綴りは、時を措かず越前敦賀への朝倉攻めに転じる。その話に戻した。

信長は「いざや往け」と下知を放ち、自身も敵陣に攻め入った。

牛一はこの時の戦果を「首数千三百七十討捕《とうほ》」と書き留めたが従軍したわけではない。朝倉を攻めた信長の近習・滝川彦右衛門から聴取した数である。

信長は同年四月二十日浅井の裏切りで九死に一生の不覚を取る。

二万余の敵軍勢を背にして百騎ばかりで丹後街道・朽木峠《くつき》（高島）を経て京へ逃げ帰ったこの失策〈金ヶ崎の退陣〉は、だれもが知る。

牛一はとくにこの場面を『信長公記』に詳述したが、本意は別のところにあった。

信長の〈天下大成〉に向かう〈才覚〉〈度量〉と〈達成〉についてである。

難局を切り開く折りに、御屋形様は一切の逡巡を見せられない。他人の評定を仰ぐこともなく、詮議を経ることもなく、みずから身を飛び込ませて成し遂げる。

敦賀・朝倉攻めも我が身をさらして敵陣に斬り込んでいった。

将軍・義昭の肩入れを払いのけて危地に飛び込んでいくその姿を手控えに書き込むとき、牛一はいよいよ主君を誇りたい昂揚に浸かった。

この日、若い三人を前にして伝えたかったのは、二年前におし戴いた栄誉を今度は拒絶してひとりで先頭を切って駆けめぐる御屋形様の姿だった。

そのためにわざわざ、油単《ゆたん》をめくって永禄十一年の手控えを引っ張りだしてきた。

主君の力量を思うと、牛一の胸に、これまでいくつか書き留めてきた手控えがまた立ちのぼってきた。大戦のことではなく、日常のほんのささいの話である。

義昭を奉じ、大軍を率いて岐阜を発した信長三十五歳の永禄十一年より前のことだ。

牛一はもういちど畳の隅から〈首巻〉に用意している手控えを引っぱり出してきた。

これもまた、がさがさと手探りしたがなかなか出て来なかった。

ようやく捜し当てたのは、戦さや追討、あるいは上洛などの主要な執政に関わるものではない。ごく日常のなにほどのこともない些事だが、すぐに行為に移す信長の〈急急如律令《きゅうきゅうにょりつりょう》〉と〈おのれひとりで往く〉気組みと、料簡がうかがえて、牛一には忘れがたい余話で、皆に披露したくなった。

〈茲《ここ》に奇異のことあり〉と冒頭に記した。

信長の黒母衣衆《くろほろしゅう》に抜擢されたばかりの佐々成政《さっさなりまさ》の比良《ひら》城（名古屋）近郊の大池《おおいけ》に大蛇が棲む。注進された信長は単身、大蛇退治に向かった。「注進」は暗殺の策謀に違いないとの声だった。果たしてのちに、池舟に乗った成政の番衆が信長暗殺を申し合わせていたことが分かった。辛うじて命が救われた挿話である。

牛一は、書工房の経机《きょうづくえ》に坐っている三人におのれの感想を陳べた。

「義昭公の差し伸べてきた手を払い、我が身をさらして危地に飛び込んでいった料簡はな、些末な日常にあっても御屋形様は自らの身を挺して決着をおつけになられる、ってことでな。おぬしらにも分かろうや」

長束直吉が声をあげた。

「御綴りをいつぞや仕分け中に、そのお手控えを目に致しました。池の蛇の話など益体《やくたい》もないと思いなしておりましたが。恐れ入ります。戦さの武功だけではのうて、これからは左様なお人柄の挿話も集めて持ち寄らねばなりませんかの」

するると、直吉の家臣・左馬之助がそれならオレも言うがとばかりに肩を迫り出させた。

「お待ちくだされ。手前はけっしてそのようには存じませぬ」

「はて、なんや」牛一と直吉が同時に不審のいろを泛べた。

「御屋形様を崇敬のあまり、おのおのがたの目は曇っていなさらんか」

いつぞやも似たことはあった。

牛一たちが「只者にあらず」と称揚した信長の振舞いに左馬之助は異を唱えた。

〈首巻〉に挿れるつもりの二十歳前の信長の恰好、放縦の所業に左馬之助は「やはり大うつけでござるな」と吐き捨てた。

茶筅髷《ちゃせんまげ》を紅いろ萌黄《もえぎ》いろ二色の糸で結いたて、朱鞘《しゅざや》の大刀を差し、瓜《うり》や餅をかじりながら付きの者の肩にぶら下がって市中を行く。

父・信秀の仏前に抹香を投げつけて帰る。

よく知られた余話を今更収載するかどうか。みなで言い交わしたことがあった。

左馬之助は、さようの〈うつけ〉の些事などなんの値打ちもない。つけ足りにしても興ざめするばかりだと、強くもの言いをつけた。

いつも大人しい振りをしているのは頑固者の裏返しで、なにかというと難癖をつける横紙やぶりの奴めと、牛一にはいくぶん不寛容な心持ちが横たわっている。

「池の大蛇退治な、ほう、そのどこが」

上長にあたる直吉が顎をあげた。

左馬之助は色をなす。

「考えてみるまでも思うまでもない。いよいよ天下に号令をかける秋《とき》がすぐそこに参っておる。上様にいったいいかほどの者が従《つ》いて行こうとしてなさる時機か、その者どもの生死のゆくえに思いもいたさず、裏切りがあるやもしれぬといわれておる陣に出向いて、然《さ》まで率先池に飛び入って大蛇退治とは笑わせる」

「しっ、ちと声が大きい」

「地声でござる」

「聞かなんだことに致す」

「何をぬかす。聞いたことにしてくれ。大けな声が届いたとな。われらには、上も下もない。下が上に、あるいは上が下にぶすりと槍で刺し貫かれても、あも、うもねえ世だ。御屋形様もいつなんどき槍衾《やりぶすま》に囲まれるやしれん。蛇退治？　ご苦労なことだわい、笑止千万よと綴るのが『信長公記』ではないのか。和泉守殿、飾らぬご存念を、お聞かせくだされ」

牛次は堪え切れぬ笑みを目にも頬にも含ませて「さも、さも」と左馬之助の尻馬に乗った。

やはり浮わついたスカタンだ、と親父は苦虫を噛む。

だが小肥りの円い顔面は、腹立ちもぼやけて馬力がない。

怒りをおぼえているのに「えへっ」と笑い顔になっている。

書工房にいつもの鐘が聞こえてきた。

安土城正面大手門から本丸に上る大手道は、百々橋《どどばし》口道につながる石塁の広場で大きく右に屈曲している。そこに金箔瓦の鐘楼の梵鐘が建った。

正午と、下城の四時に打たれる。

「では今日はこの辺で置きまするかな」

牛一は、その場を解き放たれて、ほっと声をあげた。

座職を終える刻限にせよと、御屋形様に命じられた午の時分時《じぶんどき》である。

十二

日暮れ前に琵琶を抱えるのが慰みだった。四弦《しげん》四柱《しじゅう》の薩摩琵琶である。

安土の山下に仮設された寓居は雇いの歯欠け婆さん〈鉋どの〉とのふたり暮らしだ。

倅の牛次は、父・牛一との同居から逃げて百々橋下、安土道沿い・細江《ほそえ》地区の普請長屋に、鍛冶浦の市場から拾ってきたいろおんなと住む。

牛次は、未完の城内内装を急ぐ画工・狩野永徳、光信父子、漆工の刑部《おさかべ》家、金工の後藤家を見守る〈出回り承仕《しょうじ》〉の役を振られていた。

とくに狩野一統の城内屏風、壁画がここまで進んできたと、内装をうけている他家、城内の近習、小姓に報じる。いわば進行連絡の段取り役だった。

狩野一統は、緑青《ろくしょう》や丹《に》の岩絵具を厚手に塗り、金や極彩色を施した〈濃絵《だみえ》〉と呼ばれる障壁画を得意としている。ここに、漆工、金工の細工が加わる。彼らの為事《しごと》が円滑に行くように取り持つ。

狩野、刑部、後藤とも、安土城内装で声価を高めたいと野心をたぎらせていた。評判を取れば、京だけでなく各地諸社寺、諸侯、諸大名屋敷からの引き合いも当てにできる。

いわば職人各家の広報官でもある。父の牛一と違って、口達者な男に育った。

もとはそういう質ではなかったが、尾張国春日井の生まれ在所から京に出て、傾《かぶ》いて市中を歩きまわる手合いと交わるうちに性根が変わってしまったようだった。

「くそめ、若けえ奴らが」

この日の倅や左馬之助の態度に肚の虫が尖り騒ぐ。

ぶつくさと不機嫌を吐き出しながら牛一は四弦琵琶を膝に引き寄せた。弦の下端部の覆手《ふくじゅ》と糸巻きのついた糸倉が特徴で並のものより膨らみがある。

なにが〈下も上も、上も下もねえ世〉だ。

〈ぶすりと槍で刺し貫かれても、あも、うも、ねえ、さようの世〉だ。

御屋形様の果敢の業に難癖をつけやがって、モノを知らん若いのが、たわけの兵六《ひょうろく》どもが。

たしか弘治三（一五五七）年だった、御年二十四で弟・信行公を謀殺するあたりから、御屋形様には出陣、成敗、処刑の艱難が数珠繋がりにつづいた。あとを振り返り息つく間もない戦さ沙汰だ。

牛一の胸に重苦しい枷《かせ》がかかるのは、御屋形様の若い折りの悪戦苦闘だった。

ペペン琵琶と酒がその思いの枷から身と心をほどいてくれる。

胡坐《あぐら》の膝に琵琶を乗せ、先の広がった柘植の撥《ばち》で弦をザランとはじいた。

棹《さお》の柱《じゅう》のあいまに当てた左手指が、弦の張力を強くも弱くも切り替える。

まず五音七声を律と調に合わせて正しく繰り出さなければならない。

「あああ、うんうん」と喉のようす、声の調子をたしかめる。

高音を出してみる。次いで野太い低音を這わせる。まだ酒は入っておらぬのに、悪くない。

いやこりゃ、今日は調子がいいぞ。

朗々と歌い流していくコトバブシと、クドキ・シラゴエとも呼ばれる地語りのコトバが、琵琶の謡いである。

それらのフシとコトバを、末広がりの撥で、張力を調整した四弦に乗せる。

撥はあるときは池の水面に針を落としたほどの静謐をひめさせ、あるときは弦を激しく打ち、はじき、こすりつけて昂ぶらせる。信手《しんしゅ》と呼ぶ、手の勢いに任せた即興が尊ばれる。

合戦場面などの激しい山場、乗りに勢いがかかったコトバブシでは、撥をとっとと前に畳みかけ、弦を次から次へ激しく掻き鳴らす。

腹板《はらいた》の撥面《ばちめん》も叩いて板木の音を勢いづける。

と、ついっと間が置かれ、憂いの沈黙が来る。

撥のつま先で一弦だけを引っ掻くように撥ね上げる奏法も使う。

轟《ごう》と滝を落ちた水が、瀞《とろ》溜まりでゆったりと渦巻き、やがて浅瀬に出る序破急と千変万化をあらわす川を表《ひょう》する場面の奏法である。間合い、緩急、強弱の自在を大切にする。

牛一は激しい乗りより、ものの哀れを掻き立てる演奏に惹かれてきた。

閑《ひま》が空くとすぐに、胸に引き寄せた。

『記』で机に向き合っている若い世間知らずどもへの腹立ちを忘れられる。

機嫌次第で出たり入ったりしているサイには、「へたくそ撥の、ありゃまのぺぺん」と嗤われたが、女狐の咎口には事もなげでいようと努める。

苦々しく不愉快になるのは、誰彼問わず、御屋形様へのあしざまを耳にしたときだ。否も応もなく瞬時にむかっ腹がつんのめる。

殊に若いのが御屋形様に対して利いた風な口をならべると、血の圧があがる。

琵琶は初めは御屋形様が好む、〈敦盛《あつもり》〉をやっていた。

のちに〈俊徳丸《しゅんとくまる》〉、〈平家の維盛入水《これもりじゅすい》〉などから、〈重衡被斬《しげひらきられ》〉に至り、平家滅亡半月後の寿永四（一一八五）年七月九日に起きた大地震のくだりを謡うようになった。

○

次いで、今年の初めに偶々《たまたま》手にいれた『方丈記』を琵琶にのせた。これも大地震の災厄を謡っている。

三百五十年ほど前に写された京丹波・大福光寺《だいふくこうじ》から出た古写本だ。

地震に薙ぎ倒された無常が、胸に沁みた。

鴨長明《かものながあきら》なる男の手によるらしいが、聞いたことのない名だ。

〈世はすべて流転し、すべて滅ぶ。時は一瞬のうちに流れ、夢は一場で終わる〉

と、綴っている。

おれはしかし〈信長公実録〉を残す一身だ。いま滅ぶわけにはいかぬ。

「ああ」、とまた声を出して上棹と面板を抱え直す。

できることなら『信長公記』を、このような、三三、五五、七七と緩急の音数律と抑揚を喚び起こすような文節にしたいが、われにはその才がないと思いつつ四弦に老い声を乗せる。

旱魃《かんばつ》、大風、洪水に見舞われ、飢餓に仆れ、道端に物乞いが満ち、人は土地を捨てて国境いをさまよう寿永の地震より四年前の養和《ようわ》五（一一八二）年半ばの京の都のありさまだ。

柱《じゅう》のあいだの弦を左の指で押さえ、離し、右手に持つ撥で悲調を静かに掻く。調律に合わせて喉を動かす。

〈ひたすらに、家ごとに乞ひ歩く。……歩くかと、見れば、すなはち倒れ伏しぬ。築地《ついじ》のつら、道のほとりに、飢ゑ死ぬるもののたぐひ、数も知らず。……かはりゆくかたち、ありさま、目

も当てられぬこと、多かり〉
次の場面を低く重く継いでいく。
思い合っている妻と夫は手に入った食い物を相手に譲る。譲った方が果てる。親子の場合は親が先立って餓え死ぬ。

〈また、母の命、尽きたるを知らずして、いとけなき子の、なほ、乳を、すひつつ臥せるなども、ありけり。仁和寺《にんなじ》に、隆暁《りゅうぎょう》法印といふ人、かくしつつ（こうして）、数も知らず（人に数にもいれられず）死ぬることを悲しみて、その首《こうべ》の、見ゆるごとに、額に阿字《あじ》を書きて、縁を結ばしむるわざをなんせられける。人数を知らむとて、四五両月を数へたりければ、京のうち、一条よりは南、九条よりは北、京極《きょうごく》よりは西、朱雀《すざく》よりは東の、路のほとりなる頭《かしら》、すべて四万二千三百余り算《かぞ》えなん〉

〈また同じころかとよ、おびたたしく、大地震《おおない》、振ること侍《はべ》りき。そのさま、世の常ならず。山は崩れて、河を埋み、海は傾きて、陸地をひたせり。土さけて水わきいで、巌《いわお》、われて、谷にまろびいる。渚漕ぐ船は、波にただよひ、道行く馬は、脚の立ちどをまどはす。都のほとりには、在々所々、堂舎塔頭《たっちゅう》、ひとつとして、全《まった》からず。あるいは崩れ、あるいは倒れぬ。塵灰《じんかい》、立ち上りて、盛りなる煙の如し。地の動き、家の破るる音、雷《いかずち》に、ことならず。家の

内にをれば、忽《たちま》ちに、ひしげなんとす。走り出づれば、地割れ裂く〉

これに琵琶の哀調を低く長く、高く短く、ある節ではっと途切らせ、またある流れではコトバブシにする。

このあとは、半音低い変徴《へんち》、変宮《へんきゅう》を加えて弦を怒らせ賺《す》かし掃く。

〈生まれ死ぬる人、いづかたより来たりて、いづかたへか去る〉

〈キツネオンナのサイ〉〈出来損ないのスカタンセガレ〉〈身の程知らずの若い兵六ども〉のことは琵琶を宥《なだ》めておれば忘れられる。

安土山の斜面を駈け降りてくる余寒の風が、寓居のめぐり廊にたて廻した障子を揺する。障子桟《さん》と紙が旗を打ち振ったように鳴った。湖の向こうの比良の連山の雪が解けたが、雨水には旬日ある。

背が寒い。撥を打つ手が勢いに乗ると上がけがずり落ちてくる。かぶり直す。いちいちめくりあげる恰好はわれながら、もっさりと垢ぬけない。

「鉋どのよ」

婆さんを呼んだ。

これ以上、長生きしてはめしを食らうばかりだと、前歯脇歯に石をぶつけて歯抜けになった老嫗だ。だが、折角、血を流して痛い目を見たのに食い意地はやまぬ。親の代からの太田の家の奉公人で、五十をすこし越えた。

御屋形様が側女に〈鍋〉〈杓文字《しゃもじ》〉〈茶碗〉などの炊事調理用具の名をつけるのに倣って、使い女を作事具で呼んできた。もうひとりの通いの下働き女は、〈鏝《こて》〉だ。

婆さんらとのあいだに、阿吽は通じている。昼間のバカどもよりよほど、打てば響く。

酒の刻である。「鉋どの」呼んだだけで、極楽水が運ばれてくる。葡萄より成る赤い渡来の、御屋形様にいつぞ勧められた酒の味は忘れがたいが、そこまでの至福はない。

河内観心寺《かわちかんしんじ》辺りの粟《あわ》畑から採る粟酒だ。

お始めになるほどに極楽道を求めて近頃はもう一杯もう一杯と口汚い。

朝になって、今日こそ銚子を注ぎ替えるのはやめようと自責を呼び起こすが、カラスがグワァグワァと近江の八幡山に帰る暮れ方になると、脳味噌に徐々に極楽往生水《みず》への罠がしのびこんでくる。

そして朝になると今晩こそは「オレもサルではない、人間としての反省を示そう」と悔い改める。

しかしこの日、婆さんが退き、銚子の首を握った途端、あらためたて今日の若い者どもへの腹立ちがせりあがってきて、「人間ではねえ、サルで結構、へべれけになるまで飲んだろ」という気になった。

琵琶を胡坐から下ろし、代わりに銚子を尻の脇に置く。

鉋婆さんが二度三度運んでくるうちに、脳味噌は冴えてきた。

鴨の河原でひとつふたつと始めてとうとう四万二千三百の死人の額に〈阿字〉を書いて回向した隆暁法印とは、途方もない。

わしならと思う。左様のことはせぬ。無常をかぞえるのも結構だが、ひと口ふた口、喉に落とせばゆらりと昇り立ってくるこの世の至福にあずかれる。

ひとたび極楽水を喉に落とせば、琵琶の悲調に慰められるよりも酒はひと口でゴクゴクラクと、思いは変わってくる。

御屋形様なら吐き捨てる。死人に阿字観など詮はない。死ぬものは死ぬ。その折りには死に水を持てで終わりよ。

オレもと牛一は思う。

人は、この世には踊るために生まれてきたよなもんだ。ヨヨッと手足を振り乱し、踊り疲れたら終《しま》い、それほどのことなのよ。なに、生きているなど大したもんじゃねえ。

さらに御屋形様が、浮いて出てきた。

あのお方なら死人のでこに、阿字を書くことなど思いもつかない。

書いた阿字観と同じ数の人間を斬り殺し焼き尽くす。焼き尽くしたらおのれを焼く。そう決めておられる。

飲みながら、書机に積み重ねた忘れ控えを引き出してきて、かようなこともあった、そういえばこうだった、いや、されどこの記述に間違いはないかとためつすがめつ眺めるのが、近頃の慰めでもあり、呼吸でもあった。

摂津守村重が伊丹城から逃げ出してほぼ一か月が経った中秋の頃、信長臣下の左近将監滝川一益《かずます》が城に残った足軽大将らを寝返らせて仕上げの総攻撃に入った。

滝川は北伊勢を支配し、長篠、越前一向一揆の殲滅戦、ほか大坂、播磨、丹波の平定にかけめぐった御屋形様の遊撃軍団である。のちの天正十年には武田父子を討ち関東管領というべき地位に押しあげられた。

引っ張りだした『公記』の下書き控えに滝川勢伊丹攻撃のようすをまずこう記していた。


〈滝川、伊丹の城に入り、数多《あまた》切捨て候〉

〈城と町との間に侍《さむらい》町あり、是をば火を懸け、生《はだ》か町、生か城になされたり〉

〈悉く討ち死に候て〉

〈目も当てられず哀れなり〉

〈命御助けなされ候へと御詫言申し候へども、滝川の進言に信長公御許容これなし〉


のちに幾らか手直しをしなければならぬだろうがおおむねこの手控えの通りでよかろうかと筆を措いた。御屋形様は多くの場合、〈御許容これなし〉だった。許さず切り捨てる。

撥と糸に乗せて伊丹城攻撃を『方丈記』のように謡ってみたい気もしたが、銚子に伸ばそうとした手先に、それよりひと月ほどさかのぼったころか同年九月の控えがまつわってきた。摂津・伊丹の出陣先から父が、伊賀国征伐にしくじった次男・信雄《のぶかつ》を叱責した直々の書状である。

〈こたび、伊賀堺において、越度《おちど》取り候旨、誠に天道おそろしく。さてさて無念至極に候。此の地へ出勢は、第一、天下の為、父への奉公の為、兄城介大切の為、且《かつう》は其方の為。なれど不始末至極の働き、無念なり。

剰《あまつさ》へ三郎佐衛門《さぶろうざえもん》ほか討ち死の儀、言語同断、曲事《くせごと》の次第に候。実に其覚悟においては、親子の旧離、許容すべからず候。　信長

北畠中将信雄殿〉

飲むほどに思いが飛ぶ。

〈討ち死〉〈天道おそろしく〉〈御屋形様殲滅ノ事〉〈処刑ノ事〉。

自分で録したこれまでの覚え書の小題簽が、目の端から胸の芯に辷《すべ》りこんでくる。

チェーザレ・ボルジアとこんどの司祭はいったか。信長公と同じ、いやそれ以上の暴虐の名君がローマ国にいたというか。

堺上陸の歓迎に出向くと、すぐに安土に返礼にきた司祭から聞いた男の名だった。

胸や脳におだやかな幸福が満ちてくると、琵琶に露の世の生々《しょうしょう》流転をぶつけるより、やはり死ぬも生きるも踊り狂った始末の果てだと綴り置くのが良いと憶え始めてきた。

御屋形様、チェーザレ、踊るために生まれ、疲れたら月夜にでも死ぬか。その生の涯まで綴

るべきや。

胸から琵琶をおろしてふたりに立ち向かう気になった。

十三

〈総長猊下の御許に。

フロイスらとミヤコに入る途次、雪が降り続いているにも拘《かか》わらず、復活祭の興奮と過ぎ越しの祭りの潜熱を消しきれぬキリシタンとゼンチョ合わせて二千人が祝祭の気勢を燃やしてわれらのあとを踊り追って参ります。

セミナリヨで修学する少年修道士、雪にかき消されぬように覆いをつけた松明を掲げ歩いている薪売りの桂女《かつらめ》……ほかにも赤、紫と、貴人であるのか黄金色のガウンやマントをまとった者も雪の中を延々と歩く。立ち留まって祈り、少し行ってはまた祈る赤い着物の老女、『慈しみ深き友なるイエスはわれらの罪、科、憂いを取り去り給う』と聖歌六五七番をやめない青衣の幼き娘らもいます。

イエスの諭《さと》しを唱えながらヒイラギを頭上高く振りまわしている者もいました。葉と枝に棘《とげ》のある小木で、ゴルゴタへ十字架を背負われたイエスのイバラの冠に譬えております。

統治者《ゴベルナンテ》・ノブナガの制圧したミヤコは彼の膝下にあり、またキリスト教への理解と庇護の許、これだけの数の信徒が祝祭に参ずるのです。

しかしながら、私たちは了珪氏の用意した街道沿いの〈桂大橋《かつら》〉のたもとの切支丹小屋に潜んで、かれらをやり過ごしました。祝祭の輪に入るのは異教徒の襲撃のほかにも、興奮に酔ったキリスト教信者の無鉄砲にさらされる危険も孕んでいたからであります。

桂大橋からノブナガ公に謁する本能寺までは一里半（六キロ）の近さです。公は、私たちのためにこの橋から本能寺にかけて警護総督以下、七千の兵を配したそうであります。

ゴルゴタに引き連れられたイエスとはあまりにも相反する厚遇で、私はこの先何が起きるのかとむしろ不安をおぼえました。

猊下、なぜ、この国でキリシタン、ゼンチョの何千人もが雪の中を手踊りしながら祝祭の行進をするのか御了察願えますか。

彼らはイエスにでも神にでもなく、百年近くの長きに亘って続いた戦乱と飢餓と死の絶望の鎮静を、ノブナガという統治者《ゴベルナンテ》に願い、イエスの慈悲にすがろうと祝祭の行進をしたのです。

長い治世、この国は荒廃をさまよいました。掘った草の根を口にまで持っていく力のない男、抱いた乳のみ児に与えられる乳が出ない母親、泣き叫びやがて力尽きる嬰児、教会と幾人かの為政者が炊きだすカユにもありつけない老人、そこここに悲壮な静寂と混乱が打ち沈んでいるのです。

私がこの国に上陸してからいくぶんなりと困窮は減じたそうでありますが、それでもなお続く戦乱に、主はいかなる恩寵を与えてくださるでしょうか。

ひょっとしてハポンに於けるこの時代の主はイエスではなく、ノブナガなるその人物かもしれません。

戦乱に飽き飽きして、平安にモノが食っていける世の到来を待ちかねている人々の思いは信仰に縋ることではなく、ノブナガの存在に賭けることが現実的です。

そのために彼らは復活祭の余熱に駆り立てられて雪の中を公のおわすミヤコへ、饗宴の行進を続けたのです。猊下、それ故にです。われらはこの国で泣いている者たちを神《デウス》のより大きな御手でお救いいただくよう導かなければなりません〉

○

ヴァリニャーノらはその日、蛸薬師姥柳町の南蛮寺に寝泊まり、翌日午後、本能寺にノブナガを訪ねた。

南蛮寺は、〈南蛮《ボロスル》〉の三階建ての壮麗な〈教会《イグレシア》〉で、高山右近が紀伊や近江から集めた材を、聖母マリアが肉体と霊魂とともに天の栄光にあげられた〈聖母被昇天《アスンシオン》〉の日に捧げた。

教会はそれまで、柱も床も腐食したあばら家だった。

デウスの訓えの尊厳と威信のためにぜひ日本イエズス会にふさわしい建物をと望む信徒たちの声がノブナガに容れられて建った。仏僧ら異教徒は、ノブナガ公の住まう城より高い三階建ては不敬だと異存を申し立てたが退けられた。

「よく参った、待っておったぞ」

本能寺北面〈禽鳥《きんちょう》の間〉の御対面所で畏《かしこ》まっていたヴァリニャーノらに、ノブナガは、御馬廻り衆を引率する最側近の臣下・長谷川秀一《はせがわひでかず》、野々村正成《ののむらまさなり》らも愕《おどろ》く歓待を見せた。

「はっ」

「ほう、大男だの。ヴァリニャーノと申したな。司祭、切支丹の動きをローマ本部に報告いたす役目の、なんだったか」

「巡察師でございます」

「元は美丈夫であったろうな。どれほどの尺？」

牛一が通辞代わりに応える。

「六尺二寸（百九十センチ）であったそうな」

「さようか、余は五尺五寸（百七十センチ）」

ノブナガは対面者の背丈を尋ねたり、顔立ちを褒めることなど絶えてない。

どこの生まれかと問われてスペイン支配下のナポーリ公国で誕生し、さらに訊かれてフィレンツェ、ローマで過ごしたと答えた。

「そはどこだ。のちに地球儀でな」

かねてこのような受け入れを記憶している者もいないと、後で牛一より教えられるもてなしだった。

ヴァリニャーノは、ノブナガの人体《にんてい》についてフロイスら司祭より聞かされていた。

中背で痩せていて、細く薄い髭を生やしている、声は高く快調に通る。戦役はおのれから仕掛けていくのを得意とし、馬と刀鎗を愛しみ、名誉心が強い。

日本人臣下の牛一なら言えぬことを、フロイスはヴァリニャーノに耳打ちしていた。

「かなり執念深いですよ。おのれを恃《たの》む気が強く、辱《はずかし》めを受けることはぜったいに許しません。元は貴族でも公家でもさほど有力な武家一統でもなく、次々に近隣の同輩あるいは年上を打ち破って版図《はんと》を拡げてきたのです。

交易・商業を保護する施策もたくみに操って富を増やす才を具えていたのでしょう。

戦さだけではなく、このような富の蓄積で領地を手に入れていったノブナガの右に出るダイミョウはおそらくいますまい。されど彼をもっとも特徴づけるのは、平仄《ひょうそく》が合っているかどうかです」

「ヒョウソクとはなんでしょうか」

「われらのいう合理です。整然と図り、理にかなわせるということでありましょうか」

「我らの国の聖堂や洗礼堂や敷石道に使う大理石の柾目のようなことですか」

「いかにも、そうです。オケハザマの戦いのときのように神がかりのこともあるでしょうが」

「オケハザマ?」

「二千の寡兵で四万か五万を打ち破った二十七歳の折りの戦いです。……いや違いますね。あれも神の恩寵《ガラサ》でもなんでもなく、事前に諜報、調略を仕掛けて十分に謀った仕上げだという人もおります」

「ヒョウソクをあわせていたということですか」

「城も道も、この国では準縄《みずばかり》というものを使います。水準器ですね。ノブナガ公は、おのれの躰の中にこの準縄を持っておられる。なにごとを決するにも、それを取り出してくる。それが平仄です。さようのお方です」

フロイスはさらに声を低めた。

「戦さではたびたび癇癪を発し、狡猾な戦略を好むそうですよ。神仏？　そんなものにほとんど重きは置いておりません。日本の古代からの王侯に対しても敬愛の心はなさそうです。いまはまさにこの国の絶対君主であります。そうして人民はこの方の天下統一を待ち望んでいる。道々に仆《たお》れてそのまま腐敗するか犬に食われるしかない人間の最後を、この国の者は百年見せ続けられてきたのですから」

ヴァリニャーノの拝謁が許された一刻前、長男・信忠、次男・信雄は本能寺から一里ほどの妙覚寺に退出していた。

前日までの季節はずれの雹《ひょう》に降られた泥濘《ぬかるみ》は街道沿いの民家の庇の下や寺の玄関脇に残るだけで、この日は俄かに晴れた空となって風が光っていた。

通訳をするフロイス、ソウリンの孫娘・モニカ、書き役の太田牛一と、数少ない一行である。地下《じげ》身分の磯次はさすがに天下人にまみえさせるわけにはいかない。南蛮寺の控え間に置いてきた。

代わりに、全身が黒褐色におおわれている男を加えてきた。

西アフリカ・ガンビアで捕縛された二十五歳のガレー船の漕ぎ手奴隷だ。ゴアに向かう航海中の通商隊に捕らえられ長崎でパードレ・トルレスから託されたジュスト右近がアソール・ビコの名を与えた。

精巧につくられた置き時計、燧石《ひうちいし》で打つエスピンガルダ銃、結晶硝子の器、鏡、眼鏡、さらに赤い羽根付き帽子、麝香《じゃこう》、どの献上品よりもノブナガはビコに心を奪われた。

『湯を沸かせ。墨を洗い落とせ』

しかし磨き砂をこすりつけても、墨も褐色も剝がれない。

ヴァリニャーノが説明する。

この地球が始まって以来、生きとし生ける万物が多様な地で誕生し育った。寒冷の地もあれば、ハポンのように優しい雨の降る温潤なところもある。陽がじりじりと照りつける酷暑の国もある。このビコなる男は遠い数万年前の先祖からの時を、灼け付く陽の許で暮らしてきて肌に黒が染みついた。

温暖の地で過ごす日本人の肌はもの柔らかな薄紅だが、船で大海に漕ぎ出した先には逆に白い肌の者の国もある。

ご覧のこの地球儀は小さいが、世界は果てしなく広い。この男が証《あかし》であります。

ノブナガは、なんの疑いも見せず理解したようにヴァリニャーノに映った。

フロイスに教えられていたとおり、口髭は薄く、この細身の痩せた中背の躰のいったいどこから日本国を統べる絶対君主の力を湧きださせているのか。

声はカネの糸をはじいたように甲高い。磊落《らいらく》、度量が大きいという型から遠く離れた、その代わりに明晰と鋭利と断ち切るような胆力を備えた君主であることは、わずかな振舞いと立ち居からも伝わってくる。

「うむ。さも」

ノブナガはエスピンガルダ銃と羽根付き帽子と麝香を受け取り、ヴァリニャーノが手にしていたバスクラリテと革表紙の書巻に顔を振った。

「それはミュージカ（音楽）だな。あとで聞かせてくれ。そのお孫とな」

モニカに向き直った。

「豊後からとな、そなたもよく参った。のちほどドン・フランシスコ爺いの話を聞かせてくれ。いや、先《せん》にお手前ども大山崎で摩利衆に襲われたとな。向後《きょうこう》は案ぜずともよい。余の馬廻りか黒母衣《くろほろ》をつける」

「はっ」

ノブナガを陰でも日向でも護衛する集団である。母衣には、赤母衣衆もある。

「それより、そっちだ」

矢継ぎ早に話を移していくノブナガにヴァリニャーノは、革表紙の頁をめくって見せた。

「何が書いてある」

表紙革は、甲板や船端で読んでいたときの潮風に打たれ、そそけだっている。

大急ぎの指で、まくれた頁を繰る。

「聞かせよ」

『君主論《イル・プリンチペ》』『政略論《ディスコルシ》』を開くときがきたと、ヴァリニャーノは胸を高鳴らせた。

しかし読む時間に猶予があるかどうか。

この折り頃、ノブナガの政務と日常は、厳格多忙をきわめていた。

起床、馬責め、朝食、刻限は日々、針のひと動きのずれもなく同じで、敵への作戦など、重要衆議の時刻も限られていた。

評定所で御側用人、家臣たちへの下知を終えるとおのれの居室に戻り、次々に大御番を呼ぶ。

計数に明るい側近には、毛利進攻を阻まんとする九鬼《くき》水軍の放つ砲弾の仰角《ぎょうかく》飛距離を勘算させ直し、在地支配の奉行人には、尾張美濃の領地から、大和・興福寺《こうぶくじ》、東大寺《とうだいじ》が所領する知行の土地面積、年貢高、百姓数の〈指出帳《さしだし》〉〈検地帳〉を提出させる。

さらに、尾張・御園《みその》市場、安土山下町などの楽市楽座での税の徳政免除から、木曽川と伊勢湾をつなぐ織田家草創の地盤・津島湊の運上金、廻船税の改正までなすべきことは次から次に押し寄せてくる。

ノブナガは日々、そうしてあるときは峻厳な戦争家、あるときは交易商人の実務家、さらに政治家として執務に就く。

この期はことに近江、畿内、中国と広い版図《はんと》で攻囲戦、制圧戦が起き、各方面軍を設置、再編成して、さらにそこに邀撃《ようげき》軍を配するなど、織田軍最後の総仕上げに眠るいとまはなかった。

敗者から取り上げた領地の配分もある。すべて取り上げてしまえば無禄《むろく》になり、途端に窮する。新領国が安定するまでは敗者にも旧領は安堵しておく。その操縦もぬかりがあってはならない。

実に多様な案件である。瞬時の判断を催促されるものもあれば、空をゆるやかに旋回する鷹の目で見なければならぬものもある。

増水期には木曽三川《さんせん》の堤防の決壊を塞ぐための土工を何千人ミヤコから呼ぶのかの蟻の目の些細な算段も要る。

ヴァリニャーノに謁見を許したこの日の午後は、新しく建てたばかりの城《キャステル》を描いた〈安土城図屏風〉に何を描きこませるか絵師・狩野永徳を呼んで、微細にわたる下絵を提出するよう命じた。

城だけではなく、キャステッロを中心にした城郭都市《ピアザフォルテ》一帯、往来する人物のにぎわいまでを描き込むようにと厳正な注文だった。

湖水が流れ込む掘割に沿う醤油蔵、藍木綿《あいもめん》蔵から、橋、練兵場、安土道に沿う屋根なし市場まで細密に描写せよと命じた。

さらにヴァリニャーノらに喜悦すべき建造物を用意していた。

キャステッロと同じ青色の屋根を持つ三層のセミナリヨだ。

中廊を奥に長く取り、四方面ほぼ等しい長さの立方に楼を上げ、玄関と鐘楼だけが突き出している新世紀のエウロパの教会の構造に、日本建築の優美と精緻をいたるところに加える。

石組みして垂直と水平に重きを置くエウロパの梁、天井、壁とは違い、精妙でたおやかな建物をめざす。

すべて御屋形の指令だった。

そうしてノブナガは日々、感情に一寸の揺れも見せず、家臣らの追従、甘言を排し、おのれの放恣《ほうし》を抑えこみ、時に胸にしのびこんでくる疑いと虚ろな思いにとらわれながらなお克己《こっき》しようとされておる。

堺の商人・日比屋了珪、高槻のジュスト右近、フロイス、つねに傍らにある太田牛一らの観測がヴァリニャーノに伝わってきた。

極端に多忙で、鬱屈と冷徹を隠さないとの評もあった。しかし、初めて拝眉するノブナガにヴァリニャーノは、きわめて人好きのする、物静かであっけらかんとした童心と稚気《ちき》にあふれた人柄を見た。

峻厳と猜疑と無邪気をまじりあわせている稀有な人物か。

この国最大のしかも最高に華麗なキャステッロあるいは〈宮殿《パラシオ》〉の住人は、戦さのほかにも刻々迫ってくる危機を遁《のが》れつつ、深い孤独を歩いているのか。

簡単に解けない思いに駆られて、傍らの牛一の顔を窺う。

だが円い平たい小肥り顔のその男の表情は統治者《ゴベルナンテ》の傍らにあって糸の先ほども変化しない。

「革表紙に、何が書かれてあるや」ノブナガが尋ねる。

周りに侍る吏僚たちに目を配り、「『君主論《イル・プリンチペ》』『政略論《ディスコルシ》』と申します」と答えた。

と、ひとりの恰幅のよい威厳のある男が「あいや、御屋形様にさようのものの解釈をお聞かせするいとまはござらぬ。控えよ」と発した。

すると、ノブナガは、甲高い声をあげ、手にしていた刀の尻で男の腹を撲《う》ちつけた。何を叫んだのかはヴァリニャーノの耳はよく解せなかったが、確かな叱責だった。

あとで牛一から、馬廻り衆、小姓を率いる格別の側近五人衆のひとり・菅屋長頼《すがやながより》なる者であったと知らされた。これを機に馬廻り衆は皆退出した。

ヴァリニャーノらのほかは誰もいない不用心の席となった。しかし、ノブナガに辺りに気を遣るようすはない。

「で？『君主論《イル・プリンチペ》』とは、『政略論《ディスコルシ》』とは、余の与《あずか》ることか」と性急に質した。

脇で牛一が平伏しながら、畳に声を這わせた。

「まことに。ここにおわすヴァリニャーノ師は先刻、手前にこの書巻の話をとくと披露されておりまして……かようなことで」

ふところから覚え帳を取り出して読み始めた。

「マキアヴェリが、チェーザレ・ボルジアなる者の政《まつりごと》の必須要件、戦略を引き合いにした書であります」

「ようは解せぬが左様か。われら大八州《おおやしま》の字母で読んでみたいものよといつぞや余が所望した書であるかな」

「おいそれとこの国の言葉には伝わってはまいりませぬ遠い国の書であります」

「むっ。余とて、待つべきは待つ。ヴァリニャーノと申したな。訳を読んでみたいが、中身の大概を先に教えていただければ都合よし」

ヴァリニャーノより位階は低いがノブナガへの拝謁の回数が多いフロイスが脇から口を挟む。

「ヴァリニャーノ師の日本滞在は日が浅いのですが、ゴアからの船中で日本語に習熟されてほぼ不自由なく御屋形様にその書の意義、要諦をお伝えできると存じあげます。私もなんなりとお手伝いをいたします」

フロイスはこの折り、四十九歳の司祭で、ヴァリニャーノより七歳年上だった。だが年上でも、イエズス会の序列は厳密で、司祭は巡察師に仕える身分にある。

「フロイスよ。『君主論《イル・プリンチペ》』とはおぬしからいつぞや聞いた書だ。いかにもチェーザレ・ボルジアという者が出てきた」

「はい、お話し申しあげました。よくぞお忘れなく」

「三十足らずの歳で広い領地を治め、なりふり構わぬ戦さ上手のチェーザレこそ古今無双の闘将なりと。それが『君主論《イル・プリンチペ》』『政略論《ディスコルシ》』に録されておると。ヴァリ殿はそれを持ってこられたか。冥利だ」

牛一はもう一度、覚え帳を開いた。

「優れた大殿《オドン》は、敵策を見破って思いもよらぬさらなる新手の策を備えるとか。いや、遠い国も日本も同じかと。意義のある話でございました」

「ギュウよ、おぬしも余の『君主論《イル・プリンチペ》』『政略論《ディスコルシ》』を『信長公記』に留めることはできるや」

「滅相でないことでございます。私は傍《はべ》らに侍《はべ》ってその日、何があったかをお書き留めするだけで精一杯にござります」

「いかにも。ギュウに余の『政略論《ディスコルシ》』はちと至難よの。元はそなた、ただの弓引き、せがればぼんくら」

十四

『君主論《イル・プリンチペ》』『政略論《ディスコルシ》』を手にしたままヴァリニャーノは、かつてローマ教皇庁の〈アルキヴィオ（式部文書庫）〉でむさぼり読んだチェーザレ・ボルジアの事蹟を思い出しながら統治者《ゴベルナンテ》に向かった。

都市国家群同士で四分五裂するイタリアの情勢、フランス軍の侵攻、そこに比類のない力量《ビルトゥ》をもって人々に恐れられ慕われたチェーザレの政治地政学、戦略論、民衆論を綴った年代記作者・マキアヴェリの文書である。

聖書以外に、世界のいかなる涯にも出向き主・神《デウス》の教えを伝えると心を決めたきっかけになった書だ。

あれからおよそ三十年経つ。記憶の曖昧もあるが、と前置きしてヴァリニャーノはノブナガに膝をひとつ進めた。

「やっ」

小さく息を吐き、茶殻を詰めた袋の括《くく》り枕と、敷き妙《たえ》を小姓に持ってこさせ、その上に半身を横たえた。

「気塞ぎなわけではないが許せ。応答はせぬ。余は黙って聞いておる。眠るわけではない。よほどの難儀な言葉のほかはしかと耳に入れる。心して、イタリア国の合戦とはどういうものか、チェーザレはいかなる戦術をとったか。そなたどもで話を進めてくれい」

「ペルシャ王に妻か夜伽の女が夜ごと物語を聞かせたようすに似ておりますか」

ヴァリニャーノの問いにフロイスが継ぎ足した。

「アラビアンナイト、と申します。寝《やす》む王のそばで」

「西洋には主君の寝る脇で語る者がいるのか。余はかようのことは一度もないが。そなたどもなら、気は張らぬ」

ノブナガの居室《きょしつ》、御対面所にはなんぴとも武具を携えぬのが定法だった。

「チェーザレはエウロパで神の代理人と呼ばれておりますローマ教皇アレクサンデル六世の長男です。十八歳で緋の衣をまとい、赤い帽子をかぶる枢機卿になりました。母は父の愛人で、サン・ピエトロの寺院近くの屋敷に住み、のちにチェーザレが弟を殺すまでは絆の深い一族でありました」

「すぐ下の弟を誘い殺したのは余と同じか。いや待て、前段はよい。その者の書いた主君の務めについてまず速やかに申せ」

「いかにも承ります。しかり。マキアヴェリの論であります。【チェーザレは残酷の評があった。されどこの評を恐れなかった。臣民に忠誠を誓わせつつ、冷酷非情を通し、他を軽々に信じず、おのれの影に怯えなかった】そしてこう結んでおります。【主君は臣民に愛されるより、恐れられなければならぬ。そもそも人間はすぐに恩を忘れ、善を装い、厚顔で物欲を抑えられない】すなわち【恩を受けているあいだは人間は、いかにもいかにもと従い、血も領地も家族も捧げる。されどいったん主君に利がないと知ると掌を返す。本来、人間は邪悪で利を得ることを目的に生きる。これを肝に銘じて、主君は臣下、領民に愛されようとせず、しかし恨みを買わず、ひたすら恐れられよ】【人間は父親が殺されたことは忘れるが、財産を奪われたことは覚えておる。すなわち主君たる者は信義など爪の先ほども覚えず、奸策を弄《ろう》して臣下領民を混乱させよ。すると築城、町づくり、新軍創設の大業が成せる】」

「ほう『君主論《イル・プリンチペ》』にはそうあるのか」

「いかにも左様であります。チェーザレの行いから学んだこれが君主の務め、治政の要諦であるとマキアヴェリはその書に」

「苦しゅうない」

「ハポンと同様にイタリア半島の諸国は戦乱に明け暮れ、息もたえだえのようすでありました。イタリアの諸国とはひと房の葡萄を成す粒同士。御屋形様と同様、チェーザレはその諸国を駈けめぐった」

ヴァリニャーノはひと息入れた。話柄を換えた。

「まことに僭越ながら御屋形様と違《たが》いません。十九歳で初陣し、いや左様のことより、チェーザレが興を惹かれたものは、狩りでございまして」

筋骨の引き締まった美しい馬の手綱を取り、背も腹も無毛に近い肢の長い猟犬が追い出したウサギ、キジ、シカに馬上から弓を引く。

矢がめったに外れないのは、沈着と人に敗けると歯嚙みする剛性のためだった。

矢に貫かれ血を流す獲物は、訓練された鷹の鋭く伸びた爪と嘴《くちばし》の下にねじ伏せられ、打ち震えて絶息する。

「余も、狩りのためならどこの野にも参る。国境いを越えても行ってみせる」

ノブナガは敷き妙から身を起こした。

「やっ、ギユウ。今夕のヴァリニャーノ殿の伺候『公記』から洩らさぬようにな。いかなる話に相成ったか、中身もとくと録せよ。チェーザレ、マキアヴェリの話がことだ」

「はっ」

「桶狭間、長篠《ながしの》……左様の合戦の過ぎしことなど何ほどの値打ちもない。勝っても聊《いささ》かのかたちにもならず。終わったのだ。これからを見よ。遥かな海の向こうぞ。今日の話はその険しき始まりの隗《かい》になるやもしれんからの」

「いかにも心して」牛一が低頭した。

チェーザレは、北はトスカーナ、南はパレストリーナの美しい丘という丘を駈けめぐり、馬が汗をかけばかくほど奮い立った。ノブナガの狩場の光景に通じる。

ほかに好むものは武具、肉体の鍛錬だった。

ノブナガが軽く手をあげた。

「狩りに駈け出し始めた頃、おれはうつけと呼ばれておった」

「いかにもチェーザレも、そう呼ばれました。狩りと武芸に熱中するほかは、枢機卿となっても神学を忌避し、聖職教義も教会法も解《かい》せぬ戯け者と評されました。しかし、本人は一向に気にするようすはありませんでした」

ヴァリニャーノの説明に、牛一とフロイスがときどき畏れを隠さぬ視線を這わせる。

「ほかにチェーザレが好んだのは、ローマ中の仕立て人が競ってつくる華麗な衣装で身を包むことでした。薄青の短い上着に同色のタイツを穿き、白いマントを翻して、首元に赤のスカーフを巻くのです。目は青みを帯びて、おのれが責め立てる白馬と同じように躰は引き締まり、黒い髭をたくわえた唇から発せられる声は明晰で落ち着いていると民から見られていたようです」

「衣装、恰好それも見習おうてよいな。マントというのは、背中を覆う肩掛けだな。それが白か。首に赤い巻き物か。ところでそ奴の父というのはいかな男であった」

「父アレクサンデル六世教皇は脅迫と懐柔で人々を騙して位階を昇りつめた。これほど約束を果たさなかった教皇はいない。ということは、カネと武力さえあれば騙そうと約束を守らなかろうと、権力を発揮できることを示した教皇だと言われております」

「脅迫と懐柔の王か」

「夜をあらためよ」といったわりには、半身を起こして、上機嫌のようすでときどき声を挟む。

「ところで我らの歳の順はいかがあいなる」

「はっ、先に申すべきでしたか」ヴァリニャーノは指を折った。

マキアヴェリとヴァリニャーノの差はおよそ七十年、そのあいだ、いずれも洋の東西、一五〇〇年の初頭からの戦国期の只中でチェーザレ・ボルジア、太田牛一、ノブナガがいる。

牛一が問う。

「先ほど申し上げましたが頸に赤い巻き物、お召しになられますか」

「悪くない。耄碌《もうろく》した年寄りどもと同じ鎧兜《よろいかぶと》では、天下布武、いやそれより海の向こうを視ておる余の活眼も法も示せぬ」

「上様、チェーザレ卿の代は、フィレンツェ、ローマ、ミラノ、ピサなど先ほど申しました諸国、各領地が覇権を争い、フランス、ドイツも長い時代ひとつに固まった国家体制にまとまりませんでした。統一が成ったのはスペインだけです」

「我らと同じだな。応仁からここまでおよそ百年、国も町も奪《と》られ奪りしてきた。長い冬の時代だった。があと少しで余が春に変える。チェーザレは左様か、われらと同じ冬から春への時代の者だったか」

「あとは毛利。武田と高野山はいまにも陥ちます」

「ギュウ！　さかしら口は慎め。戦さを語れるのは余しかおらぬ。余だけが軍略とそのあとの日本国のかたちを描ける」

ヴァリニャーノらはおもわず身をこごめた。ノブナガに近侍する年代記作者でなければ牛一は一閃のもとに首を刎ねられていたか。

皆、身震いしたが、供連れの少女・モニカは利発を表す黒目がちの眸《ひとみ》をノブナガに据えてまばたきもしなかった。

ノブナガはモニカに声をかける。

「左衛門督《さえもんのかみ》のごようすはいかがであったかな。あれが薩摩まで九州全土を治めてくれれば余も心強いが。いや、左様のことはどうでもよいな、ここでは」

「はい」モニカは紅をさした小さい唇を動かす。

皆の沈黙のあいだに、屋根から雹が溶け落ちてきた。

牛一を叱責したが、ノブナガの機嫌は損なわれていない。ひょいと思いついたように背を起こす。短い問答ながらモニカの思いがけない明晰が皆に見えたことと、本能寺の格子窓からの雪あがりの夕暮れの光が和みだった。

チェーザレが時の世とともに生きたありさまはヴァリニャーノにはやはりノブナガに重なって見えた。ゆっくりと話すことを心した。

「チェーザレ初陣の翌年から、イタリア全土どこもかしこも血腥《ちなまぐさ》い戦乱、紛争が渦巻きました。御屋形様、お寝みになられずともよろしいでしょうか。かようの話、ご退屈ではございませぬか」

「許す。中夜《ちゅうや》であろうと戦さの話、興のないはずはなかろうや。進めい」

「では今少し。こののちに『君主論《イル・プリンチペ》』『政略論《ディスコルシ》』の箴言《しんげん》もお伝えしたい」

「さようか。一生は短いが、夕から朝までは長いぞ。そうだ、なんぞ腹におさめよ」

手を拍《う》つとその刻限だが焼き物、煮物、香の物の馳走が運ばれてきた。

ヴァリニャーノは、二尾の煮イワシ、煮イモと焼きカブ、それに菜飯《なめし》を箸で摘まんだ。躰を維持するためだけの粗食がローマを発ってからのならわしで、そのほかに山海珍味も供されたが口にしなかった。

ノブナガは、その決めごとを知っていて、何も言わない。

代わりに、声をあげた。「いやイタリア国の戦さ話、遠江も甲斐も米澤もめったに耳にできぬわ。夜中とはいえ値千金の話。妙覚寺を呼べ」

宿舎で寝入ったばかりの、信忠、信雄の息子たちを呼び戻した。

馬で一里、ほどなく二人は牛一の紹介に与ったヴァリニャーノとモニカに「御意」と短く発し、父親の前に交脚した。

フロイスは、ふたりにはすでに二度ほど目通りかなっている。

ヴァリニャーノは子息らに挨拶を済ませ、話を再開した。

ところどころでフロイスが通辞の補強をする。

初めてイタリアの話に接する子息らに、チェーザレ・ボルジアの何者であるかをほんの短く説明してからヴァリニャーノはノブナガに向き直った。

「では、世継ぎの御歴々がお揃いになられたところでチェーザレの軍略に対する格別の心得をお伝えします。これも軍事顧問マキアヴェリの伝えるところです。

【君主は武力を育てることにのみ意を注げ。軍事に精通せぬ君主は兵からも臣下からも尊敬されぬ。優雅な趣味など百害でしかない。ひたすら軍事の訓練、作戦を鍛錬せよ。軍事には全財産を注ぎ込め。軍事の代わりに領民に恩恵を施し美徳を見せて評判を得ようとする君主はたちまち滅びる。賢明な君主は吝嗇である。始末屋の評など怖れてはならない。大事業は吝嗇家の評を得た者だけが成し遂げる。すなわち君主は常に冷徹と恐れを捨てた堅固な意思を臣下、領民、おのれ自身に示さなければならぬ】

ノブナガも子息らも身動きせず聞き入っている。

ヴァリニャーノは顔を上げて接いだ。

「さらに主君の資質、行動についても」

「ほう」

「御屋形様、チェーザレはされどだれも想定していなかった行動に出ます。二十三歳の時であります。御屋形様がオケハザマでイマガワを討ち取るまでに四年がある歳でございます。〈枢機卿〉の地位を返上いたしました。聖職を離れて俗界に降りるということであります。緋の衣を脱いだのです。

父にこう申しました。

【我の目は教皇の住まわれるヴァチカンではなく、常にこの宮殿の外に向いて参った。イタリアという国家がいつぞやひとつに成るのか。それとも都市同士で永遠に抗争を続けていくのか。

どこまで生きられるか分かりませぬが、緋の衣を着ていては何事も成せぬと立志いたします】

宣言ののち、チェーザレは、ピサとピストイア、隣り合った都市の戦さを回避させ、和平を呼び込んだあとすぐフランスに凱旋入国し、華麗な儀式に臨みました」

シャルル八世を退かせルイ十二世の御代とするのに力を貸した若き驍将《ぎょうしょう》をフランス国民は喝采で迎えた。

「その姿は御屋形様の参考になるかもしれませんので、申しあげます」

宝飾と黄金を飾りつけた鹿毛に騎乗したチェーザレは、左の袖口に金糸の縁飾り、右には金襴を這わせた黒の天鵞絨《ビロード》の短着を精悍な躰に巻き付けて、胸に黄金の首飾りを垂らした。タイツと沓も短着と同じ黒の天鵞絨《ビロード》で、頭にも黒の天鵞絨《ビロード》帽子、縁にはルイ王家の紋章を示すルビーの百合をふたつ揺らす盛装だった。

「この華麗で威厳のある姿に、フランスのロヴェーレ枢機卿はパリから、チェーザレを手放しで賛辞する手紙を、父であるローマ教皇に送りました。それほどの熱狂でありました。

ノブナガ様、チェーザレを迎える枢機卿以下パリ市民のこの辺りの熱い歓迎は、御屋形様の力量《ビルトゥ》を称える民の声に通じます。枢機卿のその手紙の中身を披露いたしましょうか」

「御意」敷き妙《たえ》から身を起こしたノブナガは首を折った。「続けよ」

ヴァリニャーノは手紙に強い共感を添えた。

「〈教皇猊下の子息・チェーザレ公の若々しさ、神から授けられた大胆な才覚、力量はわがフランス宮廷の王以下すべての宮廷人と人民の心をとらえましたことご報告せずにはいられませ

ん〉

　枢機卿とは別なヴェネチアの大使は書いたそうです。

〈ローマ帝國皇帝の誰ひとりとしてこれほどに華麗を飾って入城した者はない。

　およそ四百頭の駿馬、驢馬、それらの背、あるいは人の肩に乗せた、ルイ王家への宝飾、絹織物などの捧げ物、さらに従者らの衣装が入ったおよそ千二百個の大小の櫃《ひつ》の行列がパリ市民の度肝を抜きました〉

　しかしチェーザレは群衆に顔を見せず、演説もせずに広場を去り、ひとり城に籠ったといいます。

　この冷静と洞察と胆力が並みの公爵、戦争家でないことを示しております。冷静と洞察は、【狡知する力】に行き当たります」

　ヴァリニャーノはそれから「話はほんの少し逸れますが」といって、手にしていた革表紙を開き、マキアヴェリの箴言をノブナガと子息らに伝えた。

【信義を守り誠実に生きる君主は大いなる称賛に値いする。なれど、信義など眼中になく、人の脳を欺いて狡知を駆使する君主こそが今日の偉業を成す。すなわち、信義を守り抜いた君主は〈狡知の君主〉に敗れ、ひれ伏す】

「いえこれは『君主論《イル・プリンチペ》』を支える基調でありますので、のちほどまた御披露申しあげることになろうかと存じますが」

ノブナガは顔を少し格子窓のほうに向けた。夜の闇と青白い横顔を蝋燭の灯が浮かびあがらせた。

信忠、信雄のふたりは円莫蓙に脚を交らえさせたまま身じろぎもしない。

呼びだされたが、ものみな眠る深更のだしぬけのことで、遠いイタリアの話など呑みこめなかった。

されど父にとっては、二度とないこの場に子らを坐らせることが得難い大事だ。信忠、信雄もそのことは幾分か解せた。

ノブナガは声にださず、胸の中で反復した。


【信義より狡知】


いかにもそうでなければ、オレもここまで版図もひろげられず、生きてはこられなかったと納得した。

だが否定もせず頷きもしなかった。ただ、こめかみにまたひりひりを感じ始めた。

フロイスもモニカも音を立てず、つつましく坐っている。九州一と謳われたブンゴ・オオトモ家の高貴の血を引く十五歳の少女の物怖じせず、威儀を正しているようすには一寸のゆらぎもない。

ヴァリニャーノの読み上げた箴言に、牛一だけが控えの手をずっと動かしている。

【君主は、慈悲深く、信義に篤く、情けに富み、正直で信心深く見えることが必要である。しかし、それらとは逆に、信義に背き、情に逆らい、慈悲の心を捨て去ってこそ権力を保ち続けられると知るべきである。

繰り返すが、徳義は、持っていると見せかけるだけにして常に悪徳に踏み込む心構えを用意しておかなければならない】

これらはひとつひとつノブナガ殿と生き写しとなる、何度か繰り返さなければと思いを込めた。

しかし、ノブナガは横顔を向けたまま肩先も首も微動だにさせない。こめかみをひりつかせているようすだけが皆に伝わる。子息らも咳払いもしない。この父子はいかなる場合にあってもこのようすだった。

次男・信雄は二年半前の伊賀攻め大敗で親子の縁を切ると叱責を受けてからも武功は挙げていない。

父とは違いこんにゃく芋を思わせるいびつな赤ら顔で、唇が厚い。

母・生駒吉乃は飛騨・三河の豪商の娘で絶世の美女といわれたのに、信雄が不揃いの顔で生まれたのは重い産褥のせいだったといわれていた。大きな鼻も不格好に曲がっている。

信雄の兄の信忠は三角の目に細い尖った顎を持っている。

兄はこのとき二十四歳、弟は一歳下の二十三歳、ふたりの風貌はあまりにも違うが、父の前で咳払いもしないようすは同じだった。

二十四歳は、チェーザレが凱旋行列を率いてパリに入った歳だ。

フランス王・ルイ十二世は、ナポーリ、ミラノを手中にするため、チェーザレを歓待して懐柔しようとしていた。

ルイの謀略に気づいていたチェーザレはフランス王妃アンヌの許にあずけられているナポーリ王女カルロッタと政略結婚する。

フランス王妃の足許を崩せば、ルイ十二世もまさか敵対してこぬだろう。

チェーザレはこの結婚を足がかりに、ルイ十二世を利用するだけ利用し、逆に反フランス同盟を起こしてイタリア諸都市の結束を計ろうと狙いをつけた。

チェーザレと幼い妻が新婚早々に一度きり過ごして出生した娘は、祖父・ルイ十二世によってフランスの城に幽閉される。

母・アンヌと娘・カルロッタは二度とチェーザレに会うことなく、一生を終えた。

「上様、遠い国の王家の出来事は左様のものであります」

ヴァリニャーノの話に、ノブナガはとつぜん敷き妙《たえ》から躰を起こして発した。

「したり、チェーザレの戦さ見えた。その後の為埒《しらち》もな」

結婚ほど、一族一統を結び合わせるに有益の途はない。

ある時は戦さ以上に勝利を運び入れる。チェーザレの政略結婚にノブナガは強い共感をおぼえた。

十五

「大事が後先になってしまいました。チェーザレ初陣のようすです。御家督様らにはまだお話ししておりませんでした」

若い信忠、信雄のふたりの子息は「初陣」という言葉に、組んでいた膝を浮き上がらせ、目を輝かせたが、ノブナガは蝋燭の灯を受けてもなお青白い顔にわずかばかりの血色も漂わせず唇を真一文字に引き締めていた。

北部・ロマーニャ地方の豪族、小僭主《せんしゅ》は、かねて五、六十年に亘り、年貢をおさめず、教会の権威に応じない無法を続けていた。

これを糺す軍事行動が、一万五千の傭兵を指揮したチェーザレの初陣だった。

ロマーニャ要《かなめ》の地はフォルリとイモラである。チェーザレは、ローマから北へ、エミリア街道をめざしイモラに入った。

フォルリとイモラ両地の女領主・カテリーナは、十三歳で父を、二十四歳で夫を、ついで二人目の夫を三十一の歳に殺され、寡婦になっていた。

ルネサンス期のイタリアの年代記作者・グイチャルジーニは、カテリーナを「崇高なる精神と不屈の魂を戦乱に懸けた美姫《ベロ　プリンシペサ》」と称えた。

細い躰、美しい顔に甲冑をまとい、駿馬の手綱を引き結び、果敢に鎗を突き出す。

初めの夫が殺された二十四歳の時、城を明け渡さなければ子どもも殺すとフォルリ城壁の下で叫んだ。

カテリーナはスカートをまくりあげ両脚を剝きだしにして怒声を返した。

「愚か者めが。子どもなど、これでいくらでもつくれるぞ」

度胸と凛呼とした覚悟を持ち合わせていた。しかし彼女は、民への愛情を忘れていた。圧政と強権を布いた。このために、イモラの城門兵はカテリーナに叛旗をひるがえし、押し寄せてきたチェーザレ軍に閂《かんぬき》を開けた。

城下の領民たちもチェーザレを、〈変革者《カムビアケ》〉〈解放者《リベラトーレ》〉と歓呼で迎えた。


信忠と信雄は、ヴァリニャーノの説明に息をおろした。

ノブナガが挟んだ。

「ハカマをまくってな、イタリア国には左様な女が。フォルリ、イモラは小牧山《こまきやま》か犬山《いぬやま》か清州《きよす》あたりのことか」

あとは何かを考えているようすで息子たちにもヴァリニャーノ、フロイスにも伝わらない無口となった。

しばらくしてから「持《も》て」と辺りを見まわした。

馬廻り衆頭・長谷川秀一が入ってきて「これでございますね」と折りたたんだイタリアの地図をひろげ、信雄が手を拍つと小姓がふたりがかりで大地球儀を抱えてきた。

十年ほど前に来日した宣教師・エーヴォラがたずさえてきた、世界を知る貢ぎ物だった。

ノブナガはこれをある時は内陣からおのれで抱え運んで繰り返し繰り返し見つめてきた。

この国で世界の地図と地球儀をこれほど眼前に据えた人はいないに違いないだろうとヴァリニャーノも目を遣る。

フロイスが、信長父子にイタリア都市国家群の在りかを短い錫杖《しゃくじょう》で指し示していく。

イタリア国土のかたちは、ちょうど海湾に突き出した一本脚のかたちをしている。

腰まわりから腿の上にかけた北部イタリアは、上からミラノ、ヴェネチア、ジェノバが点在し、腿になる中央部は、北からボローニャ、フィレンツェ、ピサ、シエナそれぞれの葡萄粒のように並ぶ共和国が治め、ふくらはぎはローマ教皇領、さらにそこから足先に向かう南がナポーリ共和国となる。領地はナポーリがもっとも広大である。信雄が地図に呟いた。

「尾張、伊勢から近江に入って、ミヤコ、丹波、摂津に向かうほど入り組んではいないな」

フロイスが返す。

「まことに一本脚のかたちの、腿から踵《かかと》にいたるまで両側を海に囲われた山また山の国土であります。チェーザレはそこを駆け抜けました」

チェーザレの前に屈した女領主カテリーナのイモラは以後、ローマ教皇の名の許に統治されることになった。カテリーナに叛旗してイモラの城門を開いた司令官・ナルドをチェーザレは手厚く遇し、のちのちチェーザレに最も忠節を果たす五人衆のうちのひとりとした。

ヴァリニャーノが披露したその話にノブナガは気難しい横顔を振った。

「いかにも為埒《しらち》総仕舞こそ肝要」

女領主のことより、勝者敗者の和議と帰着点に興味があるようだった。

説得した側、された側、両者はいかに手を握り合ったのか。

ヴァリニャーノは『ローマ年代記』の写本をバチカン図書館で読んで覚えているだけで、その場のことは不案内だった。

代わりに、マキアヴェリの箴言の記憶を伝えた。みな、この夜に余裕があるわけではない。刻限の節約のために、革表紙もページも開かずに覚えを辿った。

三人に告げた。

「『君主論《イル・プリンチペ》』か『政略論《ディスコルシ》』で、マキアヴェリはたしかこう綴っております」

【チェーザレは残酷と思われていたが、しかしこの残酷によってロマーニャの乱れを治め、統一、平和に駆けめぐり、敵部将を忠実な臣下たらしめた。

君主は容易に他人を信じたり、みずからの影に怯えたり、他人に不信感を抱くあまり耐え難いと思われる存在になってはいけない】

マキアヴェリはここから思いを重ねるようにまた箴言を残しました。

【君主は愛されるより怖れられるほうがはるかに安全である。君主が、臣下、領民に怖れられながら恩恵をほどこしているかぎり、かれらはためらいなく、生命、血、子孫、土地を提供する。

しかし、人間は恩知らずで気が変わりやすい。みずからを偽り、臆病であり、貪欲である。事態が変われば、部下、領民は君主にたいして一変し、裏切る。

そのためには君主はまず領民を赦し、ついで、よく観察し、憎悪されるに至らないまでに怖れられなければならない。赦し、憎まれず、怖れられよ】

「赦したのか」

「御屋形様。チェーザレはこのイモラの司令官・ナルドに限らず、たびたび敵武将を赦し、おのれの臣下に加えております」

「臣下を追放したり、島流しにすることはないのか」

「いえ、ございました。しかし忠実な臣下、側近については」

また『君主論《イル・プリンチペ》』を引く。マキアヴェリは断言している。

【忠実な側近をつくるには、その者を思いやり、名誉を与え、富ませよ。地位と任務に与《あずか》らせ、余がなければお前は存在しえないと教えよ。だがしかしそれ以上の名誉、富に与ろうと思わせてはいけない。人間は甘くすると邪悪に向かって際限がない。ことにひとたび野心を抱いた者はこともなげに謀反を起こす】

【ではいかなるものが忠実な側近に向くか。見誤らない法がある。その者のすべての行動、片々の動きが、君主のためではなくその者自身を利する方向に向いていると見えたときは間を措かず斬り捨てなければならない。

そうしてたえず臣下の善悪、利得のいかんに目を配っていると、間違いのない統治者《ゴベルナンテ》でいられる】

いま少し続ける。

【人間は邪悪な存在である】

「またこんなことも書いてあったように覚えております」

【君主は法と力に従う。法だけで間に合わぬときは、力に頼る。力は狐と獅子を範とせよ。何度もいうが、人間は邪悪である。君主に最後まで信義を尽くすはずはない。人はみな欺く。ならば君主は狐の業、獅子の力の両方を持っていると見せかけよ。慈悲深く、裏切られても

許す振りをし、されど獅子となって果断に追い詰めよ】

【君主はいかなる手段を取ろうと勝利すれば栄誉を正当化され、臣民も側近もひれ伏す。そのために狐に、獅子に、なれ】

スカートをめくり、そして戦さに懸けた〈カテリーナ・ベロ　プリンシペサ〉は、ボローニャ県イモラの城は失ったが、まだチェザーネ県のフォルリがあった。フォルリから一歩も退かない。城塞に大砲が撃ち込まれてもチェーザレの降伏勧告を撥ねつけて〈行くところまで行こう、ともに死のうぞ〉と怯《ひる》まない。

城中に届く幾度かの勧告に拒絶を繰り返し、そのうち城壁の上に姿を現した。

チェーザレは羽根付きのベレー帽を手に舞踏を申し入れるように恭《うやうや》しく腰を折った。カテリーナもまた同じ辞儀を返した。

だが、応じたのはそこまでだった。彼女はなお運命の破滅を受け入れる。

チェーザレは水を満々と溜めた城壁を囲う濠に、近郊の町々から集めさせた木材、薪束を投げ入れさせた。この上に幾艘もの船を渡して橋とし、最も近い城壁の一か所を集中砲火して突き破り、およそ一か月持ちこたえた城内に突入した。

カテリーナがみずから血刀《ちがたな》を振りかざす、さほど広くない城中は、兵たちの断末魔のうめきに充ち、死者七百を数えた。

なお戦おうとしたカテリーナの背後を自軍の部下が襲った。とどめの槍穂に突かれるのを遁《のが》れたカテリーナは最後に捕らえられた。

戦さは勝てば終わりではない。荒廃したあとの町に善政を布かなければならない。これまで当然のようにおこなわれていた民衆の物に手を触れること、略奪行為をチェーザレは禁じた。さらに、奪った城の司令官と土地管理の総督にはおのれの部下を配しつつ、市の委員会、かつてより行政に携わっているカテリーナの吏僚はそのままに残した。

チェーザレの一万五千の兵列のなかほどの馬に乗せられたカテリーナは、ローマ・テヴェレ河岸のサンタンジェロ城塞に幽閉され、これより九年ののちに絶える。

夜はまだまだ冷える本能寺で、ノブナガとふたりの息子たちとモニカの口、さらにフロイスの肩から、ふうっと息を降ろす声が漏れた。

「どこの戦さも地獄は同じか」

ノブナガが呟いた。

ヴァリニャーノが応じる。

「御屋形様、ひとつだけ申しあげます。万民にとっては〈地獄《インヘルノ》〉でも、ノブナガ公にとりましては、戦さも敵殲滅も地獄《インヘルノ》ではございません。イエスはたびかさなる迫害にこう申された。

『私は平和をもたらすために地上に派されたのではない。剣《エスパダ》をもたらすためだ。ゆえに、私に従わない者は、私の弟子にはなれない。すなわち、この世の命に執着する者は永遠の命を失い、逆に私に従う者は永遠の命を得る』

御屋形様、天下布武を、いえ、海を越えて世界をめざされるお方はこのイエスの箴言を背負わなければならぬとかねて私は考えておりました。

御屋形様はこの世の地獄《インヘルノ》にでも、楽園《エル・パライソ》にでもなく、戦うことで永遠の命をお求めになるほかはないのです」

ノブナガはひと呼吸の間、ヴァリニャーノをみつめてから、

「イエスを学んでもよい気がいたすな」と応じた。

信雄が父をいたわる。

「上様。ヴァリニャーノ殿の話も結構ですが、心ノ臓に乱れはございませぬか。お躰が汗ばむようなことは?」

冷える質《たち》だったが、四十を超えたちかごろ、手のひら、頬が汗ばんで紅潮することが続いていた。息子たちはそれを案じた。

ヴァリニャーノが挟む。

「お疲れでなければよろしいが」

「ああ、地獄《インヘルノ》については、またな。しかしチェーザレの城壁攻略、治世は余のやることと大部変わりはないな。ほかにその者は、戦わずに勝つ謀略、調略を仕掛けるようなこともあったのか。あるいは逆に鏖《みなごろし》は？」

「それも何度も経たようです。のちに申しあげますが」

「左様か。屈託なくば続きを進ぜよ」

「はっ」

ヴァリニャーノは六尺五寸の大柄をひれ伏した。

「御屋形様、なおまた」脇からフロイスが顔をあげる。

「むっ」

「〈エストレラ・デル・ノルテ〉世界のどこの涯から見上げても不動の天空にある星のことは、覚えておいででございましょうか。

その折りに、この世の海も陸もこの円球なる地球に存す、天空も円いと申しあげました。しかもみずから動いておりますと。

そこで動かぬもの、それが〈北極星〉でありますと」

「いかにも」

「我らの地球がまわるために、天空は毎夜、東から西へ動いているように見えます。されど北極星は天の極にあるために動かず、そこに常に在るように見えるのです」

「さも、そなたに教えられたな」

「あらためて願い申しあげますが。御屋形様には、われら切支丹とこの国の臣民の誰もが仰ぎ見てもうごかぬ北極星であられていただきとう存じます。

そこからわれらに惜しみない御慈悲を賜りますようにお願いいたします。戦って生きた君主が果たさなければならぬ使命であります。

イエスはみなの苦悩、悲哀を背負われて十字架《クルス》の上で刺し貫かれました」

「北極星、北辰だな……さように肩をいからせたものでもないが、皆にもミヤコの御簾《みす》の奥に隠れておるアレにもその星のかけらはお見せいたす」

脇からヴァリニャーノが継いだ。

「チェーザレもたしか、どのような折りであったか忘れましたが、【〈われもエストレラ・デル・ノルテ〉になる】と申したはずです。さきほどのロマーニャの連戦転戦はアペニン山脈などのイタリア中部の厳しい山岳を駈けめぐるものでした。あの地方は、夏から秋冬に向かって暮れる空は刻限が過ぎても、何も見えない暗黒色になるのではなく、深い澄んだ藍色の〈アラッゾ・ベルディ（青いタペストリー）〉が天に映えます。

山と岩陰だけが黒く、あとは深夜にいたっても蒼く沈んでいる。

その山岳に、ルポ（狼）が現れます。二十、三十もの群れで蒼い夜空に向かって遠吠えを繰り返し、眼を黄金いろに光らせて獲物に襲いかかります。

チェーザレは、こんな夜に遠い空に向かって吠え、獲物を襲うルポに譬えられました。アペニン山脈の険しい山を統率する鼻筋だけが白く、金色の目をした蒼きルポです」

「チェーザレ殿は蒼き狼か、金色の目の」

「左様です」

ヴァリニャーノは、しばし息を呑んで思いをめぐらした。

狼は残忍と剛毅に向かってその身をみずから追い立てるのか。

狼に、救済《アリビオ》と魂の安寧に向かう道行きはあるのか。

狼がノブナガにかさなる。ノブナガもまたおのれが次々に行為を起こすことに果てない救済《アリビオ》を求めていなさるのか。

「狼にはなれぬが。なに、余も一世一代の大勝負をいたす。ほどなくお見せ申す。おことたちもお招き申す」

「はっ」

「そういえば旧約聖書の、ヴァニタスと申したかや。愛の定義について触れるというのが」

北極星、狼の話のあたりから、ノブナガはすこしおだやかさを取り戻してきた。尖ったところがない。寝むともいわない。

「なんであったかの、そのヴァニタスの一節は？」

エルサレムの王・ダビデの直系の伝道詩篇だ。

ノブナガが舞う〈敦盛〉にも通じて、聖書と日本人の共通項がここにあるのではないかとヴァリニャーノは思っていた。

この話をして、信長の声がかりで日本人信徒兄弟《イルマン》を増やせないか。かつてそう考えたことがあった。

「ヴァニタスは人生の艱難《かんなん》と希望を詠っております。多くの方が訳されていますが、私はかような意味に解釈しております」

ヴァリニャーノは低くゆるりと声を這わせた。

〈草原の輝き、花のときめき、今は壮んなれど、たちまち病いの床に伏す　目は光を失い、舌はもの言えず、面《おも》のいろは枯野の草に似、いまだ息の通ううちより屍《しかばね》に似る　されど嘆くなかれ　一瞬の光　一輪の花に　秘めたる希みを託せ〉

「聖書のなかの似た詩篇は、マタイの福音書にも、イザヤ書、ペテロの手紙にも引かれております。生きる儚さを語り、しかしひとすじの希望を見る一節です」

「マタイ、イザヤと申されても分からぬが、詩はそれから、空《くう》をいったな」

「はい。〈草原は輝き、花は咲き誇り、されど、そは暁の露に似たり。……空の空、すべて空の空かな〉と途中に入ります」

この世は夢のように儚いと舞う能〈敦盛〉の無常と、ノブナガ殿の心の深い底と〈枯野の草、草原の輝き〉がつながっているのかもしれない。

「すべて空の空かな」ノブナガはそこだけ復唱した。

それから唐突に、「いま時分ゴアは暑いのかね」と訊いた。

「一年中、海の汐とモンスーンという季節に吹く風でねばつく暑さでございます。来年のいつになりますか、私はそこにおります」

「やはり帰るのか」

「いえ、いちど往き、イエズス会の巡察師の役が解かれぬかぎり何次に及ぼうと日本に戻って参るつもりです」

就寝する刻限が近づいてきた。

「娘御《むすめご》」と呼びかけた。

「左衛門督殿のお孫、そなたはずいぶんと慎み深いの」

「いえ、大殿《オドン》にはいつもお行儀を叱られておりました」臆することなくモニカは答える。

ノブナガは目元に笑みを泛べた。

「そなた、じっと坐っておって戦さや武将の話。退屈ではなかったたや。なんぞ、余に所望するものはあるか。一国を頂戴いたしたいと申されてもかなわぬが。オレも火の車でな」

モニカはノブナガに黒く光る眼を据えた。

「豊後のあちの大殿《オドン》はいま、暗い道を歩いておられます。ヴァリニャーノ師、フロイス師と早く豊後に戻ってパッパをお救い申しあげたいと毎日祈る気持ちでおります。

パッパに救いがやって参りますようどうか、御屋形様にお導きいただきとう願います」

「待て。モニカ殿といったな。余は切支丹ではないゆえ神のことは分からぬ。が、いずれ近いうちに左衛門督殿と会わねばならぬ。戦さの策のことだがな。その折りに、おぬしの恩愛が爺い殿に届くよう願おう。ほかになにか所望はござらんか」

「それなら、大殿《オドン》といつもやっていたことをお願い致しとうございます」

指ダンス《デド・エルバイレ》だった。

ノブナガは初めは分からず怪訝を見せて、ヴァリニャーノが説明すると相好をくずした。

「やっ、左様のもの。娘御、初めてだぞ。教えていただけるかな」

イエズス会の子らは、幼児期みなこれをやる。

モニカは、ノブナガの右手の細い指を摑んで、こうやってこうやってと人差し指と中指の先を畳の上に立てさせた。

二本の指を人の脚に見立てて、絡め、離し、不意に折り曲げる。クラリネテやヴィオラの演奏に合わせたように、指の速度と強弱の拍子を変える。

二匹の長い手肢の虫が踊っているようにも見える。

ソウリンと少女はいつもこれをやっていた。

ノブナガも他愛なく倣う。

全村、全山を焼滅させてしまう白く長い骨張った指に、モニカのさらに小さな細い指が絡み巻き付く。

ヴァリニャーノが、フロイスに促された。

「クラリネテをお吹きいただけませんか。私がお持ちいたしておりますので」

ノブナガに一礼して、受け取ったそれを「では」と始めた。

ゴアでは毎夜のようにこれでひとり身を慰められた。日本にも携えてきたが奏する機会がなかった。久しぶりに、A管《アー》の唄口に頬をふくらませず息を吹き入れた。やさしい温かみのある音色が本能寺の御対面所に這う。みな、細い灯燭の明かりを動かさぬように耳を立てる。

ノブナガも聞き入る。

撥ねるような音はなく、あくまでもゆっくりと温かく辺りに這うやや太い音色だ。穴についた小蓋《ふた》を開け閉めする弁を指の腹で調節する。ノブナガとモニカ、ふたりの指も静かでゆるやかな音調に乗せて、ゆっくり悠揚と滑り、回る。

ノブナガが尋ねる。

「ミユージカと申すのだな。エウロパでは」

オルガン、ヴィオラ、オーボエ、クラリネテ……。

切支丹コレジョ、セミナリヨで奏されるこれらの管楽器や鍵盤の音に興深く聞き入るノブナガのようすは、大勢のキリスト教徒に知られている。

司祭、教徒たちにとってウマニスモ（人文学）、哲学、神学課程の教習とおなじほどに、ミユージカは、聖祭、儀式に欠かせない必修科目だ。

御屋形様はエウロパの音の鳴るものがお好きだと評判が立っていた。

ミユージカは人の世に欠かせぬ大事なものとこの国で最初に理解したのは、ノブナガ公だ。かねてそう関心を抱いていたヴァリニャーノは説明した。

「エウロパではフランス語でルネサンス、イタリア人はリナシメントと呼ぶ時代より教会でかようなものを奏するようになりました。ミサ曲と申します。典礼のためのミュージカです」

モニカとノブナガはなお、畳に立てた二本の指を人の脚に見立てて、速度と強弱を試しながら絡め踊らせている。

ふたりのようすを目にしながらヴァリニャーノは、豊後のドン・フランシスコとモニカが浜辺で興じていた姿を思い出した。その時であったか、あとだったか、モニカは「あちはマグダラのマリアに添いたい」と声をあげた。〈罪深い娼婦〉だったマリアは、キリスト埋葬の立会人、さらに復活の証人となり、この上なく美しい聖女と崇められることになった。

「あちも大殿《オドン》につき従って天上の光を受けられる生を送りとうございます」浜辺から教堂に戻って尚同じことを訴えた。モニカの希いは、ソウリンにもヴァリニャーノにも切実に迫った。

深更を過ぎた。ノブナガが密議でも、宴でも、これほど遅くなることは絶えてない。

息子たちには何も言わず、モニカに「楽しかったぞ久しぶりに。また会おうぞ」と別れを惜しみ、牛一には「今宵の〈草原の輝き〉などヴァニタスの話、狼のこと、『記』になるだけ詳しく書き込むよう」念を押した。

さらにヴァリニャーノには、明後日にも城を案内いたすと告げてさっと円莫蓙を起った。

十六

五十四の老齢で、五尺二寸に足りぬ牛一は、六尺五寸を超す大男のヴァリニャーノの前を小幅でせかせかと歩きまわる。これより、ピアザフォルテ（城郭都市）を案内される。この日の通辞はフロイスではなく、磯次が蛸薬師の南蛮寺から呼ばれた。

肺疾をかかえている牛一は、安土城への裏道・搦手坂をまわり込むときも荒れた息をくりかえし、なんどか膝を曲げて石垣に手をつく。

城内を信長に案内されることになっているヴァリニャーノの下見を兼ね、牛一を訪ねてくれた返礼の心積もりだった。

あの折り、ヴァリニャーノが安土に着いたのは夕闇をとうに越した刻限で、翌日も終日、牛一の草庵で『記』の苦労話を聞き、翌々日、夜明け前に安土を発った。

そのために安土城を心して目に留められなかった。

まだ朝日がのぼりきらない刻限、鳰《にお》（琵琶湖）の対岸の堅田に向かいながら、振り返った遠くに白銀《しろがね》いろに照り返す城壁と青い色の屋根が見えた。いずれも完成途上で、豪奢を噂されている全体は目にできなかった。

いわば初めて眼前にそびえるキャステッロ（城）だ。

この日、牛一に案内されることに常ではない喜びを覚えた。

フィレンツェに在るころ、レオナルド・ダ・ヴィンチが創案し普請を指揮したという数々の教堂や広場をたどったことがある。それ以上の胸の弾みだった。

いま春霞《がすみ》にけぶる小高い山の上に立つキャステッロは青と白の大ぶりの宝石のように見える。

山の木立はわずかに残るだけで、材木、大石、作事造営のための諸道具が積み上がっているのが目立つ。植栽植樹は尚しばらくかかる。

統治者《ゴベルナンテ》・ノブナガ殿はいったいいかなる御意でこのキャステッロを立ち上げ、ピアザフォルテの家並と市《いち》を開く気になられたのか。

ピアザはどう広がり、繁華になっていくのか。

信長から、キャステッロを中心としたピアザフォルテの大画を描くよう命じられた絵師・狩野永徳はこの眼前とぐるりの光景をどう写すつもりか。

永徳は麓の常楽寺に近い安土村・豊浦に仮の家宅を与えられて二十人の弟子と〈安土城図屏風〉の制作に向かっているはずである。搦手坂から急ぎ走れる距離だ。

船着き場から城に食料を運び揚げる台所《だいどこ》道と名がついた坂道を逆に湖岸の西側に降りていく。

城はあらかた成っても、麓の山下《さんげ》の町普請は間断なく続いていた。

ヴァリニャーノはマキアヴェリが伝えるチェーザレの【ビルトウ（冷徹な行動）】を思いだした。

【真の君主は奸策を用いて非凡な事業で注目を集める】

これより四年前、この一帯に信長の十三箇条の〈掟書《おきてがき》〉が触れ出されていた。

ここを〈楽市〉として、それぞれの職座による独占を排し、同職同士で分け合い、これをまとめる座役の負担は免除する、通り過ぎる物売り、仲買はかならずここに寄宿すべし。

湖岸に沿ってまっすぐ一本の幅広の街路を通し、朝と夕に清掃を行き届かせよと、これもこまかな信長の事業だった。

蛇石《じゃいし》を引き揚げる曳き手、城内へ調度を運びあげる荷駄人、小屋掛けの作事人、野地板を張る番匠（大工）たちのかけ声にまじって、馬廻り衆、小姓、家臣らの怒声、下知《げじ》が飛び交っている。

築城途中の町造りも湊普請《みなとぶしん》も際限のない長丁場だ。

〈昼夜山も谷も動くばかり〉と牛一が『記』の下書きに綴った通りである。

昼も篝火を焚きつづけ、あちこちで火の粉が爆ぜている。

牛一がヴァリニャーノに説く。

「日に六千の者が畚《もっこ》に石を担ぎ、材木に鉈《なた》を打ち、湖水を掘って泥を掻い出しとるのよ」

搦手坂から台所道をくだり、通りに飛び出た材木や大石を避けながらごった返す普請場を行く。

均《なら》したばかりの馬場の赤い表土がぬるんだ水田に舞っている。

ほぼ二十歩ほどごとに、材木を井桁《いげた》に組んだ井戸櫓《やぐら》が立っている。すでに、水が湧き出している水道桝もあれば、櫓の下を掘りかけて間もない泥溜まりもある。

町のそれぞれの大小の区画、敷地は自然に発生してきたようすで、大工番匠の域、左官の域についで鍛冶屋、畳屋、塗師《ぬし》の仕事場、居宅がつづく。

金工屋、桶屋などの細工師の市場より統制はゆるやかで、青物、薪炭、油蠟燭、船釘を莫蓙にならべて荷商いする出店がてんでにならぶ。

ここでも男たちが怒声をあげている。繁華のありさまにヴァリニャーノは肝を抜かれた。

常楽寺《じょうらくじ》と慈恩寺《じおんじ》に挟まれた猿屋《さるや》小路に出た。

いま戻ったばかりか、荷継ぎする傳馬屋の前で躰から湯気を噴き出している飛脚馬が繋がれていた。

磯次が賛嘆する。

「えれえもんですな。戦さがおわりゃぁ、こなぁして商いがでけっと。商いがでけたら死なんですむ。死なんですみゃあ、イエスさんば拝まんとでよかろう。ねっ、パードレ」

ヴァリニャーノは苦笑しながら、立ち止まって説く。

「ガリラヤ湖のほとりの山に帰ったイエスに、足萎え、盲人、耳が聞こえなくて苦しんでいる者がついて来た。イエスが祈ると、足萎えは歩きまわり、盲人は見えるようになり、聞こえなかった人は喋れるようになった。マタイもヨハネもマルコも同じ光景を見ておられた。

磯次殿、この琵琶湖はイエスが歩かれたガリラヤ湖です。大勢の者が躰を動かしておりますが、近隣にはまだものが食えぬ者、乳が出ぬ母親、草の根をかじる力もない男が泣いています。たとえ豊かに見える屋敷がここに出来、市が立っても、まだまだ私たちはそのように泣いている者、苦しんでいる者に救いがやってくるよう、主に祈らなければならないのです」

ヴァリニャーノは久しぶりに、磯次に福音の言葉を諭した。

たしかに、作事の喧騒のなかで、ぼろ着をまとって、乞胸《こっきょう》、茶筅、三昧聖《さんまいひじり》、女鳥追いとのちに呼ばれるあぶれ者が裸足や半草鞋《わらじ》をひきずっている。堺から京に上る途次、襲ってきた摩利衆も現れるかと身構える気になったが、統治者《ゴベルナンテ》のこの足許で左様の騒ぎはよもや起こせまいとヴァリニャーノは思い直した。

弓場《ゆんば》か犬追い場になるのか、まだ雑草も生えていない矩形の空き地にさしかかった。裏手に真新しい土塀が続いていた。

土塀脇の木戸を押した。〈永徳房〉と門標がかかっている。

◯

画房は揚がり框《がまち》から奥に細長く延びている。

その合間の間隔をあけた二十か所ほどに、畳二枚、板敷一枚、小机一台の作業場がある。雑語を交わす者はいない。静かな作業場の畳の縁、板敷のまわりを落ち着かぬげに動きまわっている者がある。きゅうり揉みを思わせる顔に丁髷を載せ、細木に似た躰に着込んだ藍染め袢纏《はんてん》が布余りで、動くたびにバサッバサッと小風を舞わせる。右手に面相筆を握っている。狩野永徳だった。

ある者には屈んで絵筆を取り上げ、ある者には画紙に正対せよと背を伸ばさせる。

揚がり框脇の板間に招じ入れたヴァリニャーノたちを応接する気配は見せない。

牛一は、少し背を伸ばしてヴァリニャーノに教えた。

「あの窓の下で筆を持っておられる方は、永徳さんの親父殿、松栄《しょうえい》さん」

黄金いろの連翹《れんぎょう》の散った庭を背にして、ひときわ小柄な背を丸めて画作に没頭している。

「家督は永徳さんに譲りなさったが、画は一門相伝にしてまだまだ父子で務めておる」

小机には、美濃紙、胡粉《ごふん》、筆洗い皿、岩絵の具を溶く乳鉢《にゅうばち》、模写のための粉本《ふんぽん》、墨で線描したただけの下絵などが乱雑に載っている。

弟子たちは、夜になると、画布、画紙を片付けた畳、板敷きに夜具を広げて寝る。

食堂《じきどう》でかたまって飯を掻き込む時以外は、師範代らの老齢者も一日の初めから終いまで若い弟子にまじってここで過ごす。

足利義政の御用絵師となった初代・正信《まさのぶ》から二、三代を経て、山水人物画に金地をほどこす濃彩《のうさい》画法を編み出し、四代目・松栄、五代目・永徳が、画房で合作する集団画法を確立した。

斬新大胆でなお細微に表す大画面は、新奇豪胆を好む信長の気質に合った。

永徳の代になったいまは、紫野《むらさきの》の大徳寺塔頭《たっちゅう》・聚光院《しゅうこういん》の離れ大書院におよそ七十名から成る本画房を別に構えている。

この安土は信長の下命によるいわば出向の地で、〈安土城障壁画、襖画〉、さらに〈安土城図屏風〉を成すために構えた画房である。

御城下をふくむ安土の屏風画を信長に命ぜられた永徳、この折り三十九歳でミヤコと安土を数十日間隔で行き来していた。

永徳の盛名はこの数年、父・松栄の威勢にも与《あずか》って高まるばかりだった。

主に大画面に金銀、極彩をほどこして豪壮華麗に仕上げる濃絵《だみえ》で、〈安土城図屏風〉のあとで構わぬからと、公家、大名、寺人からの、〈唐獅子図屛風〉〈洛中洛外図屛風〉などの注文が待ち構えている。

用命が入ると、間を措かずに松栄、永徳が主導して聚光院画房の総勢七十人で下案を練る。〈唐獅子図〉では金色の岩壁を背にした左右二疋の若獅子を気宇壮大に広げ、〈洛中洛外〉は、鴨川から祇園《ぎおん》、四条河原から二条城、堀川までのミヤコの賑わいを細密に写しだすことにした。そのために弟子の八人が素描に繰り出した。

路上で抱き合う男と女、色里の裏窓から覗いて見た湯あみの女、傾者《かぶき》らの喧嘩ほか無数の男女が跳びはね、それを口を呆けて見ている者もいる。それらを控え紙に墨入れしたものをみなで廻し模写して色を入れる。

四条河原では芝居櫓《やぐら》の太鼓が打ち鳴らされ、祇園町南の大雲院の門前を行く南蛮人の顔は警戒心をあらわにしているのか浮かない。

これらの人物と賑わいを描き分けた。

ヴァリニャーノは、狩野派と永徳の画業についで知るところはほとんどなく、牛一が絶えず口を寄せてきた。

狩野派はいまが盛りで御屋形様の権勢が終わればすぐに果てる、という者も多い。そのことがいくらか気がかりとしてあるが、収入の大半を占める扇絵にとどまらず、安土城内壁画まで手がける人気と力量の衰えることは決してあるまいと打ち消した。

信長が果てればこの国の切支丹も放逐されるという怪聞に似ている気もするとヴァリニャー

ノに不快の棘先が残った。弟子たちの畳、板場をひとしきり回った永徳がやっと揚がり框の牛一たちの許に戻ってきた。

「お待たせいたしましたな」

脇の小部屋に案内された。

このあとすぐにミヤコに戻らなければならないと、いう。

牛一は過日、御屋形様に案内され、永徳作の城内襖絵を巨細《こさい》に眺め入った礼を述べた。

「はあ、さようですか」

名にふさわしい福々しい吉相の面貌ではない。よく見ずともやはり青いきゅうりを採んだ顔である。躰は枯れ枝のように痩せ、細く尖ったきゅうりの目尻がさがっている。幼名・源四郎、蒲柳の質のまま成人したが、その顔と細い躰に似合わぬ気精と活力を心身に溜めて育った。

「まことにご立派な御作でございました」

「はあ。まっ、あんなもんですかいの」

それから不意に、尖った喉ぼとけを上下させてヒヒッと笑い声を漏らし、肩をひくつかせた。

「これからどないになりますことか」

ひとりごとだった。

声は笑ったが尖った目には憂鬱が泛《うか》んでいる。

なにを言っているのか、牛一には深意が見えない。

「えっ？」

「いや、わいもいまに立ち腐れる」

「なにをお気の弱い」

この時、永徳は安土城内の襖絵〈梅花禽鳥《きんちょう》図〉〈蘆雁《ろがん》図〉〈許由巣父《きょゆうそうふ》図〉などを仕上げ、信長の満悦を得ていた。

〈許由巣父図〉は、極彩色の華麗な金碧《きんぺき》障壁画とは正反対の静謐の墨絵だった。

天下をそなたにゆずろうと皇帝に言われた許由は、厭なことを聞いた、汚《けが》されたと川の水で耳を洗う。それを見た巣父という者が、そんな汚れた水なら私の曳く牛にも飲ませられないと帰ってしまう故事を描いている。

遠い史話からの材ばかりではない。

安土城から四里（十六キロ）ほどの湖畔の平らに広がった水田からとつぜん立ち上がった正三角の三上《みかみ》山を背に、眇茫とした葦原、信長が光秀に呉れた湖向こうの坂本の城、堅田の岸辺を這う帆船、湖面を舞う落雁まで微細に写し取った。

さらに、その奥の比良の山並みの、果てしなくおぼろの景色が五層の間にひろがっていた。

他に、天主の十二畳の御座所の付け書院の壁一面にひろがった画も永徳画房の手による。唐の期、李白がその広さと秋色の景を詠った洞庭《どうてい》湖《こ》を画材とした〈瀟湘《しょうしょう》八景図〉のなかの一景〈煙寺晩鐘図〉だ。

厚い霧におおわれている寺と雑木林が没しかける淡い陽光に浮かんで、金碧障壁画とはまた微妙にちがう清幽の光とそれらの光景の大気を感じさせる。

湖のはたに立つ安土城と調和が取れた信長気に入りの一隻となった。

〈梅花禽鳥図〉と、〈煙寺晩鐘図〉。両極のそれらを目に思いだして、牛一は称えた。

「まことにはあ、天下一の御画業です」

だが、永徳は充血した赤い目と頬に少しの笑みを泛べただけで喜びを見せない。

声も発さず、俯《うつむ》けた顔をゆるゆると振る。なお、揺すりつづける。

御屋形が賛美した屏風図を仕上げたのに、天下晴《ば》れの笑顔を見せるどころか思いつめたように首を振っている。ヴァリニャーノの目にも不審が泛んできた。

だしぬけに訪ねてきたのが気に召さなかったか、牛一は釈然としない場に出食わした気がした。

永徳はずっと不如意のようすをかくさない。

「はあまあ」と曖昧を繰り返す。

さすがにそれだけではまずいと思ったたか、慌ててつけ加えた。

「牛一殿、ヴァリニャーノ師にお目にかかれて光栄でござりました」

「すぐに大徳寺にお戻りに？」

「ミヤコに野暮の用向きが待っておりまして。それよりお手前は進んでおりますか」

牛一は大仰に手を左右に振った。

「とんでもねえこって。忘れ控えばかりが増えて、お人の名、所《ところ》委細、書きようを確かめるだけも並大抵の苦労じゃございませんで」

永徳は薄く笑って受けた。

「ヒヒッ。牛一殿から、左様な繰《く》り言をお聞きしようとは思ってもおりませんでしたな。いえね、手前も」

薄笑いを止めてから永徳は低い声で、身命を賭しているつもりの〈安土城図屛風〉に、矜持も達成も感じられないとこぼした。

どうやら取り付く島のないものを感じていた牛一だけではなく、ヴァリニャーノも磯次も永徳の口調に同じ苦労を負う者の肩入れしたい気をおぼえた。

「御屋形様の賛辞にあずかればあずかるほど、この先にいかなる凶事が待つのかという気になって参ります」

永徳は低い声を続けた。

ヴァリニャーノは口をつぐんでいる。

ダ・ヴィンチもミケランジェロも絵を描き像を彫り……神学や教会学ではない芸術《エラルテ》を修める者はいずれ皆似た気色にとり巻かれるのだろうか。

ハポンの高名な絵師にそのことを尋ねてみたい気がするが、磯次の通辞で正しく伝わるか、懸念があった。

牛一が接《つ》ぐ。

「いま時分は天下一の絵師とさぞや晴れ晴れしいお心でおられるものと思っておりました」

「なんの。手前の描いた屛風の前に立つのが怖いのです」

画房の弟子たちは変わらず黙々と筆をうごかしている。

「〈安土城図屏風〉の彩色にとりかかっておられるのですか」

「まだまだ下絵です。あのこっちかたは馬曳きが傳馬を松の枝にくくりつけているところです。あっちは置き場の材に千鳥が止まっているところで、向かいは遥かに霞む比叡から比良に積む名残りの雪を墨しております。ヒヒッ」豪胆の作風とは違って永徳は生来から気病みの質か、それが奇妙な薄ら笑いに出るのか。

「ミヤコでは？　今は何を」

「何も。進んでおるのは虎視眈々と野心をあらわに向かってくるアレらどもだ。けたくそわるい」

突然に、口を荒らした。
二、三の問答の末、アレらとは、長谷川派の等伯《とうはく》、さらに海北友松《かいほうゆうしょう》、雲谷等顔《うんこくとうがん》のことだった。
等伯らは、公家の内裏や社寺の障壁画は今後われらにお任せいただきたいと、京都奉行職を約束されていた前田玄以《げんい》や中国征伐に出る三成治部少に働きかけているという。

永徳は首の骨を左右に振って鳴らし、そのまま俯いた。

等伯が、いずれ成る内裏の寝殿と対を成す東西北の対屋《たいのや》の障壁画をわれら長谷川派に任せよと有力者に運動を展開している。

永徳はそれを聞き、見くびられてたまるかと屈辱に胸をとがらせていた。

安土で〈安土城図屏風〉を任せられたのはありがたいが、こんな山下で時をつぶしている猶予はない。ミヤコを留守にしているうちに何が起きるか知れたものではない。

思い立って、公卿であり大納言の勧修寺晴豊《かんじゅじはれとよ》に伝手を頼った。絹五疋、清酒《きよざけ》十樽、さらにはリスボン渡来の時計を手土産に、相国寺《しょうこくじ》に近い上立売《かみたちうり》の勧修寺邸を二度三度訪ねた。ときに二人の息子を連れることもあった。

だが容易に身を退く等伯らではない。

永徳は日夜、焦燥にあった。

勧修寺のほかに、大納言や内大臣などにも手がかりをたぐって嘆願に行くか。そうすると勧修寺が臍を曲げるか、憂苦は絶えない。

その思いの底には、いずれ信長公ではない覇王《ハオウ》の治世が来るという漠とした不安があった。そうなれば弟子たちを含めた狩野派一族一統が雲散することも考えられぬではない。

いや、御屋形様の時世が終わることなどあるだろうか。これからいよいよ天下布武が始まる。されど、狩野派は時運にあるからといって安閑とはしておれぬ。

画壇にも寝首掻きどもがいるように、御屋形様の首を狙っておるものなどさぞや数知れぬに違いない。されば狩野派も終わる。

信長の行方に危殆《きたい》の兆しがあるのかどうかお手前方はどう考えるかと、牛一とヴァリニャーノに問いかけたい声を呑みこんで永徳は「では」と立ちあがった。

室を出るときに、画房で筆をうごかしている弟子たちのようすに顎を振った。

「さほどせぬうちに色絵付けに入ります。あとは早い。成ったあかつきにはぜひご覧くだされ」

それが、のちにヴァチカンのローマ教皇の許に届くことになる屏風だった。

永徳の画房から、ヴァリニャーノと住まいの小舎に戻ってきた牛一は、安土山下の仮寓の屋敷で、新しく備忘した控えを読み上げた。

〈二月廿日、信長御出京。本能寺に至って御座移せられる〉

しょっちゅう忘れ書きを思い出す。あとで『信長公記』に加える時には、綴ったばかりの五行、十行ほどを牛一が読み上げ、ついで人名、地名の表記に謬《あやま》りがないか、倅の牛次、弟子の長束直吉、奥村左馬之助にまわし送って念を入れることになっている。

これから、御屋形様がヴァリニャーノと本能寺で夜更けまで対したこと、話はイタリア国のチェーザレ・ボルジアおよび、ニッコロ・マキアヴェリなる者の『君主論《イル・プリンチペ》』『政略論《ディスコルシ》』というものに及び、御屋形様はなおチェーザレの話の続きを所望したことを書き留めなければならない。その上に、ヴァリニャーノが御屋形様に伝えたチェーザレの気質や戦争の調略から殲滅戦までの委細も『記』に残す。ただし、後世読むに煩雑は避けたい。

〈三月廿四日、信長公、永徳に安土城図屏風意匠示し置き召され、本能寺にて切支丹巡察師ヴァリニャーノを引見せし。

ヴァリニャーノ、地球儀置き、世界広しと申し候。信長公疑義見せられず。ヴァリニャーノさらに申し出し候なり。ニッコロ・マキアヴェリなる者の『君主論《イル・プリンチペ》』に、イタリア国のチェーザレ・ボルジアこそ古今無双の闘将なりとあり。

チェーザレ、薄青の短上着に同色のタイツなるものを穿き、白馬に乗る風情。さする出で立ちにて敵軍を迎撃すなり。信長公感心なされ、切支丹国とはよほど進み候、我ら上下皆で学ぶべきこと多しと告げられき〉

牛一は細川紙《ほそかわがみ》に書き下ろしたそれを読み上げ、ヴァリニャーノが御屋形様に話したチェーザレ・ボルジアの戦さに臨むありさまを続けた。

直吉、牛次に教えてから、この下書きを録し、あとで日繰りをたしかめて『信長公記』に日付ともども正す段取りとしている。

伜たちを見まわした。

「チェーザレ・ボルジアの出で立ちも、御屋形様は熱心に聞いておられた。そもそも、飾り立てた出で立ちがお好きだからの。

チェーザレという男、四百頭の駿馬に捧げ物を載せ、千二百個の櫃《ひつ》も曳いて、パリなる町の度肝を抜いたそうでな。ところが、迎える者の声にはほとんど応えず冷静であったと。変わった奴っちゃ」

小舎にともに戻ったヴァリニャーノにその夜の仔細を反復した。

「ヴァリ殿よ、そうでございましたな。いや、あの話をお聞きして、未だ若いのにチェーザレの胆力と沈着、御屋形様につくづく似ておると、わしも思った次第での」

「そういう者がイタリア国というところにおられましたのか」

尋ねた奥村左馬之助に牛一は返す。左馬之助は一番若い。額の剃り跡が青い初々しい十九歳である。

「おぬしどもで、地球儀を見た者は？」

「はっ？」

「見たことねえよな、当たり前だ。あんなものを見たところで、世界広しということなど分からぬ。されどこの切支丹の司祭殿は、お手前どもよく考えてみよ、この方は三百日も四百日も船で揺られる海の涯からこんな国に来られた。地球儀ではこう指でぐるっとまわせば足りるが、三百日四百日の船、このこと思いを馳せられるや。海を見たことはあるな」

「はっ、堺で」

「そうよ。あそこが海よ。しかと目に致したか」

「淡路《あわじ》の島影が向こうに」

「馬鹿者、あの海のそのまた奥の涯に海があるの」

ほかの者は琵琶湖しか見たことはない。

「御屋形様は地球儀をご覧になられただけで世界は広いと了察された。ゆえに、この方のまず命を懸けてきた遠い航海をお褒めになる。おぬしどもも、月や星が毎晩動いているのではない。わしどもの立っておるこの土が動いておる。そうでしたな、ヴァリ殿」

司祭は大柄の背をつぼめてゆるく首を振った。

「まっ、土の話や海の話など、この場でひとまずよい、ヴァリ殿、あの折り御屋形様にお伝えなすったマキア殿の箴言《しんげん》をもういちどお教え願えますか。留めて『信長公記』に書写いたします」

「たくさんありますが」

「御屋形様に説かれたひとつふたつ。先にも披露いたしまして繰り返すようですが、大事の要目でありますので」

【信義を守り誠実に生きる君主は大いなる称賛に値いする。なれど、信義など眼中になく、人の脳を欺いて狡知を駆使する君主こそが今日の偉業を成す。すなわち、信義を守り抜いた君主は〈狡知の君主〉に敗れ、ひれ伏す】

【国の存亡に関わる時は悪徳の汚名を怖れるな】

【弱い国は常に決断にためらう。物事を曖昧にして時間をやりすごすほど、国を危うくするものはない】

「牛次、写せ」

「はっ。こうちとは、なんですか」

「狡知じゃがなんでもよい。書け」

三人で書き留める。〈こ・う・ち〉

左馬之助が訊く。

「ところで御師匠様、マキアヴェリ殿とはいかなお方で？」

「はい、では私が」ヴァリニャーノが引き取る。

「『君主論《イル・プリンチペ》』を著された頃の暮らしを書簡に残しています。フィレンツェ国の政争に敗れて浪人になっていた頃です。国に君臨するメディチ家への奉公を願いながら山里の小屋で仕官の口の用意にこの書を綴りました。

〈朝は森へ、伐採させている樵《きこり》の仕事を確かめに行き、昼から日が暮れるまで街道筋の居酒屋で、肉屋、粉屋、煉瓦職人を相手に賽子《さいころ》と花札のバクチを打つ。日々、いんちき、いかさまをやったやらぬでののしり合い喧嘩となる。四年前の負け、十リラを返せ。森の薪材を盗んだな、などの口論も珍しくない〉生まれは貧しかった。イタリア半島の戦乱期を生き、一五二七年、五十八歳で没した方です」

「われらで言えば細川勝元が室町の管領になった大永の頃、ついこの前だ」

牛一が挟む。「御屋形様が生誕された天文三年の五年前になります。同じ戦さの世です。まだございましたね。御屋形様も感心されておりました」

【君主は、慈悲深く、信義に篤く、情けに富み、正直で信心深く見えることが必要である。しかし、それらとは逆に、信義に背き、情に逆らい、慈悲の心を捨て去ってこそ権力を保ち続け

られると知るべきである】

「信義について、マキア殿は繰り返しておるの」

【徳義は、持っていると見せかけるだけにして、常に悪徳に踏み込む心構えを用意しておかなければならない】

【用意は周到であるより、果断に進める方が良い】

「これらはバクチで学んだのかもしれません」

昼間の暖気で解けだした山裾の雪が湖からの寒風にさらされるのか、地下の虫が這い出すというのにまだ寒さが尾を曳く春の夜、牛一の居宅に山下の作事の音が依然としてやまない。

信長の声がかりで大船止《おおふなと》の問屋屋敷と鉄砲町の条里地割《じわり》の作業が昼夜兼行で続けられている。

城も町割りも完成していない。

作事の音がようやく熄《や》んだ刻限になって、牛次はいろ女と住む陋屋へ、ほかの弟子たちもそれぞれ山下の番頭町や馬喰町の町家に帰っていった。

明朝またここに通って来て皆で城中〈蘆雁の間〉に向かう。

牛一は手酌で喉を潤しながらヴァリニャーノに呟く。

「されどお手前とは海を彼方の御縁。昼間も申したが、船で一年をかけて日本へ？　ゴアという所、フィレンツェという町は暑いのでござるのか」

ヴァリニャーノは茶を喫している。

「ゴアはみな裸のようすで。女は薄物だけです。フィレンツェはむしろ寒く」

「ほう。暑かったり寒かったり…それよりかよりそなたの昔の話を聞いておらなんだの」

「いえ。面をあげられぬ不始末ばかりで」

「なん。それならわしの方だ。妻《サイ》には逃げられ。せがれは見ての通りのチョイナチョイナの出来損ない……されどそなた、なにゆえ司祭になられた。なにゆえハポンの国に来られた」

「私は暴れ者でありました。おのれ自身の若さの熱に振りまわされて呑み屋で連夜酔いつぶれ、町をさまよい歩き、いずれ共に暮らそうと考えていた女を打ちのめし、剣《エスパダ》で突き刺す罪を犯しました」

「左様なことを、お手前がのう。見かけによらんわ」

「ハポンに来てこのことを打ち明けたのは牛一殿が初めてであります。投獄されました。牢の中で、ここを出たあかつきには、命ぜられればいかなる地にも赴き、よきイエズス会員として生きると誓願を樹てたのです」

これらの話は滑らかに進んだのではない。ときどき磯次の通辞がつっかかる。ヴァリニャーノは常は静かな物腰だが、そもそもは温厚の人柄ではない。時に相手の粗《あら》に気短かに神経をとがらせる。

この時がそうだった。おのれのことを〈愚かな無頼漢〉だったといったのに、ただの〈暴れ者〉と訳された気がして、いら立ちを見せた。

暴れ者では、図体が大柄で身を持て余しているだけの者だったように聞こえる。それでは世界の涯で主の教えを伝道する人間に変じたという勁《つよ》い意思が伝わらない。

もういちど言い直した。

「誓願とは、神の御前で、清貧、貞潔であるとお約束することであります。旧約聖書というもののイザヤ書に神と人間のあいだに交わされた対話があります。神は尋ねられる。

『だれを遣わすべきか。だれがわれに代わって行くだろうか』

その者は答える。

『ここにおります。私を遣わしてください』

この対話の通りに、愚かな無頼漢だった私はイエズス会より課せられた聖職の使命《ミシオン》を果たすと誓ったのであります。それがハポンの国の布教でありました」

「御屋形様は感心なさっておられる」

「ありがたいことです。さりながらひとつ大きな気がかりが消えませぬ。永徳殿も心配しておられました。……ノブナガ公がもし不慮の事故にでも巻き込まれてこの国の統治者《ゴベルナンテ》がどなたか他の方に代わると、キリスト教、切支丹の行方はどうなるのでしょうか」

牛一は銚子から茶碗にまた極楽を注いだ。

「ヴァリ殿よ、左様な気がかりは持たせぬがよかろうて。御屋形様に変事が起きる？　めったなことをいうもんではねえぞ」

「はっ、いかにも」

「して、そっちの」と牛一は、円く赤いたぬき顔を磯次に向けた。

磯次は顔の前で軽く手を振った。

「まっ、手前なんぞのことはよしにしてくんなしゃい。……昔、海っ端の穴に住んでおりましたに。食うや食わずの身でごぜして。耶蘇《やそ》いうもんば勧められよりまして。耶蘇いうはなにしろ、食い物も分け合うて。うんじゃでこうわしも耶蘇に」

首元に吊るした十字架《クルス》を見せた。

親兄弟みな果て、天草の島に漂流したジャンクに紛れ乗ってマカオに辿り着いた。そこで、ゴアという所に行けば、椰子酒は飲み放題、女はあけすけ、ハポンからやって来る銀《ナウバルコ・プラタ》の船は、黄金をこぼれるほど乗せていると耳にした。

そこでなら分け前にあずかれるかもしれぬとゴアに渡ったが奴隷の身に落ちた。ハポン国の奴隷は働き者で重宝すると評が行き渡っていた。その評のもと、ハポンで使命《ミシオン》を果たすと決めていたヴァリニャーノに、日本語習得の手伝いに買われた。

部屋の経机に、書きかけ、書き残しの、牛一の綴った忘れ覚えの切れ端が山積みになっている。畳にも吹かれ落ちている。

ヴァリニャーノは拾うが、何が書かれているのかは分からない。

「これは?」と訊いた。

牛一が拾う。

「戦さ場のありさまでございます」

「これまで御屋形様は初陣からどれほどの戦さを？」

「『記』の検分編み合わせでこないだ皆と数え申した。およそ百二十遍」

「百二十？　毎日が戦役ですか。世界でもっとも戦さをした武将でありましょうか。そのうち敗退はござるのか」

「むろん、あり申す。十三で初陣して、敗北、撤退、引分け、和睦……が二十回ほどか。チェーザレ殿は？」

「はて数えたことはございませぬが、二十四歳で初めて兵を率い、三十二で戦没しておりますから足かけ九年の戦い、ノブナガ殿には及びませぬ」

「わしの綴るこの『記』は、もそっと丁寧に申さば、『信長公・戦役記』になりますかな」

「して、その御手許の綴りの戦さというのは？」

「ああ、これはナガシノの合戦の留め書きで。ヴァリ殿にはお分かりにならんだろうが、これよりずっと東の地・ミカワのナガシノというところの戦さでござる。御屋形様、百二十遍の戦さの中では語りつがれておる大戦ぞ」

「ほう」

読めるわけではないが、ヴァリニャーノは牛一の手元のそれを覗き込んだ。

「武田勝頼《かつより》という者との戦さでしてな。こう綴ってみました。やっ、その前に。

勝頼は反・信長の急尖兵・武田の棟梁で兵一万五千、迎え討つ信長軍の将・御屋形様と盟を結んでおった遠江の家康殿は五百の寡兵、御屋形様に援軍を頼みます。援に駆けつけた御屋形様麾下の滝川左近《さこん》、羽柴藤吉郎《とうきちろう》、丹羽五郎左衛門《ごろうざえもん》の三人は、シタラガハラという、沢や川が何本も縫う山合いの地に陣を構えます。

チェーザレ・ボルジアもロマーニャと申しましたか、トスカーナと申しましたか左様なる山岳で御屋形様やこれらの者と同じような戦陣を布いたのでありましょうかな。如何なる戦さでござったかや。

とにかく決戦場のシタラガハラは、高くはねえが、細い流れと沼と原と尾根が入り混じるややこしい所での。この切れっ端には、こう綴ったの」

膝元の下書きを拾いあげた。

〈設楽原は、左の鳳来寺山《ほうらいじさん》より西へ太山つづき、右は鳶《とび》の巣《す》山より西へ打続きたる深山なり。両山北南のあはひ纔《わず》かに三十町に過ぐべからず。鳳来寺山の根より滝沢川、北より南、のりもと川へ落合ひ候〉

「かようの地の形で、勝頼殿は枢要地とは別な鳶の巣山に登り、陣構えして、しかも西向きに一万五千の兵をな、しかもしかも十三か所に散らばしてしもうた。すっとんとんの奴っちゃ。

ややっ、とんでもねえ近場に勝頼め、陣取りしてきおった、しかも力をばらばらに割いて。こりゃは天の恵みだ。ひとり残らず討ち果たそ。こっから先は誰も言わんが、遠江殿は武田との勝負にすべてを賭け申して御屋形様に即《つ》いた。毛利、島津などはぼうっとしておったわけではござらぬだろうが、御屋形様をぬかりなく後ろ楯にした家康殿の武田討伐が戦乱の行方を分けた。遠江の嗅覚、決断、天与の器量よな」

「大変な戦さであります」

「いやそれより、長くなっても構わんか。遠江殿は三方ケ原《みかたがはら》で武田勢と戦い、敗色濃く浜松に逃げ帰ったことがあった。武田にではなく、御屋形様に忠を尽くすようになったのはこの時でありますす。御器量とはこのこと。いまや天下の泰平をめざす頭首となられました」

次いで牛一は手控えの切れ端を手にしたまま、ヴァリニャーノと磯次に、下書きに綴った締めくくりを噛み砕いた。こう録してあった。


〈御屋形様には、車の両輪のごとく武勇と人徳が具わっておる。かつていつの日か高名を成そうと山野、海岸を棲みかに、甲冑を枕にして数ケ年を過ごされた。弓矢を持つ者なら誰しもがめざす大業のための辛労である。このことはいくら記しても記し足りない〉

〈信長の御武徳は惟車輪《コレ》なり。御名を後代に揚《アゲン》と欲せられ、数ケ年、山谷海岸を栖《スミカ》として甲冑を枕とし、弓箭《きゅうせん》の本意、業として打続き御辛労、中中申し足らず〉

十七

設楽原《したらがはら》の合戦話と比較するようにチェーザレ・ボルジアの戦さのありさまになった。牛一は膝わきの銚子からときどき盃に極楽水を注ぎながら、ヴァリニャーノに耳を寄せる。

だが詳しく縷々《るる》述べられたところで、イタリア諸都市の地形、戦法が分かるわけではない。

「城の石垣にのぼって敵に怒鳴り返した女城主のあたりまで、チェーザレ・ボルジアの戦さの話はお聞きいたしましたが」

「いかにも左様でした。では、御屋形様もさもありなんと腑に落ちるに違いないチェーザレの戦さの余話をくだくだしく申さずに」

牛一が受ける。

「わしのアタマでは、世界の涯《はて》の話は無案内に過ぎるがな」

「いえいえ。おふたりの戦さはよく似通っておりますことは誰もが納得できますよ。御屋形様はミカワ、ミノ、オワリ、オウミの山々と街道を駈けめぐられたのでしたね」

「イタリアの戦さも左様なところ、左様のようす同じかの？」

「はっ、まことに」

女城主・カテリーナを破ったチェーザレは次いで、南北にアペニン山脈が走るロマーニャ公国と、アドリア海に面したイタリア中部のラ・ヴェンナ、その隣のリミニ、さらにフォルリ、一転してスポレート、アッシジ、ペルージャ辺りの城塞も数珠繋ぎで落としていく。

「いかにも、豪の者。御屋形様も興深くお聞きになられますな」

ローマからアッシジへの道は、アペニン山脈の南端に落ち裾を引く丘陵地帯を走る。

ここを攻め奪《と》ればアドリア海に出るアッピア街道を押さえたことになる。

勢いに乗って次はロマーニャ公国の主要経済都市・エミリア、ボローニャ、次いでモデナ、パルマ、フィレンツェに襲いかかり、和議あるいは殲滅戦で落とす。

しかし遠征する先々のすべてがチェーザレの軍門に降《くだ》ることに決めていたのではない。

スペイン王・フェルナンドとフランス王・ルイ十二世はナポーリ公国を含むイタリア諸都市に戦さを仕掛けてきた。

チェーザレは兵千五百をひきいてナポーリに向かった。激戦となった。


ヴァリニャーノはひと息入れるように牛一に尋ねた。

「このあたりの戦さ仕掛けはノブナガ殿も激戦に次ぐ激戦であったと伝え聞いております、アザイアサクラ軍を撃破したアネガワの戦い、ヒエイザン焼き討ち、イセナガシマで幾人ほどを破ったのでしょうか」

「数かや？　比叡は坊主どもら三、四千。長島では百姓の男と女二万ほどかの。ほとんどを焼き殺したのやが」

「焼き殺しですか」

「ちっと待ってくだされよ」

牛一は文机の脇から忘れ留めの綴りを当たり始めた。

「いろはの順に揃え始めましてな。〈ながしま〉なら、〈つねならむ〉の〈な〉だ。これをめくってこの下に」

「はっ、『信長公記』の下用意のさらに下書きでありますか？」

「いかにも。ありましたありました。

〈長島で、男女二万ばかり幾重も柵を付け取籠め置かせられ候。四方より火を付け焼き殺しに仰せ付けられ、御存分に属《しょく》し〉

と控えておるわ」

「男女二万？」

「属し、というのは、言いつけるとか望みをかけるということでござっての。おぬしどもこれら二万を焼いておけと命じられて。

長島は美濃から数多くの川、支流が流れくだった天然濠の要害でな、織田勢が数度におよんで征伐を仕掛けたが本願寺の援軍もあって、なかなか落ちるこっちゃねえ。

業を煮やした御屋形様は主だった城将、水軍を率いてみずから陣頭に立たれ、敵の城砦に砲を撃ち込んで塀、櫓を打ち崩しての。

ついに敵は赦免《しゃめん》を乞うてきたが、『年来の罪過、悪行に対する鬱憤いまこそ晴らす』と許さず、なお攻略しつづけたのよ。

このあたりは〈一切において容赦ない〉チェーザレ殿と同じやろうかの。

戦さが始まって十日ほど経ったころ、激しい雨の中を城から千人の男女が脱し始めた。これを追って信長公は全員を斬り捨てよと仰せられてな。だが残党があった。

三つほどの城に籠った半数が兵糧攻めにより餓死いたすが、ふた月ばかり越えたころ、観念したさらなる残り勢がもはやこれまでと舟に分乗して逃げだした。

織田勢は当然これを狙い撃ち、ことごとく斬り捨てた。

この時されど、なお気骨ある敵七、八百が裸で抜刀し決死を掛けて川に飛び込み、逃げのびた。なかなかしぶとい。

のう、ヴァリ殿、わしも戦さは嫌いではないが、しかし戦さいうのは果てがござらんのう。このあと、しぶといどころか、こうなりゃ命果てても食らいついてくる悪鬼どもよ。なお城塞に何千かが残っておっての。

ところが御屋形様も鬼、地獄の使い、柵を幾重にもめぐらしてこの残り者どもを閉じ込め、火を放たせ、焼き殺した」

「なるほど左様ですか。徹底していますね。チェーザレも、家々に火を放ち、女、子どもを鎗に突き、剣で斬り、町の石畳を血の海としたそうです。それでもなお、完膚なきまでの勝利への貪欲は熄《や》まず、難を逃れた女、子どもらの眼前であらゆる物を略奪し、辛うじて息をついでいる者はとどめを刺されたと申します。そのうえになお、捕虜はすべて首括りに吊るされた。

生かされた女捕虜はチェーザレの前に引き出され、四十人ほどの美貌は兵士らが食い散らかし、あとの女たちは煮るなり焼くなり恣《ほしいまま》にせよと援軍の部将に与えられたのでした」

「そこは御屋形様とは似ておらぬ。以前には、足軽たちが金目《かねめ》のものや女にたかるというのはあり申したがのちに禁じられた。まして、御屋形様ご自身や御家臣、一門衆が女を奪うということなどありません。そこは違うな」

「ならば幸い。ローマ史家らはチェーザレのこの残忍を口をきわめて罵っております。私はそれをヴァチカンの〈ビブリオテカ（図書館）〉で読みました」

話しかけたヴァリニャーノを遮るように、牛一が綴りを差し出した。

「やっ、ヴァリ殿、鏖《みなごろし》、焼き殺しではないが、こんな控えもございますな。〈あさきゆめみし〉の〈あ〉。姉川です。言っても分からんだろうが、近江・長浜のな。まだまだ書き直さねばならねが、下書き、まっ読んでみましょっか」

〈朝倉八千、浅井五千相加へ、都合一万三千の人数。六月廿八日卯ノ刻、信長丑寅に向かって陣備えを致し所、敵、姉川を越え、信長の御手前に差し掛かり、押しつ返しつ散々に入り乱れ、黒煙を立て、鎬《しのぎ》を削り、鍔《つば》を割り、爰《ここ》かしこにて思ひの働き有り、終《つい》に追ひ崩す〉

「御屋形様でもチェーザレ公の戦さでも、書けば読めばこれしきのことながら……いや、戦さはどこにあっても乱れ撃ちの地獄のありさまですな。信長公はそれをいまの御歳四十八まで成してこられた。ちなみに敵・浅井の室は御屋形様の妹御」

「チェーザレも、和睦と戦さの両天秤のために妹をボローニャよりなお北方のフェッラーラの貴族家に嫁がせ、さらに、おのれの二歳の娘と、ボローニャにいまだに力を残すマントヴァ貴族の一歳の男児の婚約を成立させました。

ギュウイチ殿、二歳と一歳の御成婚ですぞ。

国家統一の基本は政略結婚と縁戚の結びあいと戦争です。これもノブナガ殿と同じですね」

牛一は酒に灼けた赫ら顔で頷く。

「ヴァリ殿の話には御屋形様、屹度《きっと》、膝を進められますな」

「ノブナガ公ほど開明でいらっしゃる方はそうはおりませぬね。ギュウ殿はいかが思われますか。あのお方は足先、目先に何を見ておられるのでしょうか。許されるなら余もローマ、フィレンツェに行ってみたいと言われかねません。

ノブナガ公とチェーザレはやはりおなじ気質であられる。

気性は癇立ち、戦略は狡猾で、加えられた恥辱にたいする炎は灰にするまで消さない。

マキアヴェリが書いておりります。〈暗殺の失敗〉の本質はなにか。

【謀議に加わった者の数が多ければ多いほど不覚を取る】

御屋形様を見てみるのがよいですね。

配下の部将の具申、奏上にはほとんど耳を藉さず、決断しても他に洩らさない。ひたすら、おのれの世界を成すことだけに邁進して何者にも拘束されない。暗殺だけではなく、如何なる謀議も、これでは漏れ出すことはありません。

これらは私が申しあげているのではなく、フロイスが私に囁いたことであります。

ダイリと申すのかこの国の王侯・オオギマチや、その昔は将軍アシカガに面従腹背し、いずれ取って代わろうと野心をたくわえながらノブナガ公に畏れおののく。人間は二重《ふたえ》にも三重《みえ》にも底が知れません。

左様でございますな、牛一殿」

「まあ、よいから続けてくれ」

「公はハポンをほぼ制圧されたとお聞きいたしました。チェーザレも……。

申しあげましたね、イタリアは大人の脚のかたちをした国であります。腰のあたりが北部で、腿にあたるのが中部、ミラノ公国、ヴェネチア共和国と南に続き、足首に向かってナポーリ公国……チェーザレは中部から南部をほぼ組み伏せたのです」

「うん、地球儀があれば少し分かるか」

「御屋形様はおそらくイタリア諸国のかたちが頭に入っておられるに違いありません。ハポンで、地球儀をあれほど仔細にみつめられたダイミョウ・大殿《オドン》はほかにございませんでしょう」

「御屋形様は、地球儀を持って参ったそなたども宣教師を世界に開いた格子窓と思われているのではねえかの」

「たしかに。日本のダイミョウ諸侯は狭い陣地、領地を奪い合って汲々としておりますが、地球儀に向き合えば、すでにさような時世ではなく、世界は大きく動きだしていると気づいておられるのはただひとりノブナガ公だけであります。天の啓示を享けられた。

チェーザレと同じような羽根帽子やリボン、首飾り、金襴刺繡の短着を着て、飾り立てた白馬を駆るその姿は伊達者の飾り立てではなく、世界の王たる夢への、いえ夢でなく、ダイミョウ諸侯の国奪りを越えたはるかに大きな力を得るための欠くべからざる意匠なのです」

「御屋形様の恰好には毎度驚かされるがの」

「その意匠のもと、アザイアサクラ討伐もヒエイ攻めもナガシマの焼き殺しも、ノブナガ公にとっては聖戦であります」

「聖戦？」

「ウエラサンタといいます」

「わしもトスカーナやアペニンの山を目に泛べる力があれば、そなたの話をもそっと深間に聞くことができるであろうがな。御屋形様のように手前も地球儀をいまいちど見たいものよ」

夜更けの木の芽雨か、屋根庇《びさし》をたたく水音がする。

「お寝《やす》みになられますか」

「なんのまだまだ。酒も足りぬ。お手前の話も足りぬ。杯をな、こうくいっと飲《や》りながら聞いておるで。チェーザレ殿の戦さの話、もそっとほれ、教えていただけんかの」

「あい、仕《つかまつ》りました。されば。チェーザレは敵を焼き討つだけではなく、行軍もこれまで誰も執らなかった策を立てまして。

アッシジからアペニン山脈沿いに北上し、アドリア海寄りのウルビーノ、ふくらはぎの少し上に当たる町です。ここへ、全軍の進路を突然、東から北に換え、闇の中を九里（三十六キロ）踏破して取り囲んだ。

奇襲は最高の戦法です。

軍の矛先を進発した時の向きとは替え、夜を徹して山並みを越え、戦わずしてウルビーノを手にし、市民に安全を保障し自軍の略奪、狼藉を禁じたのです。

この処置でチェーザレ公は暴君ではないと市民、居城の重臣らが胸をなでおろしたとき、彼らの安堵などものかは、一気に自軍の三人の部将を公開処刑した。

進軍の転換、アペニン山脈沿いにいったん北に向かう奇襲策を知り過ぎた者らだ、敵に通ずる禍根を残すと思われたからでした。

針の先ほどの疑いでもあれば、おめず臆せず断つ。

それがチェーザレの変わらぬ法則でありました。

ウルビーノを制圧したあと、ひと月ほどでたてつづけの勢いで半島中央部のペルージャを攻略し、市民の支持を得ていなかったこの国の僭主と三人の息子の首も刎ねた。

左様な策と規律でおのれに厳格を課し、戦さから戦さを駈けめぐったのです。

手前の知るこれらのことはすべて、若い折りに図書館で読んだイタリアの史書によります。

それを遠い東の国・ハポンの戦記作者に話すことがあろうなどと、思いもいたしておりませんでした。

ペルージャの次は、前の攻略が不完全だったフィレンツェ再攻です。

フィレンツェ共和国政府は急遽、チェーザレの許に二人の特使を派遣します。

その一人が、マキアヴェリだったのです。

チェーザレは、初めから厳しくマキアヴェリらに向き合った。

『ひとことでいう。そなたの政庁・共和国体制がわれを殺人鬼と罵り、快く思っていないことは知りつくしている。ゆえにわれもそなたらを信じておらぬ。

フィレンツェの体制を変革せよ。多言は尽すな。われの期待に添うなら前年に仮に結んだ和平の協定を守れ。さもなければ総力をあげてフィレンツェを焼き尽くそうぞ』

左様のことを告げたのです。

マキアヴェリらふたりの外交官は若いチェーザレに圧倒された。かれらはこれより前にフランス王・ルイ十二世とも交渉の場が数度あったが、その老練な王の比ではない。チェーザレの接衝は激し、されど冷静だった。

交渉の最後に言い放った。

『われは圧政を布くためではなく、圧政者をたたきつぶし、新しい芽吹きを迎えるためにウエラサンタを仕掛けに参った』

耳を傾けていた牛一が杯の手をとめた。

「ほう」

「いかがなされた」

「御屋形様と同じでございますな」

「なんと」

「御屋形様は申された。天下を踏みにじるための政《まつりごと》、戦さに非ず。地の下より新芽を吹かせるためぞ」

「古今東西の統治者《ゴベルナンテ》と申しますか、名采配者の心願は同じようですかね」

ヴァリニャーノは続ける。

「マキアヴェリたちはフィレンツェに戻ってチェーザレの申し分を報告しなければなりませぬ。馬を飛ばしてアペニヨンをあえぎ登り踏み越え、また戻ってくるのに四日を与えられた。

真夏の山路を、フィレンツェに急ぎ戻るマキアヴェリは馬の背でなんども呟いたチェーザレの印象をのちにおのれの控えに著した。

〈チェーザレ・ボルジアは教皇のただの《隠し子《ネポーテ》》ではない。天賦の才を与えられて、臆せず堂々と勇気を示すのは、常より壮大な気宇を構えているからに違いない。

おのれの思いを成すためにはいかなる障害も乗り越え、休息を取らず、苦痛も危険も撥ね返す。たとえ危地にあっても周章せず、沈着に事を測る。ひとたび決めたら果断にやりつくす。彼のこれまでの成功は僥倖ではない。熱傷《ねっしょう》を負いながらおのれの手で奪り摑んだものだ〉

マキアヴェリはそう記録しました。

「しかしこの時、ルイ十二世が敵方に加勢する構えを見せて、チェーザレはやむなく引き下がるのですが、まだフィレンツェにはとどまっています。

ここにひとりの老人が訪ねて来ます。誰でしょうか。フロイスらからでも名は耳にされたことはございませんか。

レオナルド・ダ・ヴィンチという者でした。

チェーザレは領土内の将校から兵士、地方長官に布告を出しました。

やっ牛一殿、レオナルドのことなど持ちだすと、チェーザレと御屋形様の戦さの交渉どころか、話がどんどん長くなります。若い時分に書で学んだことを思いだして、ついつい、相済みません。

ただひとつだけ確かめさせてください。天下を踏みにじるために戦さや政事《ポリチコ》をやっているのではない。地から新しい芽を吹かせるためだ。ノブナガ公は左様に申されたと。

されどね、牛一殿、チェーザレも御屋形様も左様な、通り一遍の義で戦さをくぐり抜けてこられたとは俄かには信じられませぬが」

「と？」

「チェーザレはイタリア全土を統一する。ノブナガ公はオウニンの乱以降の長い戦乱の時代を閉じて新しい世をつくる。なにが彼らにそう馳せさせていると思われますか」

「天より与えられた義、天命というもんだろ」

「それもありましょうが。このお二人の胸を占めているのは、左様の義でも天命でもなく、喉をひりつかせるような野望なのです。

野望を苛烈に抱くから勝利する。修羅をくぐりぬけて天下人になろうとする餓《かつえ》がふたりを一刻の休息なく駈けめぐらせたのです」

十八

夜は更けた。

牛一が赤い目を向けた。

「ヴァリ殿はいつもこれほどの刻限まで起きていなさるのか」

「はい。手元にランプを灯してヴァチカンの総会長に送る要録《スマリオ》を毎晩書いております。日本人のためのコレジョの必要とその経営方法、高山ジュスト右近殿から派された少年が信長公の建てたセミナリヨに居住していることも通信しております。ときに夜明けのつぐみやすずめの声を聞くこともございます」

脇で、磯次が膝も崩さず、咳払いひとつするでもなく、ポルトガルとハポンの語を汗を掻き掻き訳している。ゴア、マカオからブンゴに来た初めでは、粗野でなげやりにも見えたが、いまはヴァリニャーノの従僕ででもあるように時折りつっかえるが応答も確かで、声も背もふらつかせない。

「さようか。国は違えどヴァリ殿、わしども、使命《ミシオン》と申したか、たがいにそれを果たそうぞ」

「いかにも。われらは使命《ミシオン》のために生きます」

「ただいまの下控えの『信長公記』なんとしても仕上げますぞ」

立ち上がり、壁に立てかけてあった愛器を持ち出してきた。

「悪い癖での。脳味噌が毒水に侵されてくるとこいつを当たりたくなる。ヴァリ殿にゆえ、申しあげられるが、こいつの音を聞いていると御屋形様のことさえ忘れらるる」

「聞かせていただけますか」

「昔はな、平家物語というのを奏しておったが、近頃は方丈記いうのをぺぺんぺんと」

「方丈記とはいつころのものですか」

「日本では鎌倉に将軍がいた期。せんだってフロイス師にお尋ねいたすと、世界では一二〇〇年あたりと申すそうじゃった」

「十字軍がコンスタンチノポリスを陥したあたりになりましょうか」

「はあ。まあともかく三百年ほど前のようすで。ミヤコも国も食うものも食えぬ荒れようだった時世の。いまもそうに違いないが」

言いながら、牛一は琵琶を膝にかかえ、撥《ばち》の縁で一弦をはじいた。

木を叩くようなふくらみのある音が部屋に這い、たった一音のその余韻はヴァリニャーノの耳に西洋の管楽器にはない温かな響きに聞こえた。

「鴨長明《かものながあきら》いうまあヘンクツ坊主が山にこもりましてな。まっ、かようなことを綴った。とまあそれをこいつの音に乗せましてな、まっ、こう」

牛一は謡い慣れ、喉を鍛えている。強い張りのある声を朗々と引っ張り始めた。

〈朝《あした》に死に、夕《ゆうべ》に生まるるならひ、ただ水の泡にぞ似たりける〉

ついで急に声を落とし、柘植《つげ》の撥で打つ弦《いと》の音を水面《みなも》に立つさざ波のように静かに這わせた。以下、五弦を巧みに撥で打って序破急を繰り返し、琵琶はそのたびに甲高く迫りあがったり、嫋々《じょうじょう》と泣いて諧調を変化させる。

〈不知《しらず》、生まれ死ぬる人、いづかたより来たりて、いづかたへか去る。……無常を争ふさま、いはば朝顔の露に異ならず。或いは露落《つゆ》ちて花残れり。残るといへども、朝日に枯れぬ。或は花しぼみて露なほ消えず。消えずといへども、夕《ゆうべ》を待つことなし〉

「さきに、チェーザレ殿は悲運に散られたと申されましたが、この謡いも朝に生まれた命は花にたかった露と同じで、皆々、寸刻のうちにこの世から消えると、申しておるのよ」

「私どもの言葉では、〈インペラマネンサ〉、生から死へ移り変わるものは何もないといい、ハポンではこれを〈無常〉と表すのでしょうか」

「さきほどお話に出かけた人物かや。戦さを待つチェーザレの城に訪ねて参ったその人物は?」

「レオナルド・ダ・ヴィンチと申しますが。チェーザレがこのひとまわり年上を遇した布告は、格別に厳しかったのです。

『国内のすべての城塞、城壁、橋、街道、掘割の設計施工に際して、作事人、工作者はかならずレオナルドの指示を受けねばならぬ。これに反する者はなんぴとであろうと余の厳しい処断に遭う』」

「安土城天下普請で出された御屋形様の御朱印と似ておるのかの。

大工棟梁は岡部又右衛門、石垣は穴太衆《あのうしゅう》の戸波清兵衛、室内造作は狩野永徳、これらを総奉行したのが丹羽長秀殿でございます。丹羽様には全権を申し渡された」

「統治者《ゴベルナンテ》は、偉大な輝きと美を表す者たちと手を携えて、新しい世界を生み出す。チェーザレはレオナルドという美の理想家を得た、というよりこの人物にその力があることを見抜いたのです。レオナルドはこのあとチェーザレの許で大砲小砲などの武器から運河、港湾の設計までの国土計画に辣腕を振るいます」

「ルネサンスというたか、左様の者が活躍して。画から橋まで手が広いの」

「チェーザレの城に居室をあたえられ……このふたりを脇で仔細に見ていたのがマキアヴェリでした。チェーザレは動きまわり、レオナルドは静かにおのれの頭のなかで新しい世界をつくりだし、それをかたちにする。傍らでマキアヴェリがふたりを録する。

こういう者たちが在って、ルネサンスがありました。ハポンにもいまに、信長公によるあたらしい美の世界が生まれるに違いありません」

「されど、ひとたび生まれた者の命は露のごとしと、さきほど、なっ」

「いや、御屋形様には不死身であっていただきましょう」

膝の琵琶をおろした。

「チェーザレ殿の話には目もこの粗忽アタマも冴える。今宵は酔えんぞ。イタ公め、あっ、言うてしもうた」

「いやほどほどに。お目が赤い」

「なにを！　わしに酒が過ぎると申せるのは御屋形様だけじゃぞ」

肩肘をそびやかせてから、たぬきに似た顔に笑みを泛べる。

「では、どこまでお話をいたしたか。明日は私にセミナリヨをご案内なすってくださいね」

「セミナリヨ。あい、任しとけて。じきにミヤコに戻らねばならんのだったな。東に西に忙しい奴っちゃ。その前に、御屋形様、天下晴れての御馬揃え。あと二日。そんときはおぬしもミヤコで。日曜日は休息日というらしいが。あしたは何曜日と申すか。まっ、われら不信心者には無縁のことだが」

「では、少しだけ続きを。フィレンツェからの使者・マキアヴェリは稀代の戦争家・チェーザレを間近でつぶさに観察いたします。それを、覚え書きにつづる。さようです。ギュウ殿、貴殿と同様の戦役記者になるのです」

「ほう。わしもまんざらでもねえわな。戦さの見届け人か。チェーザレ殿にもさようの者がいたのか。御屋形様と同じだの」

「されど勝ち戦さばかりではございません。いったん制圧されて根深い土の下にもぐった小国の僭主たちは、機をとらえてまた頭をもたげてくる。

親衛隊、鎗騎兵あわせておよそ五百で薄い防御を一点突破してロマーニャ州エミーリア街道をローマに逃げ戻ろうとするチェーザレに、モデナ、パルミ、フェラーラの土の下から蜂起した敵雑兵が一万数千にふくれあがった。

エミーリアからイタリア北部・アペニン山脈を斜めに縦貫する街道です。

チェーザレは騎兵部隊と別れ、わずか五人の兵卒と馬を駆けました」

「ほう。なにからなにまでたしかによく似ておるぞ。いや戦さというのは、どこにあってもみな左様のようすなんかの。

御屋形様も同じ危急がござってのの。そうそういつも易々と勝つというわけではござらぬ。辛くも逃げおおせたのは、前に話したかの。誰しもが知る朽木《くつき》越えよ」

牛一は酒酔いののろりとした手でまたいろはの〈く〉を引っ張り出してきた。

人の名だけではなく、地名も社寺の名も綴りの切れはしに順に揃えてある。〈くつき〉なら、〈うゐのおくやま〉の〈く〉だ。

「越前に進んだ織田軍勢は五つか六つかほどの城塞を攻め、千三百七十の敵首を奪ってのの。なお進もうとした折り、信長公ご姻戚の浅井長政が敵方に寝返ったという報が入ってまいったのよ。さようのことがあるはずはない。

なんどか尋ね直してやっと事態の正真を知った信長公は馬を返した。

わしは、こう下書きに綴りましたわ。

〈是非に及ばず、の由候て、金か崎の城には木下藤吉郎残しおかせられ。四月晦日、朽木越えをさせられ京に至って〉

たった五人の従者と雪が残っておる比良の山を縫うて、花折《はなおり》の峠を越えて三刻（六時間）馬を責めに責められた。チェーザレ殿と同様に転身、退却は瞬時の思い切りによるの、その他はないの」

「チェーザレもすべての決断をおのれでくだしました。配下がなにかを進言しても耳にも留めない。誰と組み、どこと敵すれば、誰にも語っていないイタリア統一の野望を達せられるか。チェーザレにあるのはフィレンツェだ、ローマだ、ナポーリだと岐《わか》れていない国土統一だけです。

その頃、イタリア人という者はおりません。フィレンツェ人、ボローニャ人と申しまして。それからジェノバ人とか。だが制圧はしても、敵対する小国の僭主らは、憎悪と不服従と反逆の生々しい利害を互いに突き合わせながら、チェーザレに抗戦を仕掛けてくる。

軍勢をアッシジのすぐ北方・ペルージャに急がせている途中、チェーザレは一の側近でチェゼーナの行政長官・ラミーロ・デ・ロルカを密殺いたします。

チェゼーナの市民広場に血まみれの剣と一緒にロルカその者の死体が側溝にころがされていたそうです。

市民は、法執行の隅々まで厳格で容赦のなかったこの行政長官の遺体に喝采を送りつつも、チェーザレに戦慄したと申します」

「御屋形様なら」

「ロルカはこれから攻めていくペルージャと内通していたと疑われたのです。手許にございませんので、あやふやな記憶でございますが。マキアヴェリはこんなことを『君主論《イル・プリンチペ》』に綴っておりました。


【君主は常に内憂外患に取り囲まれている。外の敵はむろん同盟者もいつ寝返るかもしれない。足許にあっては臣下部下が陰謀をめぐらしている。陰謀者はみずからの画策によって、恐怖、猜疑、仕損じたときの処罰などにおののく。

これをいかに回避するかは、君主の常日頃の態度による。人民市民から好ましく思われ、尊敬されておれば、陰謀者の出る番はない。そうでない君主はたとえ陰謀が成功しても人民市民を敵に回すことになる。すると次にはおのれが陰謀に果てる】

またこんなことも言っておりました。

【人民は優しく手なずけておけ。さもなくば抹殺せよ。なぜなら、浅い傷では回復すれば復讐心を燃やす】

これは君主たる者の心得だと申しております。

チェーザレはこれを為した。これが政治《ポリチコ》の精髄なのです。

初めに申しましたでしょうか。政治《ポリチコ》に一切の情は禁物だと。

ラミーロ・デ・ロルカの敵への内通の疑惑は正しかったかどうか、それは問題ではない。疑惑の芽を見出せば、あるいは相手が敵愾心を隠し持っていることを察すれば果断に消却する。

これに尽きるのです」

「左様の時代、イタリアには、どげんな殿様や御屋形がおったのかの」

「はい。フィレンツェでもローマでもボローニャでも、君主たちはいかなる暮らしをしていたのか。これもマキアヴェリが書き遺しております」

〈小部屋に集って、機知や洒落た言辞を弄《ろう》し、流麗な手紙を書き、豪奢な部屋で眠り、贅をつくした食事をし、音楽に悦楽し、男女ともにひめやかなささやき声で誘い合って淫色に耽り、夏冬に別城まで馬車を飛ばして避暑避寒をし、臣下人民を貪欲傲慢に支配し、気まぐれに軍隊の階級章を授け、称賛に値いする行為のあった者をことさらに蔑んで、おのれの言葉こそ神の啓示であるように振る舞う。

チェーザレ卿はこれとは無縁の血の匂いを厭わぬ勇者だ。

葡萄、油の採れる木の実をかろうじて育てるしかない石ころだらけの痩せ地を耕す人民の汗

のうえに、領主、僭主、諸侯たちの高貴を約束された者たち、それらの暮らしが成り立っていることを知っていた〉

「君主とはこのように、領民の痛みが分かる者です」

ヴァリニャーノは牛一になお継ぐ。

「イタリアルネサンスのもうひとつの側面です。私も貴族の背徳と悪鬼の誘惑に溺れかかったことがあります。いま思っても怖気《おぞけ》が立つ。よくぞ、あの悪魔の魔手から逃れられた。ハポンに渡ってきたからこそ主の道をまっすぐに追い辿り、ウマニスモの果実の欠けらを手に入れることができたのではないかと、いまいくらかの満足を得ております。

もし、フィレンツェの屋敷暮らしをあのまま過ごしておりましたなら、かような清福に浸れることはなかったでありましょう。ノブナガ公の峻厳な克己心と、広く世界を視る眼にも教えられました」

「わしゃ、ヴァリ殿に敬意を表したいですな」

「いえ左様なことは」

「ところで、手討ちにされたロルカの例えは、ノブナガ公の佐久間信盛右衛門尉殿への折檻追放に似とります」

「サクマ殿？」

「はい、佐久間殿は桶狭間の役の前よりですからおよそ三十年近く御屋形様にお仕えし、幾たびも勲功をあげられた織田軍の筆頭家老でな。それがつい先日、ヴァリ殿も御存じの大坂石山本願寺の攻勢でなんの甲斐もみせなかったと、折檻なされた」

「詳しく存じあげぬが」

「それも突然のことでな。皆々、信長公は恐ろしい御屋形様だと震えておるがやはりそうかと。ヴァリ殿どう思われる」

「チェーザレ公には、兄弟、縁戚、部下を幾人も手にかけたという残虐人の評がずっとついてまわりました。サクマ殿というのは？」

「いや命までは誅されてはおらん。紀伊の山奥に従者をつけられ息子ともども逐われた。十九箇条におよぶ御屋形様自筆の譴責状を添えられましてな。

『記』の下書きをわしはこう綴りましたが、まあ、これを読まずとも」

牛一は空おぼえを口にし始めた。控えたばかりの条で頭に残っている。

〈大坂の城・石山本願寺の宗徒、長陣に入って、信長方と互いに寄せては攻め、攻めては退き、双方に甚大な災禍生じをり。されど信長方、次第に勢い壮んとなり、本願寺、ついに大坂の城を退くことになれり〉

牛一はその戦火終焉のありさまを、琵琶でもじゃらんとはじきかねないようすでカラ謡《うた》いした。

〈昨日の夢のごとく、生死《しょうじ》の去来、有為転変の作法は、雷光朝露のごとし。たしかの大事は、ただ一心専念の念仏。この功徳により仏の涅槃の世界に往生することに違いなし。然りといへども、今、故郷離散の思ひ、上下ともに紅涙に沈む〉


「この前後の風情をローマのお方に分かり易くつけ加えますすとな。

城を退く本願寺門徒らはそれぞれの縁を頼って海上と陸路に蜘蛛の子となって散り別れて行ったの。とね、折しも、悪風に吹きつけられた松明の火が大寺の堂宇に燃え移りましたと。一棟の伽藍も残さず、三昼夜、黒煙を噴きあげながら焼け落ちたというね。

平家の終末の如しですね。みなみないずれ滅ぶ。平家は火ではのうて水に滅んだのやが」

「御屋形様は火がお好きなのですか」

「やっ？　そうかもしれぬが。さてそれより、佐久間殿の譴責状には何が書かれておったとお思いか。御屋形様は石山本願寺を落として、ミヤコから宇治、それから大坂に向かわれ、わしにお呼び出しがあった。本願寺より二里半（十キロ）ほど東、河内の若江城に慌てて伺候いたしましたところ」

若江城で牛一は、信長の発する右衛門尉の折檻の条々を書き留めた。

すべて言い放たれたところで、牛一は「いま遣わされた御下命、皆留めました。さりながら、この箇条は、御屋形様御直々の筆に依るのが若く《し》はあられぬか」と奏上した。

信長は細い顔面のこめかみにチリリと青筋をひきつらせたが、案に相違して「いや、いかにも、ギュウの申すとおりか。筆をもて」と声をあげた。

「さてヴァリ殿、その折檻状とは次のようなものでござってな。御屋形様はこう告げられた。

『右衛門尉、そなたども佐久間父子はいかなる功績もなかった』

『作戦で余の指示を仰いだこともない。職責の怠慢、はなはだしい』

『そもそも、そなたは、家臣に知行《ちぎょう》を増やしもせず、おのれ自身の吝嗇きわまりない蓄財ばかりに走ってきた』

『いつかの朝倉の敗走の折り、戦機の見通しが悪いとそなたを面責したが、自省を見せるどころか手柄顔をひけらかせた。余は面目を喪った』

『そなたらが左様に無為無策でおのれの小賢《ざか》しい皮算用に明け暮れるうちに、咲庵惟任《しょうあんこれとう》は丹波を平らげ、筑前秀吉は数か国で比類のない功績をあげた。修理勝家は加賀一国を平定した』

『このうえはそなた、いずこかの敵国を制圧してこれまでの恥をすすげ。さもなくば、討ち死にするよりない』

『よって余の折檻を受けよ。父子ともどもただちに髪を剃って高野山に退け』

「これが叱責の中身であります。いや、御屋形様の策は深いわ。長い戦いだった本願寺は落ち、天下布武は目の前に迫ってきた。これより新しい時世を開き、新芽を育てる精魂ある者のほかは無用と果てる。

右衛門尉殿らは戦さに倦みつかれ、もはや戦う力はない。御屋形様は左様に看破された。チェーザレ殿なら何を考えるや。

佐久間殿ばかりではのうての、旧臣、旧老は新しい地平をきずいていけるや。御屋形様は、老侯たちをどう切り捨てていくかずっと機会をさぐっておられたのよ。

実際に、この譴責状が諸侯、諸大名に伝わるや大騒擾となった。皆、震えあがったのよ。

勝家殿は加賀一揆であげた首謀者十九の首を、この証《あかし》をご覧《ろう》じろとばかりに御屋形様に送りつけ、家康公はこれまで気長に攻めていた遠江《とおとうみ》・高天神《たかてんじん》への陣備えにとつぜん決然と打って出た。

いやちっと待ってくだされ」

牛一はまた控え書きをひっぱりだしてきた。

「並べてみますかの。

若い順から申しますと、今年、家康殿三十九歳、筑前四十四歳、御屋形様四十六歳、咲庵五十三歳、佐久間右衛門尉は昨年五十三歳で没したというお歳になるげな。いや、わしは五十四。いちばんのくたばりぞこねでありますが、まっ、『記』をまとめるのがお役目でござるからの。少々歳くっておったほうが都合がよい」

ヴァリニャーノは静かに応じる。

「やはり凜呼、猛然としたお振る舞い。ノブナガ公の人柄、器量が私には分かってきた気がいたします。おもいだしました。チェーザレはこんなことも披露したことがあったそうです。

【あらゆる局面、あらゆる人間に心を砕いて、おれはおれの時が来るのを待つ】

「おれの時が来る、とな。御屋形様は六年前の四十で、嫡男・信忠公に家督を譲られております。次の世に目を上げて、おれの時を為す御心であられるや」

「ハポンも次の世になりますね」

「右衛門尉殿への折檻状を書き留めたわしはそののち、母娘の呪いで全盲となった俊徳が乙姫《おとひめ》に手を引かれて四天王寺に通った俊徳道を見おろす南側の八畳敷から、二階の別書院にふっと足を踏み入れての。

瓢箪から駒が出ておる画の屏風に湖に残り照りしとる夕陽が当たっておった。わしはなんの気もなくそれを見ておった。

と、突然に威儀ただした御前が現れ申した。咲庵光秀殿であったのよ。

『ギュウか』とお声を掛けられた。平伏いたした。

それきりなんも申されねえ。

すると、『ぬしは知っておったのか』ぼそりと問われました。

『おれはいま上様より、〈鯱龍《しゃち》〉で知らされた。筑前も家康もとうに知っておるとお声じゃった』

それから咲庵殿、五階の間に顎を振りあげられた。五階の南北の棟が接する内側の鰭《ひれ》板には、鯱と龍が海から飛び立っておってな。

『はい』

とお応えいたした。そう返すしかない。

それだけのことだがな。わしは何も尋ねることはならなかった。

咲庵殿は唇を噛んでおられた。

第一の重臣・右衛門尉殿が折檻で逐われた。右衛門尉殿と咲庵殿は同年のお生まれ、長く肝胆相照らされ戦乱をくぐってきた仲でござった。

その朋友の折檻をいま知らされた。されど、筑前、家康はとうに聞かされておった。

あの折りのごようすは忘れられません。怒りも哀しみものうてな。目を落とされ、茫然と円莫蓙に尻をついて、袂《たもと》から取り出してきたふたつの胡桃《くるみ》を、細い手指に握りしめられてカチカチと音を立てられ始めての。いつまでもお続けになる。

わしは静かに後ろに下がった。

十九

ヴァリニャーノが安土を去った日の夕刻、ピアザフォルテの楽市楽座のほぼ中ほどにある十六間堂の回廊の隅で痩せた一匹の赤犬が仆《たお》れた。

口から泡を噴き、足許を右に左によろけさせて、後ろから二人の童に竹棒でつつかれた。逃げる力はなく、暗がりを求めるように回廊の隅にもぐりこんだ。その尻尾を摑まえて餓鬼どもが引っ張り出すが、泡噴きが止まらない犬はまたもぐり込む。と、とつぜん狼が発するほどの大きな声を高く震わせて、こんどは鉛いろのどろりとした汁を噴いた。餓鬼どもは逃げ散った。ついで犬ではなく、人間に異状が起きた。猿屋小路の鉦叩きの娘の腋と股にこわばった豆粒に似た腫瘍ができ、翌日それは鶏卵の大きさに、さらには林檎大となった。

犬が仆れてからの二日のあいだに、その娘のほか、五軒町や鉄砲町の大路小路に面した商い人、豊浦の街道を行き来する馬喰《ばくろう》ら四人の男の全身に、黒や褐色の斑点が浮き出してきた。そして三日目、初めの娘、ついで筋骨を誇る番頭町の馬喰が、黒い汁を垂れ流して絶息した。安土の山下《さんげ》に明瞭に疫病が発生したのはこの時だった。

病者にだけではなく、罹患者の着衣、触ったものからも伝染する。牛にも馬にもうつる。こんどはその牛馬からうつされる。山下は恐慌に襲われた。米俵と炭を運ぶ荷足人《にたりにん》が、恐ろしい病いがうつったとぼろ着を道端に捨てた。咥えた二匹の犬が、歯を剝きだし口を黒い汁にまみれさせ、寸刻せぬうちに仆れ落ちた。

やがて町中の男と女がコト切れ始めた。山下の常楽寺と慈恩寺の僧侶は輪袈裟《わげさ》を首にひっかけて息を切らしたが次に間に合わぬ。あとは勝手銘々に済ましてもらった。風の向きに関わりがあるのか、幸い山上の城では惨禍の徴候はない。

稲葉喜十に率いられた摩利衆《まりしゅう》の報復だった。

いつぞ、高山ジュスト右近の高槻城からミヤコに上る途次の大山崎で、ヴァリニャーノたちを襲撃してきた摩利衆である。

かれらは十日ほど前、〈アペスターレ（ペスト・黒死病）〉に冒された七匹の野ねずみを、常楽寺の井戸と湖東・能登川《のとがわ》から上げる米蔵、さらに開削した濠に放った。

病にかかったねずみを増やすのに困難はなかった。安土の隣りの五箇荘《ごかしょう》で捕らえた兎の生肉を野ねずみに食わせた。冬のあいだはうまくいかず、いくどかの仕損じののち、大気がぬるまる立春に入った時季に同じ手順を踏むと、ねずみは狂熱を発して泡を噴いた。

その死骸を幾か所かにわけて撒き置いた。うまくいけば、安土、いや対岸の坂本、堅田近辺までも人が黒皮で焦げ果てる。

これまで誰もなせなかった戦さである。信長に二万宗徒を殺された報復にしては、なお慊《あきた》りない数だ。一向宗僧兵・摩利衆の怨念を結集した復讐戦だった。

ミヤコに戻ったヴァリニャーノは、安土に起きたその恐ろしい疫病の話を耳にしたとき、すぐに摩利衆の仕業によるアペスターレだと察した。

〈総長猊下の御許に。

ノブナガ公のキャステッロの足許で、フィレンツェでもローマでも猛威を奮ったあのアペスターレが悲惨を拡げております。私はその折りにはミヤコの教会堂でイエズス会総会の準備などに追われ、惨状は目にしていないのですが、ほぼ二十日ほどの間に数百名の者が息絶えたということでありました。

猊下にはお分かりでしょうが、その程度で済んで僥倖であったと申せます。

たしか一三四八年にフィレンツェで猛威をふるった絶望的なアペスターレは、われらローマ、フィレンツェ人の脳裏に強く刻まれております。信仰心もいかなる用心も役に立たず、その年の春の初めから伝染は短時日にしかもとどまるところを知らぬようすで広がり、アルノ川から北側の繁華の市内では死体の腐敗と薬剤の悪臭が満ち、ヴェッキオ宮の城壁内だけで一万二千の者が神の仕打ちに打ちのめされたといいます。

フィレンツェにとどまればなにもかも死滅する。

人々は家財を積んだ荷車《カーロオチョ》で、行列をつくって森を越えピストイアやボローニャに遁《のが》れました。そしてさて人間は面妖不可解であります。そうして死神に追いかけられる忌まわしい疫病から遁れられた男と女は、小鳥のさえずりを聞き、緑に色づいて波打つ丘と穀物畑を目にした途端に、モロコシなど食い物を奪い合って腹を満たし、道端で木陰で矢庭にあられもない恥ずべき堕落に走りました。神の御手などたちまち忘れるのです。

ああわれらはなにゆえに死や地獄を怖れているのか、生きているあいだは愉しく陽気に暮らせばよいと、男も女もアダムとイブの姿に戻ろうと放縦《ほうしょう》に走り始めます。

主と御子がお望みになられるあるべき姿と正反対であります。

いったいいつまで神は、この世の人間に苛酷な試練を繰り返し続けるのでしょうか。

されどさて、本通信でお聞き願いたいのは以下のことであります。同じアペスターレの流行にさらされながら日本人はきわめて忍耐強く、ミヤコやマチから逃げ出さず、あらゆる苦しみ、不自由に耐え、フィレンツェ人のように放縦やおぞましい淫欲に走ることもない。統治者《ゴベルナンテ》・ノブナガの許に集う国衆《クニシュウ》と称される領主の許、決して騒ぎ立てることなくこの疫病に黙々と立ち向かっております。

感情をあらわにすることもなく逆境に耐え忍ぶ。

マキアヴェリ殿が賛嘆する人間が日本人であります。私も異存はない。

ノブナガ公以下、日本人はなんと優美で礼儀正しく秀でた天性と忍耐力、理解力を有していることか。しかも勤勉で困難に立ち向かう勇気はわれらエウロパ人には圧倒的な驚異であります。

総長猊下、さらに喜ばしいご報告がございます〉

深更、ヴァリニャーノは総会長への通信を以下書き留めた。

〈オウミの国のアヅチヤマと称する城の御城下、フィレンツェで申せばサンタ・マリア・デル・フィオーレ（フィレンツェ大聖堂）の場にも比する重要地であります。パラッツォ・ヴェッキォ（フィレンツェ共和国政庁）から声をあげれば届くほどの距離です。

三十六か国を領し、絶大の力をたくわえた御屋形様と呼ばれる統治者《ゴベルナンテ》は、われらが望む最良のこの地所にローマでも見られぬ優美なセミナリヨを与えてくださいました。

昨日、私はその院をノブナガ殿の戦記と一代記を録しているギュウイチと申す者、ならびに彼の三人の若い徒弟に案内していただいた。

そこは、ノブナガ殿のキャステッロと政庁、邸宅および政庁に近侍する全貴人、全武人の屋敷のある山裾に位置し、天にそびえるそのキャステッロを入口から窓から目にすることができます。

猊下、遠く思いをめぐらせていただけますか。

フィレンツェ大聖堂の大円蓋よりなお高い位置に、その青瓦と金色の裳裾のひろがる五層のキャステッロが三年か五年で完成し、天に突き立ったのです。

その山下にノブナガ殿はみずから訪れて、小屋、町家、ホッケ（法華）の寺院を立ち退かせ、水田を埋めて高山ジュストの家臣・千五百人に、用材、石の運搬、普請作事に当たらせました。

ハポンのイエズス会、切支丹にわずかの負担も強いず、しかも、諸侯みな驚いたのですが、このセミナリヨの甍《いらか》をキャステッロと同じ青で葺くことを許された。

一階は礼拝の信者をもてなすに十分な広さを確保し、信者の数と用向きによってフスマなる紙と杉の桟を貼り合わせた扉で優美に仕切れば四部屋から五部屋になる。

二階には泊まれる部屋が三つほどある。各階の窓には、鎧戸がとりつけられていました。

そして特別の三階です。と申しますのも、オルガンやヴィオラなどの楽器、教材を仕舞う、私が御屋形様に是非にとお願いしてつくっていただいたミュージカの用意の部屋です。

この日は安息日で、ポルトガルの修道士《モンヘ》・ディオゴ・デ・メスキーノらは、キャステッロの裏手になる湖の小島・沖島にイエズス会会員の子息らを連れた遊楽で不在でありました。

メスキーノは、九州シモ区のブンゴから、私がお願いしてラテン語を教えに来てもらっている修道士《モンヘ》です。

三階の小部屋で、ギュウイチ殿が私に、オルガンを弾けと申します。クラリネテは常に手許にあって馴染みが深いのですが、オルガンは得手ではありません。

ゴア、マカオで習いおぼえようと指を乗せたことがあるくらいです。

されど、はるばる波浪を越えてきたこの鍵盤は叩けばいかなる音で応えてくれるだろうかと、私は固辞することを諦め、立ったままで白黒の鍵盤に指を乗せました。

すると胸の襞にやわらかく温かい音が這い込んで参りました。

たったひと押し、たった一音でそれが分かったのです。

高槻のジュスト殿に福音をとどけたプレネスティーノ司祭が、一万の説教よりオルガン一台があればハポンのすべてにイエスの福音を伝えられると希望を述べていたのもあながち夢見の話ではないと思えました。

この地で誰も耳にしたことがなかった、楽器による神の瑞々しい祝福です。

実際、プレネスティーノは、ジュスト殿の会堂を満たした信徒たちの聖体拝領を目《ま》の当たりにして、この東の涯の国で神の御手を求めている人がかくも多くいるとはと、打ち震えたと申しておりました。

その彼らの頭上にオルガンの音色が鳴り響くのです。

オルガンという楽器はまさにハポンでは神の使いの音のようであります。

私はギュウイチたちにも鍵盤を叩かせてみました。誰が指を乗せても同じ音が出る。これも、多くの者にオルガンをなじませる秘密でありましょうか。

セミナリヨの総板張りの各層の周りには、回廊がめぐらされ、三階の中央から一段と高い鐘楼が突き出ております。楼を支える羽目板と梁は、ローマ風に緑と白に塗られ、鐘をおおう矩形の屋根はフィレンツェの大円蓋《えんがい》と同じ赫紅《しゃっこう》いろに照っておりました。

猊下、なお思い浮かべてください。

淡水の海ぎわにそびえる五層のキャステッロと、それを仰ぎ見る教会堂と鐘楼です。そこにオルガンの音が響きます。辺りはわれらのローマ、フィレンツェの国土にはない緑の水田の風景がひろがっております。平らな地に水を張ってコメを育てる畑をスイデンと申します。

猊下、以上はまことに慶賀さるべきご報告と誇らしい心持で通信いたしましたが、このセミナリヨの三階でひとつの気がかりが生じました。

ギュウイチ殿の連れてきた従僕の額に大きなコブのあるサマノスケと申す者が切り出したのです。

「いったい、この国に切支丹は根付くのか。シモの長崎、松浦、豊後あたりのダイミョウはただ銭儲け目当てで切支丹になったと、誰も疑ごうておらんぞ」

そこからサマノスケは、私の顔を見ながら低く吐き捨てたのです。

「御屋形様はいかなおつもりでこんな教会堂をつくられたのじゃ。オルガンったって何が鳴っておるのかよう分からん」

そういえばコブのサマノスケは初めから敵意を胸に隠していたようでありました。しかしそのような者は珍しくありません。バテレンと呼ばれておりまする私に街道で小石を投げて来る者もおります。

ギュウイチ殿がサマノスケに「これ」とたしなめました。

すると、逆にギュウイチ殿の息子・ギュウジ殿を含めた三人が声を揃えた。彼らの口をまとめて申しますと、キリスト教徒にまことに恐ろしい圧政弾圧の始まる前ぶれのありさまです。

切支丹もイエズス会もこのセミナリヨもいまが絶頂だ。何万人、何十万人の信徒を獲得したと誇っているようだが左様の者は、伴天連どもの言うデウスという神やイエスなるものに頼っていても利がないと分かるか、あるいはおのれの領土領地の主君が仆れでもすれば、いっぺんにキリスト教を棄てる。そのうえに、禁教令、鎖国・海防令が布かれる。

「ヴァリニャーノ殿よ、ぬしもこの国から追い出される折りが来ぬとは限らぬ」と申すのです。彼らは口を開けて勝ち誇ったようすで大笑いし、ギュウイチ殿はひどく神経を尖らせておりました。

ギュウイチ殿が問います。

「おぬしども、切支丹やパードレがいつの日か日本から逐われるというや」

「さようのこともなくはないと」

「では、〈信長公記〉の切支丹や、いやこのヴァリ殿と御屋形様が夜の更けるのも忘れ、ローマ、フィレンツェあるいは地球儀、チェーザレ・ボルジア、について語られた留め書きをいかがいたす」
「さようのものは、全部削除、消去、滅し去るほかに手はござらんだろうな」

「この教会堂のことも？　まことにチェーザレ・ボルジアに倣おうぞと御屋形様が仰せられた言葉もか。ヴァリ殿からお聞きいたしたことはすべて書き留めよと御屋形様は手前に強く申しつけられた。『余の遺書にもせよ』と。これまでの分はすでに覚え書きに留め置いてあるぞ。あとは〈いろは〉に添う条目の整理と、年代の順に引き出して浄書せねばならんが」

もうひとりの書き手補佐の口数の少ないナオヨシ殿が申しました。

「御棟梁、いまの話はよもやの譬え。なに大丈夫ですよ」

「左様にねがいたいものだが」

ヴァリニャーノは通信に続けた。

猊下、私が統治者《ゴベルナンテ》・ノブナガに伝えたチェーザレ・ボルジアの話を全部消却しなければならないというのはいかにも耐《こら》えがたい。私のみならず、書き留めたギュウイチ殿には痛撃であります。

たしかに、いまハポンが驚くべき勢いで信者を増やしておりますのは、ノブナガ殿の格別の恩情とはからいによるもので、次なる為政者の世にはどうなるか大いなる不安を覚えます。

猊下、遠い祖国からともにお祈りください。

《神のより大いなる栄光のために》

二十

旧暦二月二十八日辰ノ刻（午前八時）、本能寺を発した信長は室町小路を上京《かみぎょう》の御所までまっすぐ北にのぼり、回りこむかたちで一条を東に折れて御馬場に入った。四半刻（三十分）もかからぬ距離である。

幅、東西一町（百九メートル）、長さ南北八町（八百七十二メートル）、日向守咲庵惟任の指揮で造営した馬場の左右に列席者の桟敷が居並んでいる。

あいまに馬が出入りできぬ馬埒《ばらち》柵《さく》をゆわえる飾り柱が立ち、右列の真ん中に金銀をちりばめた仮の行宮《あんぐう》所がしつらえられていた。

清涼殿から出御してきた主上陛下、雲客、殿上人が入る。主上を取り囲む摂家、清華家の公卿、殿上人の衣服から炊きこめた薫香がただよってくる。

天正九年二十四節季、立春を過ぎたあたりになる。馬場の柳が青芽をふき、微かに匂い始めていた水仙の香りが殿上人らの毒々しい匂いでかき消された。

牛一、牛次、長束直吉、奥村左馬之助はこの御馬揃えの信長の威勢を細大もらさず書き留めるために前夜から粛然とした心持ちを構えていた。

儀式御結構のありさま、御歴々の名前、式次第順序を遺漏なくまた虚伝なく下書きしなければならない。

招かれているフロイス、オルガンティーノ、ヴァリニャーノら切支丹司祭はどの席に坐すのかも、牛一たちの関心事だった。

そもそも、切支丹、伴天連を列席させることに陪臣、宿将たちから物言いがあったと牛一は耳にしていた。信長が押し切った。

いま彼ら司祭は、左列中央桟敷で躰を固まらせている。襞襟《ひだえり》の上着、黒い肩掛けマントに赤い袋袴《ふくろばかま》の修道服は目立つ。首には銀の十字架を下げている。みな背高いがヴァリニャーノの頭がひとつふたつ抜きん出ている。

この以前に、フロイスが信長に願い出ていた。

観閲はご遠慮申しあげたい。たってお招きいただけるというのであれば、どこか隅へ、しかも日本切支丹の庶民《ヘンテコムン》の身支度で。

だが信長は申し入れを一蹴した。ひとことで、座の位置と衣装が決まった。

イエズス会士にふさわしいいつもの南蛮服飾でととのえよ。琥珀の珠も金の釦《ぼたん》もつけよ。席は余が決める。

主上、殿上人が出座した行宮《あんぐう》の正対面の位置が指定された。しかも、ヴァリニャーノたちの席にはきざはしをつけて、この国の一等の貴人よりも三段上とした。これで伴天連たちは日本の大君とその一族を最前面のやや上から見下げる位置になる。しかもヴァリニャーノは殿上人たちより頭《ズ》がふたつも高い。

牛一が嘆息とも感嘆ともとれる呻きを洩らした。

「まさか、長袖もんらの真ん前とはな。まさか、高段をつけてとはな。まさか、伴天連衣装のままでとはな」

牛次が続ける。

「みかどの御心中いかばかりか」

父は押す。

「見たまま、あるままを控えよ」

「よいのですね」

「昨夜来話してある通りだ」

禁教令の布告と、伴天連追放の憶測が出まわっていた。

御屋形様が招いたにしろ、青い目、白い肌を持つ彼らの列席をそのまま録してよいのか。議論は割れた。

牛一ひとりが〈信長公記〉にいかなる抜かりと浮薄もあってはならぬと断固をつらぬいた。

牛一以下四人は手のひらに載る下控え帳にいくらかの昂ぶりをおぼえながら墨をおろした。

〈ルイス・フロイス、グネッキ・ソルドィ・オルガンティーノ、アレシャンドロ・ヴァリニャーノ等切支丹国伴天連勢、御桟敷に打たせられ、扨《さて》も羅馬《ローマ》、西班牙《スペイン》公国を凌駕致しかねぬ美々しき御結構様態《ようたい》に感嘆のさま、われの拙筆、拙詞に述べ難し。

殊にヴァリニャーノ、こののちに信長への格別の貢物御用意致せしとあり。

古代上代よりかほどの御贈り物、例なし。孰《いず》れの御事《おんこと》すべて、信長御威光、爰《ここ》に極まりし次第にて前代未聞の様相と申し上ぐるべし〉

地を踏み鳴らす馬蹄がどよめき、嘶《いなな》きが思いがけず近くから響いてきた。太鼓が打ち叩かれる。馬の脚に蹴散らされた土埃が舞う。

ひづめの響きは次第に大きくなり、寸刻のうちに腹にとどろき始めた。

「よいな。わしが申し尽す」

牛一が御馬場入りの武将の名を見極めて、傍らの左馬之助たちに声に出して教える。

「一番、丹羽惟住《これずみ》五郎左衛門長秀」

牛一の主君である。長秀の御見廻り衆、摂津衆、若狭衆、西岡（京都市西京区）の革島一宣《かわしまかずのぶ》の名も読みあげる。

衆らは皆、黒、白、赤、中には紫、金の大小の長旗、吹き流し、母衣《ほろ》を着流している。

それらが風を呑んで音を立てる。

「二番、蜂屋兵庫頭頼隆《はちやひょうごのかみよりたか》、ならびに河内衆、和泉衆、根来衆、佐野衆」

「三番、明智惟任光秀日向守、ならびに大和衆……やっ、あれは山城衆《やましろしゅう》かや？」

兜《かぶと》をかぶり面頬《めんぼお》をつけた顔では判然とせぬ武将たちもある。越智と筒井が入りまじる大和衆も分かりづらい。

順を乱さず馬を進めてくる。鞍にはそれぞれの家紋、紋章が飾られている。

家紋をたしかめて山城衆とした。

以下織田家一門が続く。信長から家督を譲られた従五位信忠が八十騎と美濃衆、尾張衆の百三十騎を従えて先頭で入場してきた。

桟敷《さじき》の中ほどから後方は、無紋の雑衆が立ったまま馬場の左右を埋めている。

戦さ場のような血の匂いのする殺気立った沸騰ではないが、馬埒の内側から、うぉーんと高鳴りと人いきれが反響してくる。

戦場をかけめぐってきた牛一の目が、人数を推した。

「物見、ざっと二万五千。いや、もっといるか」

コブの左馬之助が筆を舐めた。

「もっとおりますよ。万里小路《までのこうじ》や、近衛大路にあふれている者を含めずとも、三万は超えましょうか」

のちにそればかりの数ではない、諸国から十三万が押し寄せてきたという者の口があったが確かな人数は確かめ得ない。

高倉小路と富小路の間をつなぐ万里小路は馬場の突き端《はな》、近衛は、陽明門御門に近い馬場の東側を横切る大路だ。

馬揃えはさらに膨らんで進んでくる。

公家衆、旧幕臣衆、御馬廻り衆、御小姓衆、御弓衆……それぞれ隊騎をくんで二列で入ってきた。

御弓衆百人は信長隊の先払いである。

春の朝日が昇ってきていた。

旗や吹き流しがものみな温かく包む曙陽《しょよう》の風にふくらむ。

何疋いるのか、戦陣に行った者でなければ見当をつけられない数の馬が跑《だく》を踏み、嘶いている。

御弓衆百人の先払いに続いて、馬のための水柄杓《みずびしゃく》持ち、草桶持ち、幟《のぼり》持ちが六疋の馬につき従ってくる。唐衣《からごろも》を着飾った馬の轡《くつわ》は、立烏帽子《たちえぼし》をかぶり、黄色の水干狩衣《すいかんかりぎぬ》を羽織り、白袴を穿いた中間《ちゅうげん》衆が揃えている。

ほかに、坊主衆四十一名と二十七名のお小人《こびと》衆が侍る。

「やっ、あれは?」左馬之助が指した。

金地に波模様が刺繍された天鵞絨《ビロード》がかぶせられたものを六人の男がうやうやしく運んできた。

一面だけ背高い巨大の物である。

「あれが?」コブが訊ねる。

「いかにも」

牛一が頷く。ヴァリニャーノが格別に捧げた貢《みつ》ぎ物だった。

黒鹿毛《くろかげ》に騎《の》った信長がようやく姿を見せた。

両の桟敷席、さらに確《しか》とは認められないはずの遠目の雑衆から喊声があがった。

信長のいでたちは異様だった。

紅と白の梅花を散らした豪奢の小袖をまとい、後ろに垂らすリボンの代わりに梅の枝花を挿した縁なしの帽子をかぶり、描き眉をし、みかどが着ける唐綾《からあや》、唐錦《からにしき》の金紗を着込んでいる。腰には牡丹の花と、金銀飾りの太刀、鞭をたばさみ、猩々緋《しょうじょうひ》の沓を履いている。

ヴァリニャーノから教示を受けていた。

フィレンツェ、ローマだけではなく、ヨーロッパでは騎馬祝祭はさかんに行われている。王ではないが、ルネサンス最盛期の当主・メディチ家のロレンツォは黒い帽子とマントに無数のダイヤを縫い付け、アラブ産の白馬に騎り、百合の花の刺繍旗を掲げて弟・ジュリアーノのお披露目の騎馬仕合をやった。

ヴァリニャーノの語るその華麗な雄姿に信長は思いを馳せた。

ジュリアーノはのちに暗殺される。ロレンツォは、ボッティチェリという絵師にプリマヴェーラを描かせて弟の死を悼んだ。

「ならばおれはやはり安土の城と山下《さんげ》の賑わいを画に書き残してもらうとよいな」と破顔した。

それが安土城屛風になった。ヴァリニャーノの入れ知恵は処々に表れた。

信長が姿を見せて、一斉に駿馬の行進、駆け足、疾駆の演じものが始まった。同じ側の前肢と後ろ肢を同時に揃えて走る側対歩《そくたいほ》を調教された馬もある。

三組、四組が乱れながら、しかし互いに行き当たらぬように入れ違い、並び違う。馬は間を措かず、馬場の真ん中の仕切り柵を右から左へ曲がり駈ける。小さい渦を巻いて土煙が立つ。仮行宮とヴァリニャーノたちの前を飛ぶ鳥となって走り抜けていく馬もいれば、四角から三角から菱形へと隊列を替えてゆっくり過ぎていく数え切れぬ白馬の見世物もあった。

ヴァリニャーノが「やっ、ワルツ」とおもわず声を出したのは、二疋ずつひと組になった馬が脚を揃えて前後を入れ替わり、円弧を描き、脚を踊るようにさばき始めた隊形だった。

その見事な調教に、主上と殿上人の長袖たちのいる行宮所、ヴァリニャーノたち伴天連のいる席、馬場のはずれの万里小路の雑民衆の立ち席から、総立ちの拍手と歓呼が湧きおこる。

その手前、御馬場と大炊御門《おおいのみかど》大路が交差する桟敷の端に、手を拍つでもなく声もあげぬ鹿革の袖無し羽織を着た三人の男たちがあった。

この場では、ヴァリニャーノら切支丹司祭しか顔を知らぬ〈摩利衆〉、稲葉喜十という名の顎、頬の肉の落ちた丈の高い男が棟梁の、伊勢長島の一向宗徒残党だ。

安土の町屋の普請場を疫病の混乱に落とした者どもである。

番頭町の馬喰が鉛色の汁を噴いて絶息した。

稲葉らはかたくなな怨みを胸にこの桟敷に来て、さらなる決意を抱いていた。

腐ったねずみの伝染力が弱かったのか、安土の町、楽市楽座を壊滅させたり、湖向こうの坂本や堅田に飛び火しなかったのは不覚だが、なにもういっぺんやり直せばよい。

ねずみならいくらでもいる。それで人は死ぬ。馬も仆れる。牛も絶える。信長も果つ。

われらの万をはるかに超す一族門徒を焼き殺した男よ。今に見ていろ。安土も京も根絶やしにしてくれようぞ。信長への怒気を孕ませた稲葉喜十郎、摩利衆はこの日、信長と切支丹伴天連の顔を確かめにきた。

だが、主上、殿上人以下、天下の歴々に恐れちぢみ、再度の襲撃を誓うだけでやむなく場を離れた。

観覧馬の隊列に続いた信長は、手を上げて歓呼に応えるなどの格別の動きは披露せず、いつもの青白い顔のまま静かに軽く、白いアングロアラブの腹を蹴って南北八町の馬場を往復した。

御屋形様は、さほどご満悦ではないのか。

牛一の目に、こめかみをひりつかせる信長の変わらぬようすがかんむりの下に見える。

一往復半した信長の騎馬の頃合いをはからって、さきほど入場してきた赤地に金色の波模様の天鵞絨《ビロード》をかぶせた丈高いものがするすると主上の坐《いま》す行宮の脇に進み出された。

馬を降りた信長が、前に立つ。

六人の男たちが取り払った布敷きの下から現れたのは、〈曲彔《きょくろく》〉だった。

背凭れ、肘掛けがかるく湾曲した椅子である。

赤い天鵞絨に金糸銀糸の刺繍が入った背凭れは信長の背の倍ほどの高さで、座部には金色の矩形の分厚い褥席《じょくせき》が敷かれている。

その黄金色の四角の座を目にして愕かぬ者はいなかった。

行宮の中のミカド、公卿らは褥席ではなく、敷皮に乗せた円く薄い貧弱の絹座である。

しかし、信長が坐したのは、ミカドよりはるかに勢権高貴の曲彔だった。

ヴァリニャーノの着意に依った。

「君主は何を以って君主と呼ばれるとお思いですか」

信長に問うた。

「椅子であります」

と自答した。

「『君主論《イル・プリンチペ》』にそうあったか」

オルガンティーノを通じて、信長はすでに同書のハポン訳を手に入れて、折々に開いている。

「いえ、『君主論《イル・プリンチペ》』ではございませぬ。ペルシャ王国を滅亡に追いやったマケドニア王国のアレクサンドロスは椅子に執着いたしました。チェーザレ・ボルジアもまた。……御屋形様、西洋では黄金の椅子に坐る者だけが君主と呼ばれます。ギリシャ国、エジプト国もしかり」

「椅子とな？　なるほど主上の高御座《たかみくら》か。面白い」

「主教長が着坐する椅子を特別にカテドラルと申します」

「カテドラルとな」

「安土城にカテドラルの間をおつくりなされませぬか」

「なに、城よりこたびの馬揃えでやってみよう。主上の前に据えて、おれが坐すというのはどうか」

「間に合いますか」

「そなたはまだ分かっておらぬか。余は城を三日で作らせた、藤吉郎にな」

ひときわ高い喊声が湧いた。

ワルツをしていた馬らが、こんどは左右の桟敷に向かって前肢を宙に高く掲げ、いまにも桟敷のなかに飛び込む態勢を取った。

だが、信長はちらとも視線を泳がさない。

馬のことなら、この国でもっともよく知っているという自負がある。よほど驚かさぬかぎり、馬は人の中に飛び込みはしない。

されど、余はいまここで何をしているのか。何を見ているのか。

赤い背凭れの黄金の褥席に坐して口を緊《ひ》き結んでいる信長は、不意にいずこか知らぬところに迷いこんだ心持ちになった。虚ろな目に、眼前の桟敷をただ映す。

そこへ、長袖公卿らが打ちそろって、椅子に坐す信長の許に低頭しながら恭《うやうや》しくやってきて言上した。

行宮に坐《いま》す主上から勅使を賜ってきていた。

「正一位右大臣殿、かほどに面白き馬埒《ばらち》、御遊興、天子御歓喜斜めならざるのご高覧の旨かたじけなくも御綸言でございます」

謹言に、信長は軽く顎をさげた。

主上は六十四歳になる正親町《おおぎまち》天皇だ。

次の誠仁《さきひと》親王に座を譲るようにと重ねて申し入れているのに、正親町は譲位に応じていない。

北面に退位後の御所用地〈仙洞御所《せんとう》〉まで整えてやったが、尻をあげぬ。食えぬ男よ。

「御歓喜、斜めならざる」とはなにごとぞ。

目の前に、いちばん忌み嫌う切支丹伴天連の席を配され、しかも、余は黄金の褥席に坐しているのだ。

主上と取り巻きの長袖衆をこの場に招いた余の深謀に気づいているに違いないのに、喜ばしい式典であったとはなにごとか。ならば勅使など遣わさずに、わずか数歩の距離だ。おのが身を運んで余に敬仰《けいぎょう》せよ。

老耄《ろうもう》は、どけ。余が御政道を沙汰いたす。

佐久間右衛門尉を持ちだすまでもなく、若い世代で新しい世路《せいろ》をひらかねばならない。

信長に、主上と摂家、清華家の公卿、殿上人を遇する心持ちは爪の先ほどもない。

あるとみせかけて利用するほかにないと徹底している。

毛利、安芸勢を平らげたあとは、この長袖どもの衣の下の鎧を剝ぎ取らなければならない。

上古以来のミカドの制はただの飾り物にしておかなければならぬ。ミカドが力を持ってこの国に乱の起きたことは数限りない。日の本にミカドは要らぬ。

大人しく坐っておれずに絹座布団からはみ出してくるようなら、制す。

旧態にしがみつく内裏、公卿らを閉じ込めておき、海の外に出て新しい世界を拓こう。

「去ね」

勅使の公卿どもに溜まった唾のなかで吐き捨てた。

馬場を睨みつける心持に領された。

余も馬も皆も退けば、ここはただの空虚の滅びなり。

みせかけの馬埒だ。

フロイスであったか、ヴァリニャーノだったか。どちらかが尋ねた。

われらはこの国の主上にいかに謁《まみえ》ればよいのでありましょう。

答えてやった。

内裏、公方を意に介すること無用なり。一切は余が権内にあり。そなたどもは余が言うことのみを行い、そなたどもの欲する処に赴くべし。主上、公卿こそ日本の滅びの暗喩なり。

式ののち即刻のうちに空虚な広場となる馬埒だ。

主上や公卿どもが歩きまわるミヤコを廃し、世界に向かっていく国の末を必ずや見てやる。

信長の椅子の前にさきほどとは違う大口袴《おおぐちばかま》、単《ひとえ》、長小袖をまとった主上の勅使らが奏上に立ったのを目にして牛一はまた慌てて下書き帳を筆でなぞった。

〈貴賤群衆、雑民を前に信長、天子の御勅を賜る。戦乱熄み、かかる目出度き御代になれり。かくなる上は、羅馬国《ローマ》、西班牙国《スペイン》より伴天連どもをさらに倭国に召し寄せ、信長公御威勢を世界に弘め推し詰めるべく、禁海令、禁教令は無用の事、本日の馬埒儀式にて証されたり〉

二十一

その夜、信長は本能寺に戻った。晴れの馬場からいささかの昂揚もひきずらず地階黒金門から二階花鳥の間にあがった。

北側、能舞台を正面にする永徳筆による鶴と松を配した画ではなく、雪村《せっそん》派、雪渓《せっけい》の筆に目をそそいだ。鷹が爪を立てて小兎に飛びかかる一瞬を描いた左隻《させき》の画を右隻の童子が見つめている四双の屏風絵である。

茶筅髷《ちゃせんまげ》を結い、落とした肩から手先もかくれる長羽織をかぶった画の中の童子の視線に邪気がない。

童子は兎が鷹の鋭い爪で引き裂かれる間髪を待っている。

本能寺をミヤコの常宿のひとつとしているのはこの純朴の童子の目に出会いたいからだった。

オレにもこんな時があったか、なかったか。

不意に、実際にそうするわけではないが、永徳に水洟《みずばな》を飛ばしてやりたい気に迫りあげられた。眼前の意匠を凝らした花鳥図にいわく言いがたい、撥ねつけたい反発を覚えた。白首、長袖の勧修寺晴豊に「内裏対屋《たいのや》の障壁画をわれに」とねじ込んでいったのはいかにも浅ましいが、そのことが勘気に触わるのではない。

密かにおのれを誇る様子が画風に表れている。これがこの男だ。いつぞや、筑前が堺の利休に腹を切らせたい心持ちのせりあがる時があると申しておったのは、この心情か。

膝元には革表紙の『君主論《イル・プリンチペ》』訳本がある。

ほかに、『リスボンからゴアに向かう船隊の仕来《しきた》りについて』『ハポン渡海報告』もある。ゴアで副王の秘書を務めたリンスホーテンら複数人が書き継いだこの綴り冊は、のちに『東方案内記』として大航海の時代を伝えてそれぞれの寄港地で評判となった。その省略録だ。信長にはなによりの進物だった。オルガンティーノを支える修道士《モンへ》らが共同で日本語に訳して恵存《けいぞん》とした。

別の訳書に、リチャード・ハクルートという者の『探検航海記』、モンテセッコの『信仰の勝利』がある。フロイスら幾人かの司祭、布教長らが訳した。これには膝を打った。聖職者の乱倫を糾弾していた。

比叡山に火を放ち、僧俗三、四千を殺したすぐあとに、この書に出遭った。

モンテセッコは綴る。

〈近年、司祭の貪欲、堕落、悪徳がすさまじい。これが神に帰依する者の所業か。同じ司祭である私も間違いを犯したがおのれを断罪できなかった。その私自身の罪とともにキリスト教信仰の名の許に忌むべき野心をふるまっている教会奉仕人の悪徳を、ここに閉じ込める〉

武田や毛利討ち取りも大事だが、書巻によって世界のことを知るのは胸が躍った。

坊主を焼くだけに非《あら》ず。天子、その一統一族も閉じこめておかなければならない。

信長は多忙を縫って、切支丹修道士たちが訳して手許に届けてくるそれらの書冊を精読した。夜に、呑めぬ酒に口をつけて半酔の心地になるより、ずっと心を動かされた。

宣教師、交易商が持ち寄る訳本には、未知、好奇の事物、事象があふれている。ことに海の航海とはいかに為すのか。リンスホーテンらの綴りには心を奪られた。

〈船隊を組んだ船々には四百から五百の海員と兵士が乗り組む〉

〈往きには乗員用の食用油、葡萄酒、食料を積むだけで荷は載せない。帰りに専売商人から胡椒というものを買いつける。これが巨額の資金となる〉

〈四月廿日。われわれはギネアの海岸沖を通った。この海岸は北緯九度から赤道まで続く。頻繁に雷が鳴りわたり稲妻が光って、すさまじい風雨が襲来する。そのつど帆を降ろし、中央の大檣《だいほばしら》を甲板まで下げる。それを一日に十回から十二回繰り返す〉

〈赤道近辺は耐えがたき暑さで船内は悪臭に充つる〉

〈ついで嵐がくる。降雨、さらなる雷鳴、凪が繰り返し、ときにその近辺で船は二、三か月も停滞する。私どもが《神の恩寵《ガラサ》にもっとも遠い町》と呼ぶゴアに入ったのは、九月三十日だった〉

これらの記述に心が躍った。

ヴァリニャーノたちはこの艱難をくぐり抜けてわれらの国に辿り着いたのか。皆が口にする赤道とは何か？　海に赤い道をどうつけける。

さほどのカネになる胡椒とはなんだ。

ときおりすきま風に煽られた蠟燭《ろうそく》の炎が揺れて、画の中の童子の眼も震える。盛儀を済ませ、満座の前で主上から礼を尽くされたことの矜《ほこ》りも、わが身にあびせられた勝鬨《かちどき》を思わせる歓声も馬蹄のどよめきも、馬揃えから数刻後のいまの耳に残っていない。宴のあとの場はただの空虚だ。

画のなかの童子に語りかける。

おいおぬし、昼間見たろ。虚ろな空間の行宮《あんぐう》、儀も果ててみれば寂寞《せきばく》しかないな。アレらどもは勅使を使っておれに世辞を連ねに来たが、奴らの余命はもはや朽ちたり。長塀の中で生まれ落ち、いかなる疑いもなく生を終える。戦ったこともなければ、耕作したこともなく、ローマ国もスペイン国も赤道も知らず、蹴鞠《けまり》を続けてきただけの飾りどもだ。

左様なアレら、ミカド、長袖どもにいかなる生きる理屈と名分、役儀がある。この国にミカドは無用ぞ。オレは馬で山谷を駆け巡って何万の命を踏み殺してきた。

兵乱、修羅の世に野望を抱いて戦って、勝利したからこそ主君の名分が立った。

今日はあの生白い者どもに泡を吹かせてやりたいと惟任に仮行宮も造らせた。奴らを死出《しで》の道に追いやる号砲を放ってやった。

ヴァリニャーノら伴天連司祭が目の前の桟敷に坐して、長袖どもは腰を抜かし、目も胸も剝いたろ。よき眺めであった。見ていろ。オレがアレらを滅ぼす。力量なくただ血筋で生きてきただけの者が必滅するのは理の当然だ。

童子よ、扨《さ》ても聞け。オレはすべての物象をオレひとりでさばいてきた。天にも地にも託したことはない。今川討ちを熱田の宮で禱《いの》ったオレの相手は神でも天でもない。あの折り、オレはオレに大望をあたえた。幸若舞も、おのれに舞って見せた。

だが今宵、何ゆえか何に対してかは分からぬが、揺さぶられるような心騒ぎが胸から離れぬ。よもや朝からの熱気を夜になったいまも曳かせているわけではなかろうが、今宵は、ただならぬ気配がオレをたじろがせる。

童子よ、教えてくれ、オレのこの先に何が待つ。

世上はともどもオレが天下人になると口を揃えておる。さような戯《たわ》け口にオレが耳を寄せると思うてか。

その前に、どこぞの粗忽者がオレを奪りに来る。

「御屋形様本日の儀、一代の盛事でありました」と世辞を吐きに来る者が必ずいる。盟を結んでいるとはいえ、フクロウ目の家康か、惟任キンカ頭か、筑前サルか。それとも、姥口《うばぐち》釜《がま》の勝家か。ことごとく皆が、長治、村重、久秀、長政になるのか。

童子よ聞け。一番に追従をならべに来る奴が裏切ることだけは確かだ。或いは、アレは役立つ男だと、その者をオレに紹介したがる奴も油断ならぬ。逆に、アレには気をつけよと言ってくる者もいる。そ奴こそ必ず裏をかく。

揉み手の内側に毒針を、追従の舌の裏に利を謀る二枚舌を仕込んでいる。よもや中川重政、塙直政、簗田広正、津田一安だけは裏切るまいが、さりとてそれも怪しい。然《さ》りながら数多の背信を躱《かわ》し、戦雲を越して成す新しい世とはなんだ。

そもそも来るべき世への望みは、オレの理にかなっているのかいないのか、それが分からぬ。

フロイスに教えられたリンスホーテンと申したか、その男の略記にあった。

赤い道の下は堪えがたき暑さ、風雨と雷鳴が打ち続くとある。地球儀のあの真ん中の太い線のことだといぅが判然とせぬ。船はあそこを四百、五百の者を乗せてふた月もみ月もさまようらしい。それに較べ、オレは九鬼に鋼板の亀甲船をつくらせ、志摩《しま》熊野から大坂本願寺の湾に回航させただけだ。

それにしても、四、五百を乗せる大船とはなんぞ。オレにもさような船が造れるのか。いずれ、イスパニア、ポルトガル、ローマ国が圧倒的軍勢で日本に攻めこんでくるかもしれぬ。われらはそのことにもまだ気づいておらぬ。

おい童子、聞いておるか。武田毛利を討ち、次には天朝をくつがえし、そのあとに。いかにも鹿ケ谷《ししがたに》に倣い、まこと、ミカドを弑《しい》し、世を革《あらた》めるか。

保元の乱で敗れた崇徳《すとく》は讃岐に流されて万斛《ばんこく》の恨みを抱いたまま死んだ。死ぬに際して血文字で「日本国の大魔縁となり、皇《おう》を民《たみ》となし、民を皇となさん」と念じ書いたという。その通りだ、皇と民をひっくりかえす。これほどに世を革める法があろうや。

オレならやりかねない。やれる。アレらへのこれまでのおれの起請《きしょう》、誓紙はすべて擬態よ。

オレに残る敵は正親町だ。愕くことではない、ミカドを廃してこそ、イスパニア、ローマ国に攻め込まれる東洋の国の新しい御世だ。新しき時世を拓くには、基《もとい》から革めねばならぬ。何事かは成るのではない。成す。

アレどもが長袖に懐剣をしまい謀反の根心《ねごころ》を隠して、厚顔にも朝議を催すため内裏屋敷の復興費をねだり、伊勢の宮の造り替えを頼んできた。いったいおぬしどもは何者だ。手の裏と表をつかいわける小細工を身につけることだけがおぬしどもの一生か。もみじの葉か。

安土山の新しい城に、オレがミカドを招く本丸御殿・御幸の間を造ったと褒めはやす向きもあるが、なにあれは、ミカドをオレの足許に敷き、閉じ入れておく牢舎のつもりよ。

正親町を皆、御大層な主上のように言うが、アレは、毛利の奸計大名の献上金で即位して各国の大殿どもに朝廷の恩義ふりまいてカネを吸いあげる奉加の勅命を出してな。皇位を辛うじて継いだ男よ。

童子よ、おぬしにかようの繰りごと相すまぬ。

何程でもない詰まらぬことが胸に這い出してくるのでな。

山名、細川が十五年焼き尽くしたミヤコは百年経ってなお荒れ放題だった。ミカド、シロクビらどもが手にしてきた荘園の上がりは、戦さのせいでつ いえた。正親町も、まことに食うに困った。

正親町に后妃《こうひ》はないが、子ら一家が四十人、オレはこの者どもにひとりあたま一日、四合余りを給しておる。まわりの五十人の公家どもには毎月、十五石の扶持をな。これについてはなんの怨み言もないが。

公家どもはこの十五石の半分を食に、あとの半分を暮らし向きの足しにするが足りぬ。切羽詰まって書画を売りに出すなどしておるという。

血筋を誇るだけのその男どものためにオレは新しく御所も建ててやった。

これまで、アレらどもの住まいは、松の厚板を打ち付け、葦と土で固めた壁のあばら屋だ。どこもかしこも開け放して、番人も配されていなかった。

物乞い、商売人、誰でも入っていくと、正親町帝の跡継ぎの東宮（皇太子）などが、蹴った毬をひょっくり捜しに出てきたりする。折角だ。御所ぐらい造ってやらねばいたしかたなかろうと、骨を折った。

しかしいまは、奴どもの牢舎牢獄をつくったつもりよ。

童子よ、だが尋ねる。事を成して、世を革めてその次には何がある。

それが見えぬのがオレを騒がせる。オレは畢竟《ひっきょう》、馬揃えを披露してわが天下を終《しま》いにするのかと今日、あの金色の曲彔《きょくろく》に座し、次いで衆の前を黒鹿毛でめぐって思った。

ミカドを閉じ、オレは果てる。十三歳の武者始めより茫々三十五年、討って焼いて殺してきたオレに何が待っていた。ミカドに御所を建ててやるほどのことしかできぬのか。

ひとはいずれ死ぬ。この世は苦界であるほかになにものでもない。嬰児は泣きながら生まれ、長ずると戦さに戦さを重ねながら泣き暮らし、老いてまた泣く。泣きながら果つる。

泣かぬあいだは朝に命があったと安堵し、夕には夜が明ければ死するに違いないと恐怖する。

ならばこの世に生まれて来ず、ひとたび生まれたとしても早く果てたほうがよくはないか。だから殺してやる。オレもまたそうなる。

早まるな、聞け。改悛しているのでも自省しているのでも、揚言しているのでもない。矜持も卑下も諦観もない。童子よ、おぬしの目にオレは胸がつまる。

聖書の中のアレは、ヴァリニャーノはなんと言ったか。生の儚さを説いた詩句。そうだ〈ヴァニタス〉だった。

【草原は輝き、花は咲き誇り、されどそれは暁《あかつき》の露に似たり】

右近、ヴァリニャーノの申すように、童子よ、アレは『敦盛』に通じるか。〈ひとたび生を享け、滅せぬもののあるべきか〉と謡うオレが舞った『敦盛』だ。

今宵は話が長いな。されど正親町のことだけではのうて、心を騒がせるいまひとつが奴らどものことであるのは分かっておる。

奴らは虎視眈々と機を窺っている。オレと結託して武田を討ったものの尻尾を摑ませぬフクロウ目、上目使いでオレの顔色を伺うキンカ頭、腹に、黒と赤、何色もの闇を含み持つサル、オレはひょっとして奴らに食い殺されるか焼き殺されるか。

ならば思い通りに殺されてやってても良い気がせぬでもない。何があろうと是非はない。

いや童子よ、一遍しか言わぬ。父子《おやこ》の縁を切ると叱責した信雄がキンカ頭と闇で企み合っているのではないかと夜毎疑心が募ってな。オレは一番身近なアレどもに縊《くび》り殺されるか焼かれる。童子よ、そなたと話すのはこれが最後だ。憐れんでくれ、傷ましいと蔑んでくれ、泣いてくれ。

誰が忍び寄ってこようと安らいで眠るぞ。一生の仕上げは眠りだ。土から這い出てきた蝉もオレも、この世で下天の夢を見た。そうだ、眠れ。眠ってよい。

そういえば、牛一がオレに教えた。ヴァリニャーノから聞いた話だ。チェーザレ・ボルジアは敵と内通していたと疑いのあった男を刺し殺し、広場に棄て置いて高札を立てた。

〈見よ。苛酷な政治《ポリチコ》を布いた男をここに廃した。堕落せる者をここに廃した。これぞ、健全なる裁きなり〉

集まった市民は歓呼で応えた。ほかにもチェーザレは、夕べに親しく迎えた相手を夜が明けぬうちに密殺したとヴァリニャーノから耳にした。

オレは、あ奴らフクロウ、キンカ、サル、いや、信雄だ、アレらのせせら笑いをかいくぐり、塀の中で毬を蹴っている長袖どもを政治《ポリチコ》の技量で抑え込み、皆のいう戦さのない新しい時世をもはや成すことはできぬのか。高札はどう書く。いやもう左様なことは打ち捨て、やはりオレはひたすら眠りたい。

ヴァリニャーノは『君主論《イル・プリンチペ》』を藉りて申しておった。

【まず、力と謀略で勝利をおさめよ。味方をつくれ。民から愛され、怖れられよ。兵士に命を守らせ、畏敬されよ。危害の刃を向けてくるものは迷わず抹殺せよ。旧制度を廃し、新制度に革めよ。老を追い払い、新を起用せよ。君主自身は厳格であれ闊達であれ。忠実でない軍は廃

し、平安を奪い取る新軍を創設せよ】

源家《げんけ》、平家、足利はいうに及ばず日本でこのような要諦を残した者はあったか。シナ国の孔、孟、老も無用の駄物。いずれも、俗世の仁と義と上下の弁別作法を説くばかりで、しかも大差はない。わずかに孫子が軍略を伝えたか。

あれらに較べると『秘蔵宝鑰《ひぞうほうやく》』で人間の種々相を著し『十住心論』を説いた空海はましだ。あの坊主は波濤を越えて唐より、仰ぎ見ねばならぬ宇宙の哲理を招来した。オレが斬った今の高野の勧進坊主どもとはえらい違いだ。空海は広く世界を知っていた。

時世は下《くだ》って、赤い道を越えたはるかな先に、為政の道理を説くような者があることを知っているのは、オレだけだ。

大名、各方面軍の宿将、塀の中の公家ども皆、世界も赤道も知らぬ。宇宙も知らぬ。

ヴァリニャーノの言葉はオレを揺する。

【人間で在ることに安住してはいけません。宇宙を視よ】

オレはこのところ、毎晩きまってマキアヴェリを開いてきた。

彼《か》の国の言を日本に移し替えているために訳は時に生硬であったり曖昧であったりするが『君主論《イル・プリンチペ》』はオレだけが知る政道の技法となる。宇宙観にもつながってこうあった。

【憐れみ深い君主は往々にして混乱を招き、やがて殺戮、略奪に導く。だが、残忍な人物とみられていたチェーザレ・ボルジアは、その者に較べ、ごくたまに見せしめの残酷を示すがあとはずっと憐れみ深くあった。処刑を言い渡すのは一部の個人だけにとどめる。逆の慈悲深い君主は処刑をためらい長く多くの領民を傷つける】

扨《さ》て、童子よ、其の方分かるや。信雄、キンカ頭、サル、遠江、奴ら四人のうちのひとりがおれに襲い来たれば、勘定してみろ、何人が残る。三人が残る。だが、マキアヴェリの箴言にあった。

【主君を裏切った者に同調する者はない、同志は獲得できぬ。おのれで勝手に膝を折って崩れていく】

となると、天下を奪るのはひとりだけだ。だがな、どの奴にも深長な考えはない。海の外のことを知ろうとせず、禁海令、鎖国令、伴天連追放令を布告するさようの脳味噌しか持ち合わせておらぬ。この日本の中でのみの天下布武を呼号しているためだ。

天下とは日本のことか。天下は地球儀のことだ。

サルめが言いおった。いま国を閉じねば、イエズス会の手引きで、イスパニア、ローマ国、フランス、ポルトガルなる国が、日本に攻めかかって来ると。アレは肝がこまい。文永《ぶんえい》、弘安《こうあん》で二度も蒙古《もうこ》が寄せてきたが、上陸することもできなかった。サルに地図を示してやった。蒙古は、ほれ日本の隣りだ。エウロパはここだ。どうだイエズス会もローマ国も遥かに遠いだろ。

あれらが半年もかけて大船団で押し寄せて来ることはできぬ。されど、われらが見るべきは海の彼方の諸国時世ぞ。

ミヤコの主上と長袖どもは、オレのようにチェーザレのように人を束ね殺し、括《くく》り焼いたこともない。これより世界の国が攻め込んでくるとただ震えあがっておる。

童子よ、ではいかがいたす。フクロウ家康はハリネズミとなって全身に針をおっ立てて松平一族一統で末代まで凝り固まろうとする。あ奴の脳味噌にあるのはせいぜい、おのれの家門だ。軽躁もんのサルなら、イスパニア、ポルトガルに敗けぬ軍兵、軍船が成せれば、ゴア辺りに攻め走るかもしれぬ。いや、あのお調子もんにさほどの力はない。せいぜい朝鮮か明国に打って出るか。

オレか。オレなら戦さ支度を整え、ミカドを囲いに閉じ込めて国を開く。赤道を越えることのできる巨艦を何十隻も用意しようぞ。

新しい世をつくるというのはこれまでをすべて打ち毀《こわ》すことだ。そして、ヴァリニャーノに教えられたが、新生《レナシミエント》する。上から塗り直すのではない。鼎《かなえ》を返すようにすべて初めから国を創り変える。

地球儀でしか知らぬが、会安《ホイアン》、交趾《コーチ》、呂宋《ルソン》、仰光《ヤンゴン》、奴らどもに上げ舵《かじ》を取らせれば労も少ない。

ヴァリニャーノには多くを教えられた。あれほどの者がわれらの周りにいようや。顔を見てもたたずまいに接しても分かるが高貴と美しさを具え、だが、若い時分には夜な夜な酒におぼれ女を切りつけて獄に入り町を四年間追放されたという。礼節は尽すが、他人の欠陥には容赦がなく、冷たいところはあるが、まあ許せ。オレも人のことは言えた義理ではない。その男が「世界のどこへでも、もっとも困難な異郷の地へこそ」と布教をめざして海原に出た。

この世に在り続けるより、死ぬこそ是非もなしとオレは決めた。われらも、困難な異郷に命を賭して発とうぞ。

コレアラタナリ。維、新たなり。〈安土維新〉と名付けようかや。

されど、オレにその年月が残されておるや。今宵、殊にオレをおののかせるのは残余の年月のことか。童子よ、憐れんでくれ、泣いてくれ。

迷った時こそチェーザレは駆け出したと、マキアヴェリは綴ってある。

いつの時も新生《レナシミエント》をめざせ。たとえその行為が難じられても帰結がよければ人は指弾せぬ。その思いを秘めて、チェーザレはトスカーナの山を駆けめぐったという。オレも、行くのか。いや待て、瑣末な思いが浮かんだぞ。永徳はどこにいる。京か安土か、ただちに呼べ。

二十二

「なるほど御屋形様なら、かような横道《おうどう》も通るということですか」

太田牛一を訪ねてきた狩野永徳は、『信長公記』の控え書きが散らばっている安土山下《さんげ》の牛一の仮寓屋敷の書院に坐るなり、薄い唇を震わせた。きゅうり顔の目が吊りあがっている。牛一の仕事の場は半分、御城内〈蘆雁の間〉からここに移っている。

永徳は荒い息を吐いて駈けこんできた。

三十九歳、壮年のさかりだが、痩せ柄で、たえず気病みに追いかけられている。

この者がとだれもが愕くが、聚光院の天空に駆け上る墨書きの荒ぶる樹幹、きらびやかな金箔の雲の下に広がる洛中洛外の大画を成した。

だしぬけに牛一に取りすがる。

「お聞きねがいます。大変なことが出来《しゅったい》いたしました。

御屋形様が〈安土城図屏風〉をローマ教皇国なる国に献呈すると申されておるそうでして、左様な我利非情、御屋形様はお狂いあそばれたのでしょうか。和泉守殿、なんぞお聞きではございませぬか。

ローマ国に持って行かれるのですよ。あなたさまにもここで下絵描きの折りからご覧になっていただきました。狩野一統はこんな目に遭うために、あの屏風を描いたのではございませぬ。

父上も嘆き悲しまれてとうとう臥せられた。

めったに声をあげない方ですが、御屋形様の没義道《もぎどう》としか申しようのない御存念を伝えますと、かっと眼を開かれてぎしぎしと歯ぎしりをなされ、魘《うな》されるばかりで声を出されません」

矢庭に難題を持ちこまれた牛一は、何も答えられない。

だが永徳は同じ訴えごとを繰り返す。そのあいだ、畳に落ちている反故《ほご》の切れ端や固まった墨のこぼれを掌、指でしきりに拾い寄せた。

激したり、途方に暮れたときの癖のようだった。日頃から尻のまわりの微細な紙くず、木っ端、髪、埃が気になって絶えず掻き集めずにはいられない人柄だ。

「〈洛中洛外図〉、〈源氏物語図〉、わいどもが精魂を傾け集めたあれらはいま上杉か朝倉氏の所にある由《よし》でしてな。もうミヤコにはございませんのです。

越後か越前、加賀、さような鄙《ひな》にね、御屋形様が進物《しんもつ》なされた。ミヤコにあってこそ値打ちもあるのですが。あのような人も通わぬ山谷に囲われた鄙城《ひなじろ》で誰の目に触れるというのですか。しかも戦さが起きればたちまち焼け滅ぶ」

「いかにも」

「和泉守殿、それがこたびは、〈安土城図屏風〉が狙われたのでございます。しかもローマ国とかポルトガル国へとか。誰も見たこともないこともない御国です。

出来上がったばかりです。御城内で目にされた方は惟任様、筑前様、父・信長殿より家督を譲られている信忠様、ヴァリニャーノ司祭、方面軍の家臣団であられます摂津様、氏家様、管屋様そして御手前・太田和泉守殿、その他わずかな方だけであります」

正親町天皇と公家も観覧を切望したが、信長は排した。城図屏風は、最もかぎられた者だけしか目にできていない。しかし、御城内の障壁画については見学が許され、諸大名、その部将、旗本、吏僚、御見廻り衆までが押し寄せた。二ノ溜まりで死人の出る騒ぎもあった。

城内の凝った仕掛け、障壁画を見に来る者の狂騒を牛一は控えに書き留めてある。

〈大名・小名御連枝《ごれんじ》の御衆《おんしゅう》、各々在安土に候て、御出仕あり。百々《どど》の橋より摠見寺《そうけんじ》へ御上りなされ、生硬敷《おびただしき》群衆にて、高山へ積上げたる築垣を踏みくづし、石と人と一つになってくづれ落ちて死人もあり。手負いは員《かず》を知らず〉

〈御座敷、各間毎に、狩野永徳御筆仰付けられ、色々様々あらゆる所の写絵《うつしえ》筆に尽くさせられ、其上四方の景気、山海、田園、郷里、言語道断面白き地景申すに計りなし。殿中悉く惣金にて日に光り、何れも四方御張付け、絵はかかやき、心も詞も及ばれず〉

牛一は言い添えた。

「さすれば御城内障壁画も、屏風も見事なお出来栄えでありました」

永徳は唇を噛んだまま応えない。

続ける。

「まことにローマ国に持って行くと申されたのか。さような途轍もなしのこと……ヴァリ殿のお手土産とでも致すおつもりだろうか。皆々の口の端が言うにすぎぬのではないか」

「いえいえ」ゆるく首を振る。

「噂を耳にして憂えておりましたところに、本午前《ひるまえ》、御小姓頭の菅屋長頼様のお呼びたてがございまして、御屋形様よりじきじきの御下知が」

二層、潮音の間に伺候すると、平伏した頭上にだしぬけに声が降ってきた。

「来たか源四郎」法名の永徳ではなく、名で呼ばれた。

「日本の者がまだだれひとりとして行ったことも見たこともないポルトガル国の王、ローマ国の教皇に、そなた入魂の屛風を呈する。慶賀ぞ」


思いもしていない下命で、しかも仰せつけはそれだけだった。

傍らにあった御側近・堀秀政《ほりひでまさ》の祐筆・須賀利蔵《すがとしぞう》に信長は顎を振った。

「そなたより、よしなに。不服なら腹を切れ」

それからさっと背を向けた。

堀は、本願寺攻めで側近に取り立てられた能吏で信長に侍る。

祐筆・須賀が堀に代わって永徳に口添える。

「上様からお聞きしたことを申し伝える。御屋形様はな、日ノ本《ひ》ではのうて、海の涯を見ておられる。そこもとの画が尽くしがたい御役に立つ。等伯ら長谷川の画はせいぜい京の寺か、そこらの貧乏城に飾られる態《てい》のものだが、そなたのこたびの大成は天下に比類ない。ローマ国も驚嘆するであろう。

これもひとえに御屋形様の御晴眼にかなったゆえ。安土よりローマ国へ、奇縁、天の恵みとすべしよの。ただし、腹を切れというのは威勢の脅しではない。本音でござる。それを下知された者は皆、仰せの通り見事さばいた」

安土キャステッロを写し取った大胆な構図と豊かな五彩金箔にあふれる屏風絵だ。

入母屋の濃い青の屋根、金箔を貼った瓦、金色の瓦飾り当て、赤い柱に囲われた八角円堂、上部が尖塔のかたちをした花頭窓から、黒漆の下見板張りまで微細に描き込んである。

中央に、八角寄棟から空に突き出したかたちのこれまでの日本にはない天守がそびえる。

永徳はその城を右隻六曲の右端ぎりぎりに位置する安土山の上に配した。

安土山そのものを屏風の片端の位置に据えた奇想の構図である。城の屏風画であるのに、城はすなわち、左右隻あわせて十二曲一双のいちばん隅に配されている。

さらに、城は、全体の外観五層をそのままに写すのではなく、山裾に這う切石積《きりいしづみ》から上部、一層二層の壁面を金雲で隠してある。

遠近の妙を表すためだった。

戦国をかけめぐる武将らは〈城〉とは土を盛る、土と成の会意であると心得ている。聚落の中心域に土塁を盛り、石垣を積み囲って守る。それが城だ。

と、大方の者は〈安土城図屏風〉に、その天下石垣の盛観を想った。

ところが永徳の屏風図の城は山の上に突き出て、町を護るというよりは片隅に孤独に屹《た》って見える。初めに、この下絵意匠を目にした信長もさすがに息を呑み、ついで珍しくためらいがちのようすで尋ねた。

「城は中ほどに配さぬのか」

「いえ、畏れながらこれにて進めさせていただきとう存じます」

信長は一瞬、永徳の横顔に目を這わせ、ややあってから「であるか」と口癖を戻した。

城を中央に据えると、視線は城に向く。目にした者はそれだけで満悦をおぼえて了とする。安土城は凡百の城ではない。天下城だ。その城にかしずくようにあるのが安土の町だ。

信長公の御館であると同時に、城下の安土の町が日本そのものを表す。城を取り巻く楽市の賑わいまで微細に描いてこそ、信長公が目指したこの国に住む者のかたちが顕われる。

下絵意匠の説明の折り、問われればそのことをいおうとも永徳は身構えていた。だが信長は何も尋ねることなく諒解した。

堀秀政の祐筆・須賀利蔵は永徳に言い添えた。

「わが主殿・秀政からのお言いつけでございます。主殿は御屋形様から、そなた赤道というものを知っているかとご下問されたそうです。

北極星はどうだ。ヨーロッパにどれほどの切支丹寺があるか存じおるや。あれらが航海いたす船には一度に何人の者が乗れるや。

秀政よ、余はその船で日本に渡って参ったパードレや、修道士《モンヘ》の手に訳された書巻を読んだ。世界なるものがあって、どうやらそれは円い地球というものの上で波打っておるらしい。動じることも怖れることも要らぬが、遠くないうちに怖るべきものが押し寄せてくるやもしれぬ。なに、されど余はひとつ考えついた。奴どもが地球儀に見る東の端の国に、かようなキャステッロというのだがな、城だ。安土のキャステッロが天にそびえ、裾に広がる町、これはピアザフォルテと申すそうだが、キャステッロとその下に拡がるピアザフォルテだ。賑わっておるところを見せてやろうと思うてな。それには屛風が一目瞭然の至便」

「そのための御献上でございますか」

「そなた、フィレンツェ、ローマなどと耳にしたことはあるか」

「いえ」

「エウロパの賑わいとはいかなるものか余にも分からぬが。されど、余のキャステッロと、余の定めた楽市楽座がフィレンツェ、ローマのピアザフォルテといかに違うか似ておるか、知らしめるのは面白い。城の下には同じ青色の屋根を持つ切支丹の、セミナリヨというがな、三層の教会堂もそびえておる。それを成したのも、エウロパの者に見せるため。どうだ。誰も考え及びもつかぬ天下策だと思わぬか」

矢庭の呼び出しに加え、主人・堀秀政には答えようもない耳にしたこともない話ばかりだった。何も奏伺《そうし》しえずに引き下がったと。

さようの経緯であったそうですと、須賀は永徳に伝えた。


永徳は須賀を送ってから、書院の畳に頽《くずお》れた。

狩野派一門のうち四十人が四代目の父とともに二年を入魂した至極の屏風図である。自身は、京の家屋敷を弟の宗秀《そうしゅう》に譲り、所用の折りにだけ京に上る安土暮らしを送ってきた。

これまで七十人が安土御城内にめぐらす障壁画に取り組んだ。屏風と障壁画に合わせて百十名の大業である。

二層目には〈金地墨梅図〉、さらに壁全面に、洞庭湖を画材とした〈煙寺晩鐘図〉ほか種々の鳥の図。

一層から吹き抜けになっている三層には花鳥、唐人物図、諸仙人図。

さらに天主の十二畳の御座所の付け書院に至る天井、襖、柱絵に、昇り竜、釈迦説法図などを描きこんで、狩野派畢生《ひっせい》の大事業とした。

城内障壁画と、城の外観を俯瞰した城図屏風、これで狩野派の安土絵は大成をなしたと肩の荷を下ろし、静かな喜びの余韻に浸ったあとだった。よもやの難題が脇から刺さってきた。

エウロパのローマ国へ、見たこともない遥かな大海を渡るに雨、風、大波がないわけがない。それを越えて持って行くというのか。

牛一にこぼしに行ったように、狩野派五代目・永徳、精魂をかたむけた〈洛中洛外図〉〈源氏物語図〉はすでに、ミヤコから離れ、再び目にすることのできぬ北や南の地に散っている。次から次へ、つくった先から運び去られる。あとは落城とともに焼けるか血汐を浴びて滅するか。今度はローマ国へ。なんと呪われた業《ぎょう》よ。

蹲《うずくま》ってしまった永徳は弟子の光信に手をとられて辛うじて歩きだした。

無情なり、御屋形様！

信長があったればこそ、狩野派は私の代になっていよいよさかった。だがわれら一門が全霊をかたむけた所産をなにゆえ、むざむざ炎か嵐の波間に撒き入れる。

信長に育てられ、信長に滅せられるや。

父・松栄も痛哭《つうこく》した。

全十二隻一双の〈安土城図屛風〉、城の下の近景は、右隻から左隻までほぼ全面を楽市楽座の門前市をなす安土町の賑わいで埋めた。〈安土城図屛風〉というより〈安土御城下繁華図〉のおもむきである。〈洛中洛外図屛風〉で評判を取った画材、画技にもういちど挑んだ。

信長の夢と野望がここに詰まっている。

城内で屛風を見た牛一は、控えに綴った。

〈麓の海道往還引続き、昼夜絶えずと云ふ事なし〉

近景のいちばん手前、大手門のすぐ向かいの青い甍《いらか》、三層のコレジョは、遠近の描法によって、城より大きく描かれている。

そこから左の曲に向かって、杉皮に丸石を載せた屋根屋根と大路小路が八達している光景がまず基本となっている。

街道、細道脇道には男女がむらがり、芝居櫓《やぐら》の下では女が手を打ち叩き、十六間堂の通し矢回廊の前では男らが取っ組み合いの喧嘩をし、神輿を担ぐ群れに扇を振って囃し立てる者があり、仮装行列に混じって伴天連衣装の者が歩き、寺の本堂裏で坊主が女を抱きすくめている。振りほどいて逃げようとする女の表情には、まんざらでもない浮かれ表情が見える。

銅鑼を叩き鳴らして喜捨を乞う勧進坊主がおれば、道端に這って辞儀を繰り返している物乞いもある。それらの隙間を、俵を背に載せた馬の列が行き、橋の上で刀を振りまわしている集団がある。湖からあがったばかりの荷を足で蹴り飛ばしている男、脇でその男の妻子らしき者が泣いている。

大型の船が通り過ぎたのか、五、六艘の小舟が大波に揺すられて転覆しそうなようすもある。手前で、男の広げた投網に海老、小鮒が盛り上がっている。海老の細い髭も描き入れてある。

ほかには、軒下で舟をつくっている大工、石を割る石工、大秤《おおばかり》に俵を乗せている男、童が串団子を立ち食いしている。

到底数えきることのできぬ者が右隻から左隻を踊り埋めて、楽市楽座のようすが手に取れる。

その細密の向こうの中景は城から四里と少しばかり先に突然立ちあがったような正三角の近江・三上山《みかみやま》の裾から湖の葦原に続く。障壁画にも三上山は配されているが、やはり目がほっと安らぐ。

遠景には、湖向こうの坂本の城、堅田の岸辺を這う帆船、湖面を舞う落雁まで写し取られ、雪を抱いた比叡、比良の山並みが霞んでいる。

二十三

「なにとぞ。なにとぞ御屋形様によしなにお取り計らいくだされ」

牛一を訪ねたこれよりひと月前、御所西側・蛤御門南隣りの屋敷で勧修寺晴豊に、永徳は父・松栄、子・光信とともに畳に頭をこすりつけた。

堀秀政から遣わされた祐筆・須賀利蔵の訪ないを受ける前である。〈安土城図屏風〉をローマ国に遣るとの信長の下命はまだ知らされていない。

勧修寺は、うがいを吐き出すようなだみ声で返した。

まもなく始まる御所内裏の修復造営で、内裏の東西対をなす対屋の障壁画が、前評判の通りに長谷川等伯に依頼されたという。

狩野派には、なんとしても食い止めなければならない横車だった。等伯に仕事を奪われてはならない。

「たっての申し越しかの。口をきいてやらぬでもないが」

晴豊は、鼻の両脇に伸びた口髭を細い指先でしごいた。従一位権大納言の冠位にある公家で、三十七歳の男盛りだ。信長と大坂本願寺・教如との和睦の起請文を成立させるなど、武家との橋渡しを負う伝奏役、長袖衆の重職である。

公家には珍しい浅黒い顔、熨斗目《のしめ》小袖を脱げば筋肉の盛り上がった肩を見せる偉丈夫だった。目玉も地声も大きく、隠しだてが利かぬ。武家との折衝は皆が尻込みするなか、この男がいちばん適していると評判の人材で、押し出しも強い。しかも風邪でもひいたか、だみ声である。

狩野親子三代は平伏したまま、面はあげていない。

松栄六十二、永徳三十九、光信《みつのぶ》十六歳の三代である。

この親子と弟子たちで、勧修寺屋敷・南庇《なんぴ》ノ間と東庇《とうひ》ノ間の襖絵を仕上げたばかりだった。

南庇は、公家武家が寄り集まって連歌興行がなされる四十畳敷きの大広間、東庇は主に接見、謁見に使う。山科の勧修寺本寺は京都市中から遠いために、内裏に近接した蛤御門にこの客坊がある。

南北ふたつの間に四曲一双の〈四季花木《しきかぼく》流水図〉ほか、季節の花に百舌鳥《もず》などを配した花鳥押し絵図を完成させた。

初めて呈した時、狩野一派のこれまでにはないやまと絵のこまやかな叙情を取り入れた屏風に、晴豊は称賛を惜しまなかった。

だがいま、あからさまな渋面をこしらえて声を捻りだした。

「等伯に請け負わせるな、われに寄越せと？」

晴豊に問い返されて、松栄と永徳はさらに頭をこすりつけた。若い光信の頭《ず》はやや高い。

「いかにも、左様で」

等伯は、狩野派に代わり画壇のしかるべき位置を確固のものにしようと立ち向かってきていた、四十三歳と生気いよいよ壮んで時流に乗っている。短期日だが松栄の直弟子だったいわくがある。狩野派様式の画技だけ学び、狩野派への献身はなく、去った。

内裏造営奉行となった民部卿《みんぶきょう》法印・前田玄以を後ろ盾につけているという。

「なんぞ」と晴豊は、永徳の座の脇に顎を振った。

持ってきたか。進物の催促である。

ぬかりはなかった。明から堺に揚がった縮緬の白生地を五疋差し出した。

「ほかにも、御入口に灘の上酒《かんしゅ》二樽と御鷹を一居《いちもと》」

鷹は諏訪湯川村・右京巣場《うきょうすば》の産で晴豊のもっとも愛玩するものだった。公家には珍しい〈鷹数寄〉である。

晴豊の顔がほころんだ。

「されどな。相手は総奉行前田玄以。手ごわいぞ。相当の者を味方につけねばな。とすると、相応の掛りが」

「そのつもりで参っております」

「用意があると申すか。ならば、前関白殿《さきのかんぱく》だ。玄以を懲らすのはあれしかおらぬ」

位階・従一位、まだ三十手前だが内裏で権勢を奮っている九条兼孝《くじょうかねたか》の名を晴豊は出した。

兼孝と晴豊は表でも裏でも、手を結び合った仲であることは知られている。

おのれ長袖どもおことどもの頭にあるのは、賂《まいない》のことだけかと叫んでやりたい気につつかれるが、永徳は口を引き結んで額の汗を腕の甲でぬぐった。

一派、画壇が生き残るためには我慢辛抱、大きな力を借りて勝つしかない。

茶、歌とおなじように力のある庇護者の支援が要る。

「前関白殿にお願いしていただけますのであれば」

晴豊はぎろっと目を剝いた。

「かさねて言うが、分かっておるな。酒、鷹というわけには参らぬぞ」

「心得てございます。黄白《こうはく》」即答した。

父の松栄が、惣領永徳に不安げな視線を這わせた。

狩野派でしか成しえぬ画材画題、画法を見出すしかない。

そしてこれまで以上に大画面を領する様式を確立して、次代の武家の威勢、気風を表す。

松一式、桜一式を画面からはちきれんばかりに延ばし、手前や空と雲の空間に金箔を刷き、そこに繊細な花びら、松の葉一本一本を散らす。その一方、彩色の上から樹皮、幹、枝々に墨を刷き重ね、幹が抱く岩の皴《はだじわ》は硬いごわついた藁《わら》筆で殴り描いて力強い表出を心がける。

怪奇と評する者が出ようが、これが乱世を治める者がめざす男たちの画だ。

思いはゆるがなかった。

等伯らはそれでは慊《あきた》りぬ、構成の単調を破ろうと、地から延びる草花を細かに配したり、右隻で芒《すすき》が風に揺らぎ咲き、左隻で萩のこまかな花が群れている六曲一双の金地屛風など、狩野派にはない創意をこらした。

これは相国寺に迎えられて、上評判となった。

剣で斬り合うわけではないが、一門一派同士の血みどろの戦いである。

晴豊の二重底の目に送られて屋敷門を出たとたん、父が子に尋ねた。

「おめえ、黄白は？」

「ご案じめされるな」

父の尖った頬、脂の照った額に疲労が濃く浮きあがっている。

時季を間違えたかと思わせる強い日差しが公家屋敷の道を灼いている。永徳は父に似たきゅうり顔からにじみだしてくる汗を拭いた。

土も石も煮え立っている大路を、父はよろばうようすで足を運ぶ。

「妙覚さんはすぐその先です。和泉守牛一殿お待ちで。少し御辛抱くだされ」

と、突然、松栄は甲高く叫んだ。

「えいっ、黄白、幾ら出すと訊いておる。言わぬか」

遊行僧か捨聖《すてひじり》が地を突く阿弥陀杖を振り上げた。いつも外に持って出る。

「おやめくだされ。ご案じ召されるなと」

十六歳の光信が爺いの腰にしがみついた。

「放せ。こんなものを振りまわしたりはせんわ」

永徳が誘いかける。

「そこの根方で少し涼んで参りましょうか」

松栄は渋々と従って、根株に尻を落としながらこんどは低く呻いた。

「勧修寺、兼考、奴どもめ、いったいいくら毟《むし》りとれば気ィすむのや」

襖絵や軸、扇に熱意を込めて筆を寄せても彼らからほとんど対価は支払われない。しかも出来上がった先から売り払われる。

派一門を食わせていくためには公家の為事《しごと》は請けぬほうがよい。しかし辞退すると、その隙間に新しい絵師たちがもぐり込んでくる。

父・松栄だけでなく永徳も困憊《こんぱい》していた。

本来なら、内裏の対屋にも手出しをせず、等伯に請け負わせておけばよい。

それでも安土から親子三代で駈けつけてきた。

内裏の為事を指をくわえて見ているようでは先に障る。狩野の一統は末の末まで続かせなければならない。捻じれた心持ちと、盛時、百人を超える一門を養っていかなければならない算段が父子を追い詰める。

まったく時節はずれの暑さよ、と嘆息が漏れるほどミヤコは熱している。

松栄はぜえぜえと苦しい息を吐き、「絵師などになるのではなかったな」と呟いた。

「なにをお気の弱いことを」

光信が爺様の背をさする。

「黄白……なんぼ出す」俯いたままで同じことをまた訊く。

「黄は五十枚。白は百というところでしょうか」

少なく言った。白く光る銀はもう百枚積まねばならぬか。

「さほどに要るのか。……なんのために画を描くのや、の」

「左様ですね、されど御父上、わが狩野派、御屋形様に扇面から御城の天井画、障壁画まで、さらにこたびは〈安土城図屛風〉と、永代に残る為事を賜って、かほどの誉れはございません。勧修寺どもに払う黄白ぐらいでお気を煩わせませぬように」

半刻も松の根方に涼んでから、上京・妙覚寺祖師堂にようやく戻り着いた。


堀秀政の祐筆・須賀利蔵が屛風をヴァチカン国に送るという御屋形様の驚天の下命を伝えに来たのは松栄、永徳が安土に戻ったひと月後だった。

牛一は下書きに綴った。


「〈安土城図屛風〉をスペイン、ナポーリ、シチリア、ポルトガルを一手に治める国王・フェリペ三世、ローマ教皇に呈上せよ」

〈永徳、この御下げ貸し次第を聞くや落涙せり。されど言を俟つまでもなく信長公に異議申し上げなど叶わず制せり。

しかれどもむしろこの折り、正親町帝の屛風貸し下げ願いを御拒絶。帝御腹立ちこれあり候也。堀秀政ら信長公にここは御心持ちを枉げて御供覧の御事願ひ奉る〉

永徳が信長に異議を進上することなどできない。泣いても諦める外はない。それよりなにより屏風を見せてくれというミカドの懇請を断ったという。この次第の方がよほど重大事である。ミカドは立腹され、堀秀政らがひと波乱あるかもしれぬ、お気持ちを抑えて主上に御供覧召されよと願いあげた。だが信長はこれも断つ。

この時まだ、信長の達しはヴァリニャーノの耳には届いていない。

永徳が遠い国に屏風を手放すことに涙を流していることなども、ヴァリニャーノはむろん知らない。

ミヤコの四条烏丸に近い〈聖母被聖天教会堂〉で多忙だった。二階の祈禱室で巡察の記録、修道士《モンヘ》のためのラテン語教則本の執筆、授業時間表、布教事業について修道士《モンヘ》からの聞き取りなどに追われていた。

夜明けの鶏が鳴くのを聞いて慌てて藁布団にもぐり込む時もある。

ミヤコ、安土をともに行き来したソウリンの孫娘のモニカ、通辞をつとめている箕浦磯次も教会堂で会員を扶助する任に携わっていた。

馬揃えのあった三日後、〈イエズス会ハポン下区〉司祭長から、豊後で管区総会議が開かれることになったと通信が届いた。

巡察師であるヴァリニャーノはむろん出席しなければならない。

期日はせまっていた。

永徳が牛一の許へ、御屋形への怨み、嘆きを口走りに行ったのはそれから数週後のことだったが、ヴァリニャーノには望外の朗報となった。永徳の悲痛は日も追わぬうちに忘れられて屛風は海を渡る。

信長からは教会堂にいるヴァリニャーノに、帰国の前にぜひもう一度二度会わねばなるまい、日本を去る際には格別の見送りを進ぜる、という書状も届いていた。

安土城表《オモテ》右筆に返状を送り、教会堂の塀際に梅の花が散り始めた日、モニカと磯次を供にし、あわただしく京・蛸薬師姥柳を発った。

堺の濠にかかる刎橋《はねばし》を渡るころ強い日差しは弱まって、急いできたヴァリニャーノの心持ちはいくぶんか和まされた。潮の香りを久しぶりに嗅ぐ。

日比屋了珪の屋敷に入った。先に書状を遣っている。了珪は五百石、千石の船で博多、長崎と行き来して鉄砲、陶器、絹織物、近頃では銀、銅まで扱う堺指折りの豪商になった。

抜け目のない商人という風貌ではなく、いくらか仄赤い童顔で下唇が突き出した口元に親しみやすい愛嬌がある。商人の普通はその愛嬌の裏に、二重底の銭勘定のそろばんをはじいている者が多いが、了珪は勘定を手代や職長に任せる度量があった。手前に見える数字より、海の向こうに目が行く。

ヴァリニャーノたちを快く迎え、モニカ、磯次らとも等しく久闊を叙したあと、与助という大番頭に黄金三十枚を持って来させた。

「教会堂運営に、お役立てくだされ」

与助が黄金色の大判を置いて出ると、入れ替わりに大きな躰がのっそりと入ってきた。赤ら顔に、金色の顎ひげ口ひげを生やしている。

「エウスターファ　エスペレンド（お待ちしておりました）」

潰れた大声のポルトガル語だった。

「おお」

ひと目でヴィトール・ホセだと分かった。アラビア海に注ぐゴアのマンドゥヴィー河口のカタリーナ波止場で「ハポンに連れて行ってくれ」と訴えた男だ。ともに日本に上陸したあと口之津で別れた。

了珪が口を添えた。

「司祭殿、この男はいまは立派な信者となりました。近くの山に登られたイエスが弟子たちに伝えた説教をこれほどよく理解している者は銀山にいません。ああさいわいだ。貧しい人、踏みつけられている人、皆さいわいだと……日々、福音を唱えております。贅沢に暮らした金持ちと乞食のラザロの譬えもよく理解しております」

了珪に頷いたホセは使いこんで薄汚れた巾着をヴァリニャーノに差し出した。

「お使いくだされ」

括り紐をほどいて下げた口から、黄金色がこぼれだしてきた。

了珪が、モニカと磯次に分かり易いように継いだ。

「貧しい物乞いのラザロに慈悲の心を寄せなかった金持ちが死後、煉獄の苦しみに落ち、信仰の父・アブラハムに生前の暮らしを悔い、癒しを願います。しかしアブラハムは聞き入れない。名誉と富に執着して憐れみの心を失った者は易々とは赦されないという譬えです。ヴァリニャーノパッパ、そうでしたね」

ホセの褐色の目に、昔とは違う解き放たれた喜色が泛んだ。

信徒なら誰でも学ぶルカの福音書の第十六章だ。「少し違っているが、まあ」とヴァリニャーノは応じた。

「ホセは大きな山を当てました。その銀隗はマカオに運んで生糸、絹織物に換えました」

了珪は幾らの利潤を得たのかは明かさなかったが、目の前には百枚か百二十枚ほどの黄金が山になっている。ローマ金貨に換算すれば一万二、三千ドゥカードになるか。

ホセはゴアの時とは違ってほとんど口を利かない。銀山で何をしていたのかは分からないが、ハポンに渡ってきた時より躰も顔も肉が落ちて鋭利になった。隆い鼻が削がれ、眸《ひとみ》がするどく光る。それでいて優しい澄明ないろを含んでいる。

わずか二年で人はこれほど変われるのか。これが、金と女に血道を上げていたあのホセか。

ヴァリニャーノは要点だけをホセに伝えられた。

「ブンゴでもシモでもまだまだ修練院、セミナリヨを建てなければなりませんでしょう。お使いくだされ」

これだけあれば中規模のセミナリヨを建て、念願の印刷機をポルトガルから取り寄せられる。

ヴァリニャーノはホセの手を握りしめ、主の加護と神への畏敬を説いた。

「ホセよ、すべての人間は脆く弱いのです。このことをおのれ自身で覚り、イエスの中にみずからをひそめて生きなさい。人間の騒がしさから遠ざかり、神のみが語りたまう言葉を塩にして生きなさい。おまえならできる」

脇でモニカと磯次、了珪も頷いた。

堺を発ち、途中の飾磨津（姫路湊）で銀を積んだ了珪の手配による安宅《あたけ》舟は、心配した海賊の出没にも遭わなかった。飾磨を出てすぐにアクアヴィーヴァ総長へ、ミヤコの教会堂の雑事に追われて為せなかった通信をしたためた。殊に安土図屛風への平安を祈った。

二十四

〈猊下御許に。

この通信はハポンから赤道を越えてアフリコをまわり、ようやくリスボンに行き着いたとしてもマドリードを経てアリカンテまで陸路を行き、そこからマジョルカ島を経てジェノヴァに地中海を航行いたします。そしてローマへ、リスボンからでもほぼ四百レグア（二千二百キロ）の距離です。

いささか感傷を覚えておりますことをお許しください。

数年前、私はこの海を逆に東方に向かってやって参りました。それから、確かな数は測りえておりませんが、われわれとは言語、素質、風習のあまりにも違うこの国で、キリスト教信徒

十五、六万を得たのです。

本日、春のいくらか暑い陽ざしを受けたセトウチ（瀬戸内）の海は凪いでおります。船員から教えられたキビ（吉備）という国のなだらかな山の連なりが青くかすんでいます。

戦乱と悲惨が相次いでおりますが、この地にさらにイエズスの会員が広がり浸透していくことを、私はゆるぎなき思いで信じております。甲板の上で、思いとは違って字は乱れます。お読みになりづらいところはご寛容ください。

さて、歓びのことをお伝えいたしました先便は届きましたでしょうか。航行による便の後先はご容赦願います。

ミヤコから十レグアへだたった安土と称する統治者《ゴベルナンテ》の城下に学院と修練院を併せた教会堂が建ちました。この建物によって日本人の聖なる信仰への信頼が飛躍的に昂まり、福音の教えが広まったことは疑いございません。

統治者《ゴベルナンテ》・ノブナガ公がみずから最良の場を選び、優美な建物としてくれたのです。彼にどれほどの敬意を払っても足りません。

われわれはこの教会堂において日本人の諸宗派の誤謬《ごびゅう》を示し、人間の霊魂が不滅であることを証し、聖なる信仰に関する内面の慰めと神を愛する心を繰り返し教えます。これによってキリスト教徒となった者は日本語で《祈禱》を覚えます。われらがひとつずつ説明いたします。

これは、《クレド（使徒信条）》を唱えるミサ。

これは、われらの父よ、の《パーテル・ノステル（主禱文）》

これは、聖母マリアを祝する《天使祝詞《アベマリア》》。そしてモーセが神より授かった《コマンダメンツ（十戒）》を説明していき、さらにその他の祈禱も順に導きます。

このことに対して私どもは驚嘆しております。

貧しいみなりをしているが、日本人はなんと清潔で理解が早く、ひとたび向き合えばどれほど覚えがよいのか。ローマやフィレンツェのように言葉や数を学ぶことのできる学校があるわけでもありません。ローマからみればこの東方の遥かな先にまさかこのような国があるとは誰も信じられないでしょう。

私は会の指令でまもなくこの地を去ることになっておりますが、なろうことなら第二次、三次と渡航してきてイエズス会の播いた種がこの豊かな知恵の人民にどんな花を咲かせるか確かめたいと祈ります。

この通信がいささか感傷を含んだほろ苦いものとすれば、それは私の胸に芽生えてまいりましたこの国の次の世に咲く新しい花を見たいと思うハポンへの愛惜のゆえであります。

なんといってもこうしてミヤコ、安土に信徒が増えたのは統治者《ゴベルナンテ》・ノブナガ公のおかげです。日本に散らばっている多くの国王、領主と違って彼ひとりはいまハポンではなく世界を見ております。

最も関心を寄せている言葉はエクアドル（赤道）、エストレラ・デル・ノルテ（北極星）、ナビオ（大きな船）です。それに、チェーザレ・ボルジアです。

猊下、私はこれまで幾度となくノブナガ公について書き送って参りました。

謁したのは四度ですが、彼はそのたびにかつてフロイスが贈った地球儀を配下の者にいいつけるのではなく、時にはなんとご自分で抱きかかえて『もそっと近くに』と私を寄せ、ここはどこか、どういうところか、暑いか寒いか、暑いとすればどれぐらいか、焦げるようか、安土からはどれほどの里程があるのかをお尋ねになるのです。

オレも行けるかと膝を乗り出させたのは、インド洋を越えたモザンビクでした。そのアフリコの暑い町私はいささか調子に乗って「お赦しいただければ、お供いたします。そのアフリコの暑い町を廻り込んでリスボン、いやローマまでも」と口を滑らせました。

すると、いつもの暗鬱を泛《うか》べた目を大きく見開き、私などのついぞ見たことのない悦《よろこ》びの光をあふれさせて深く頷きました。

「左様か。ローマへと申すか」

「御意。御屋形様には、しかと目にしていただきとうございます」

「教皇がおるのだったな」

「はい。天を衝く聖堂におられます」

「安土とどちらが天に近いか？」

そう問いながら、ずっと眼を輝かせておられる。こめかみにひりひりと走らせるいつもの青白い筋は消えています。皮肉を発して歪める口許でもない。

そして結局、チェーザレ・ボルジアについてひとことも聞き逃すまいというごようすで、私に膝を詰めて耳を立てられるのであります。

「で、いかがいたした。で、どうした。さもあるか」

ハポンの三十六の分国を治めている王にはとても見えません。まるで、鄙《ひな》の里からミヤコに出てきた年端のいかない若衆のように目をいたずらげに光らせるのです。

世界には、このような国のこのような統治者《ゴベルナンテ》がいて、そこの領民市民は戦下、貧しいながらも学ぶことに熱心で、イエスの言葉を理解しようと努め、その数が日々増えている。ノブナガ殿もまた領民の資質と同じなのです。

少し話は飛びますが、ボローニャ、フィレンツェ、ペルージャ、アッシジと、トスカーナ地方、アペニン山脈沿いを駈け巡ったチェーザレが敵味方の相次ぐ密殺、処刑、謀略、寡兵での戦闘を越え、これまで誰も口にしなかったイタリア統一の野望を露わにし始めたのが二十七歳の頃でしてね。

ノブナガ公には分かりにくいことだったかもしれませんが、イタリアという国はない。イタリア人もいない。フィレンツェ人、ミラノ人です。ハポンはハポン人というひとつの族制の許に、越後、尾張、駿河、豊後と領民の領区がありますが、少し違う。

かつてチェーザレ軍の忠実な傭兵隊長だったふたりの配下を遠征先で首吊りの刑に処した夜、チェーザレは書記役のマキアヴェリに告げます。

「見よ、この数か月でイタリア国の摩擦と紛糾のみなもとを滅ぼしてきたぞ」

チェーザレ軍は、アドリア海に面したイタリア東部のリミニ、フォルリ、さらにペーザロからウルビーノ、アレッツォ、アッシジらの小僭主たちを次々に屈服させてきた。騎虎の勢いといえた。

マキアヴェリがチェーザレに問い返します。

「イタリア国?」

「いかにも」

「イタリア全土と申されましたか」

「そうだ。不思議はあるか」

この会話を私はノブナガ公にマキアヴェリを引いて説明しました。


【過去を捨てられぬ者は破滅する】

【決断できぬ者は破滅する】

【ものごとは動機ではなく結果で評価される】

【天国への最も近い道は地獄への道をよく知ることである】

イタリアの統一は、チェーザレの使命《ミシオン》によるものでも高潔な意思でもなかったのですと。ただひたすら破滅と地獄をも道連れにする野望でありましたと。私どもイエズスの会員とはまったくかけ離れた生き方ですが、しかし、チェーザレのように、使命《ミシオン》より、野望《アンビシオン》に重きを置くという人生や歴史も十分に理解できます。

政治とは目的を達するために強固な支配権を行使すること、このことにいささかの迷いもあってはならない。ノブナガ公の政治要目は長い戦乱を閉じ、平和市民をつくることです。これが日本統一の理念であります。正義、夢、感情の入り込む隙はない。ひたすらな野望です。

ノブナガ公はこの政治《ポリチコ》と野望《アンビシオン》についてもすぐに飲みこみました。

「余もローマに行くなら、使命《ミシオン》ではない、欲気と野望《アンビシオン》からだ」

このあと、イタリア統一に野心を抱くチェーザレを叩きつぶそうとするヴェネチア共和国、さらにわれこそがイタリア全土を手中に入れたいと狙っていたフランス王・ルイ十二世がたちはだかります。

当時のルイ十二世はチェーザレなど圧し潰してしまう強大な軍を備えておりました。

公は私に頷きもせず、地球儀に、それもローマの辺りに目を凝らして私の申し上げることを黙って聞いていました。

チェーザレ軍はいわば象のルイ十二世軍にのしかかられる蟻です。

だが、マキアヴェリの指摘するように、チェーザレには、政治《ポリティコ》、外交、戦役に対する技術《アルテ》と力量《ビルトウ》が備わっている。

東海岸沿いのラヴェンナからイタリア本土を横断して西側山岳地帯のシエナに移っていたチェーザレは、ふたつの巨象軍・ヴェネチア軍とルイ十二世軍に睨みを利かされつつ、シエナからローマへの四十二レグア（二百三十キロ）を一か月かけて悠然と帰りました。通常なら三日の距離です。それに一か月をかけたのです。

私は、その話で思いだし、『政略論《ディスコルシ》』の一節をさらに公に伝えました。

【国家、軍に非常の事態が持ち上がり、誰の目にも脅威と映った場合、恐れを押しのけて立ち向かって行くのは愚でしかない。取り乱してもすくみあがってもならぬ。いずれも敵の勢いを増させ、危機を早める。この時の最善の策は、時間を稼ぐことである】

「チェーザレは二十八歳でそれを実践したのか」

公は発せられた。

私には分かりませんが、同じ経験がおありだったのかもしれません。どこの国の総帥指揮官にとっても政略は共通しているものでしょうか。

行軍の途中でチェーザレは側近に明かします。

次はフィレンツェ、ついでナポーリ、最後にヴェネチアだと。

この頃ヨーロッパ全土の兵制は、百姓や職工を傭兵軍として駆り出すのが普通でしたが、チェーザレ軍は全傭兵に揃いの軍服を着せ、胸に《カエサル》の徽章を縫い取らせ、戦闘意識の高い統一軍に仕立てた。

徽章や武具全般の意匠を担当したのが、レオナルド・ダ・ヴィンチで、チェーザレの幟旗に、死闘を意味する頭蓋骨を掲げさせました。

《Aut Caesar Aut Nihil《ニヒル》（カエサルか、さもなくば無か）》

宿所の本能寺のその夜の御聴聞はまだ続きます。珍しいことでした。刻限に厳正なノブナガ殿は、フロイスが献上した、海上で時刻、船の位置を知る《時辰儀《じしんぎ》》を気にされることなく、「それで、それで？」と膝を詰めてこられた。

残念ながら、チェーザレはこのあと戦いに敗れ散った。悲劇は突然やってきたのですと、お話しいたしました。

過日、安土の山下でアペスターレ禍が起き、幸いにも数十人の犠牲で済みましたが、チェーザレの時は、猊下もむろんお聞き及んでおります通り、ローマの石畳、噴水の傍ら、テヴェレ川のほとりにあっという間に死体が打ちかさなり、石壁の内側に堅く閉じこもって暮らしている枢機卿らの屋敷にも悪疫の熱風は侵入いたしました。

《しるし》と呼んだ斑点がわずか数時間のうちに小さな瘤にもりあがり、さらに硬く厚い角《つの》になって膨れあがる。これを見て、「息とともに死も吸い込んだ」と覚る。その時はすでに数日後の死が決定されていたのです。

公に伝えました。この時、二か月で五万が死んだ、あまりにも恐ろしい疫病だ、安土の山下に甚大な被害が広がらなかったことはまことに奇跡の好運でありましたと。

チェーザレも高熱と吐き気に仆《たお》れましたが神の御加護を得て……それからスペインに戦いに出まして……その後の無惨は私がハポンを去る前にお話し致しましょうと辞して参りました。

猊下、船はもうすぐ豊後の臼杵に入ります。数日前とはうって変わって冷たい風が吹いております。善き平安をお祈りいたします、アーメン〉

二十五

ブンゴ国の領主ドン・フランシスコ・ソウリンは、異様に大きい耳を持つ顔を、眼が不自由な人のように触れなんばかりにモニカに近づける。

「覚えておるな、この指。ミヤコに出てどれほど経ったかの。待ちかねておったぞ」

染みの浮いた痩せ枯れた指を、モニカの額、眼のまわり、頬、鼻、口許に這わせる。

この数年間、一統一族の怨霊から逃れられぬ狂想の熱は、今日は泛べていない。モニカを伴ってヴァリニャーノは、シモ区の豊後に数日だけの予定で戻った。

激情がたぎる時は目を尖り震わせて「悪魔だ、悪魔が来た。鐘を鳴らせ」と叫んでいた。今は、猫を膝に抱きかかえているようにモニカを愛おしみ撫でて、挫折と瞋《いか》りを胸に鎮めたあとのやすらぎを赤ら顔に表している。寒い寒いとも言わない。

喉首を撫でながらモニカをみつめて口許にかすかな嗜虐を浮かべている。

五十を越えた王だ。十分な頽齢《たいれい》で、無造作に束ねた髪を薄汚れた組紐で巻きつけ、しぼみたるんで鳥の足跡のような肌には老いを隠さない褐色の染みが散らばり、顎から喉の下まで白黒まだらの髭を密生させているために、いよいよ薄汚い。

教会堂とコレジョを兼ねた修練場の窓から夕暮れの汐の香をヴァリニャーノも吸う。

ローマにもフィレンツェにもハポンのミヤコにも安土にもない、潮干潟を撫でてきた風の匂いだ。まだいくらか冷たい暮春の長雨が続いている。汐と雨の匂いが入り混じる。

金紗の刺繍が施された緋毛氈《ひもうせん》の上で、老王の膝に抱かれたモニカは身を任せている。こちらはかすかな被虐の歓びに身をゆだねている。

イエスから法悦を受けた高級娼婦・マグダラのマリアと同じものをモニカはフランシスコにかさねているのか。

ここから堺に向かった頃にはまだ幼さを残していたが、わずかな時が経ったいまは見る者をぞくりとさせる女の香を顔にも胸にも腰にも具えている。すでに十六歳を越し、白い首筋に薄い桜いろの脂が乗っている。

異国人のヴァリニャーノの目にも、ハポンの若い女のこれから花開く、輝くばかりの美貌と気品がうかがえる。この国には珍しい白い肌の顔に意思をもって結ばれた薄紅の小さな口がつき、濡れ羽色の黒髪がやや張った弓形の額と項《うなじ》に降りかかっている。

「大殿《オドン》さま」脇からヴァリニャーノが呼びかける。「コレジョで学ぶ少年たちの育ち具合はどのようでありますか」

傍らに添う磯次が通辞として同じことを二度訊きなおす。

だが、老王はゆるく首を振り続けるだけで声は発さない。

何を尋ねられても応える気力を失っているのかもしれなかった。

四百年つづいた一族にあって大量殺人の惨劇を起こし、この世のものはみな滅ぶ、皆々、地獄に落ちよ、落ちて亡霊になれとわめきあげた、一統の二十二代目の王だ。

元側女の妻・ジュリアの弟だったか、たしか林甚十郎なる男に、城をやる、代わりにオレにモニカをくれと叫んでいた。

二重底の眼付きを隠さない甚十郎は王の叫びに薄笑いを泛べていた。城をいただいたぐらいでは帳尻が合わないとでもいっている冷笑に見えた。

王は城をやると叫んでから、濡れた砂を掬い取り、顔面に押しつけて口に入れかけていた。

「ああ、オレがどう果てようと誰にも邪魔させぬ。オレはオレの宿運を呪い、おぬしどもをののしり、この世の闇の底に落ち、オレはオレの殺し屋になってやる。出会え、出会え。弔いの鐘を鳴らせ」

神は、このような、泥の干潟で這いまわり、みだりがましい傲岸と強欲の呵責に悩まされている男をいかに赦されるのか。

そのことがずっと気になっていた心持ちを、ヴァリニャーノは本人に話しかける。

「大殿《オドン》よ、いまからでも遅くありません。謙虚に慎み深く絶望せず、これまでの日々に畏れを覚えて主の恵みを受けましょう」

だが、なんの反応もない。

聞いているかどうかすら分からない。動いているのは指だけだ。骨が浮き、末枯《すが》れた王の指はモニカの頤《おとがい》を経て、唇と喉仏のあいだを行き来している。顴骨《かんこつ》は尖り、眼窩は落ち、最期の時の到来を辛うじて撥ね返し、すがりつこうとしているようすが痛々しい。死相はまだあらわれていない。これが九州六か国をおさめたという王の最期の平安、慰めか。

モニカはなお目を閉じて老王のなすがままに身を委ね、微かな喜悦を泛べている。常は、勝ち気で、利発を映えさせているモニカはやはりマグダラのマリアに通じるのか。

「大殿《オドン》、ああ」と声を洩らした。

モニカにはこの老王は、十字架《クルス》を背負って山にのぼったイエスのように見えているのか。それなら、違う。その思いは悪徳以外のなにものでもない。主・イエスはおひとりだ。

ヴァリニャーノは老王に問う。

「父・義鑑《よしあき》殿から家督は異母弟の塩市丸が継ぐと知らされたソウリン殿は塩市丸とその母を殺した。その後は謀反、滅亡、殺戮、領地奪り。さらに追放と惨事をかさねられた半生で。年を経て妻・奈多殿の狂熱に遭い、島津義久殿に大敗し、ついには主・イエスに見放された。そうですね、大殿《オドン》」

「申したろ、司祭。それが余の宿運となった」

「いえ、主は必ずお救い下さいます」

「オレの周りは亡霊だらけだ。主などに頼らぬ。アレも気まぐれだ。おのれの気分ひとつで地獄と天国を振り分けやがる。あの男はオレをもてあそんで来た。どうした、弔いの鐘が鳴らんぞ。鳴らせ、パリパリ鳴らせ」

モニカはマタイのいう通りに主に身を預け、されどソウリンは重い十字架《クルス》を背負うことも死ぬことも怖れているということか。

〈あなたはなぜ十字架《クルス》を負うのを怖れるのか、十字架《クルス》においてほかには霊魂の救いも命の希望もない〉

ヴァリニャーノは声には出さなかったが、モニカの首に指を這わせ続けているソウリンに、マタイに続き、コリントの節を藉《か》りて語りかけた。

「大殿《オドン》よ、あなたの苦しみを和らげる途はやはり、みずから望んで十字架《クルス》を負うことです。大殿《オドン》、あなたは、皆々、地獄に落ちるといいながら、あなたがいちばん死を怖れているのです。怖れることなく、十字架《クルス》を背負ってゴルゴタの丘にのぼりなさい」

と、語りかけているさなか、老王は抱きかかえたモニカの耳たぶに口をつけて「ラフィンタ（リボン）をつけようかの」と囁いた。

ついで家臣に同じ語の声をかける。

もたらされた赤いラフィンタを宗麟はモニカの後ろ髪に結わえる。

ヴァリニャーノは傍らから王に語り続ける。

「神のご意思に背いて生きてきたあなたも、最後の最後は神の御赦しを得られる。不安を覚えることも孤独に泣くこともありません」

「司祭よ、お手前は左様のことを申しに来たか」

「いいえ大殿《オドン》よ、今からでも遅くはない」

この場のヴァリニャーノは巡察師の役よりイエスの使徒たらんとしたマタイを伝えた。

「わが子よおまえはおのれの財物を増やそう、快楽を求めよう、権力を尽くそう、その一念で生涯を過ごしてきた。神への帰依はまがいで仮であった。大殿《オドン》よ、おまえはすべては滅びると知りなさい。すべてを捨て去りなさい。死への欲情も捨てなさい。すると今からでも平安を得られよう。イエス・キリストの足許にひれ伏すことも出来よう」

「いや、オレは神より、現世の慰めだ。捨てとうないのはこっちだ」

「安土の御屋形殿と毛利挟撃、いまだ御存念におありということでありましょうか」

「いや、戦さに、もはや未練はない。そもそもアヅチを頼ろうとしたのがわしの間違い。アヅチは曖昧を許さぬ、勝って人を屠《ほふ》り、恐怖と武威で圧し潰す。アレはいま救いようのない野望に燃えておる。野望のためにはあらゆるものを利用し、犠牲にする。咲庵を見よ。あの男は坂本、亀岡に五十万石を知行されて牛馬のように軛《くびき》をはめられ、使われておる。野望はな、パッパよ聞いてくれ、一段二段と達成するごとに加速をつける。わしはモニカと丘に上る。これがわしの最後の現世の慰めだ。ノブナガ殿は、仮借することなくこのまままっすぐ進んで天命に果てる。以《も》って事は終わる。苦しみの冬は去り、歓びの夏が来る。ゆらりとした春や秋などどこにもありはせん」

モニカには擬態であったのかと疑いが湧くほどに差し伸べていた戯れの手をおろし、ノブナガに対する裁断を老王は屹然と口にした。この王の胸の中の始末と混乱はどうなっているのか。

解きたい気がしたが、祈りを捧げる。

脇から磯次が声をかけた。

「賛美歌を」

すぐに、ヴィオラ、ハープが用意されてきた。ヴァリニャーノは、持ち鞄の中から取りだしたクラリネテを、二人の修道士《モンヘ》の弦さばきに乗せてゆるく吹き始めた。

安土の山下で、牛一殿に聞かせて以来かと、珍しく胸が昂ぶった。主の言葉を伝えるに、ミユージカは欠かせない。ソウリンが目指した日向国〈無鹿《むじか》〉は妻子を巻き込んだ愛憎劇で滅んだが、ミユージカは人を平安にする。

〈恵みの、み神よ　清き、み名を伝うるわれらを導きたまえ
怖れを取り去り　罪を赦し、救いをもたらす主・イエスのみ名よ〉

賛美歌を声に出してうたったのではなく、ひとりの修道士《モンヘ》のヴィオラは弦を甲高くこすり、竪琴のハープは階調を剪るように爪弾き、ヴァリニャーノのクラリネテは膨らみのある豊かな音色を響かせて、一族の崩壊におびえてきた老王の耳にも王に全身をゆだねているモニカの耳にも届く。

王のしわがれた手は呪われた手であり、六万の市民、切支丹から「大殿《オドン》！　大殿《オドン》！」と歓呼されても、それに応えうる値打ちも力も残されていない。暴れ、わめき散らす代わりに、ミュージカに聞き入り、モニカの頸の筋、頸の皮、頸の骨、唇を撫で続けている。

ハポンに〈燈前の一睡夢〉という語があるとヴァリニャーノは耳にしたことがあるが、この

老王にはさような平安な人生の一睡はない。

罪が罪を呼ぶことになる一統一族肉親同士の血の流し合いにいまふたたび引きずりこまれたまま最後の闇にあるこれがこの王の帰結だ。残すのは憐憫と痛恨しかあるまい。

だが救える途はある。

ヴァリニャーノはクラリネテを吹きながら、胸で話しかける。

「あなたは利口者でした。おのれは塵か灰にしか過ぎないことを悟ったからです。それで、皆々、地獄《インヘルノ》に落ちよと叫ぶのです。ならば最後に大殿《オドン》よ、自ら進んで十字架《クルス》を担いなさい。この世の重荷は十字架《クルス》で引き受けなさい。さすればあなたは希望に浴することが出来るのです。あなたは救われます」

老王はモニカの耳に口をつけてささやきかけた。

「わしはな、わしを脅かしに来る奴らの首はことごとく刎ねた。そなたも悪鬼の一味か。いまのうちにそなたを殺しておかねばならんのか」

「はい。大殿《オドン》。ミヤコにあがる前より、あちの気持ちはいささかも揺らいではおりませぬ。パッパとならいずこへなりとお供します」

「いやモニカ。げに、この世は地獄《インヘルノ》ぞ。苦界ぞ。ここにおれば、わしはさらに地獄《インヘルノ》にひきずり込まれる。わしの良かれとしてきたことがことごとく地獄《インヘルノ》への道に転じた。それでも共に行くか」

「はい、御一緒させて戴き主の御許にお連れくださいさい。天国《パライソ》にお連れくださいさい」

「さようか。そなたを殺す手筈もしてあるが」

「嬉しゅうございます」

「われらの罪は深い。ともに碾《ひ》き臼《うす》に碾かれようぞ」

低声を這わせながら、王は膝に抱いていたモニカの躰を緋毛氈に横たえさせ、小袖着の裾を捲った。か細い骨の浮き出した白い足が差し覗いた。自身は、横たわったモニカに跪《ひざまず》く恰好になった。

「モニカ、前にも申したな。豊後一国に換えて、わしはお前を」

モニカは身をよじるわけではなく、王の差し出した両手に、先を反らせた小さな足裏を乗せた。

ヴァリニャーノも修道士《モンヘ》たちも、まだ弦の爪弾きも管器の音も絶やしていない。

王は掌に載ったモニカの足指、甲、くるぶしにゆっくり舌を這わせ、やがて豆の莢のように柔らかい足指を一本一本ねぶり始めた。ゆっくり口に含み、唾液を垂らしてまたねぶる。小指は跳ね反《そ》り、円い親指の腹は、子の種を宿した女の下腹のように小さいながらぷくっと膨らみ、飛び出したくるぶしの腓骨《ひこつ》の窪は王の舌から垂れた唾液を待ち受けている。モニカはまた「あ、あっ」と喜びをあえがせた。

邪心と奸計をめぐらして五十数年を生きてきた王の、これが最後の祈りで救いか。

「ああ、大殿《オドン》」

モニカはさらに㐂悦する。

足裏を舐めながら、今度は王が声をあげる。

「そこもとヴァリニャーノ殿、願いがござる。余が丘にのぼったらこの足と共に埋めてくれ」

答えようもない。

代わりに、主に禱《いの》った。

「願わくばこの王ともどもとわれをお赦しください。われはわれの手でとうとう王もこの幼き者も救えなかった」

モニカは眉根に寄せた皺の歓喜は消さぬまま、しかしそれ以上は乱れない。

ヴァリニャーノはクラリネテを手から放した。

ヴィオラもハープも熄《や》んだ。

王とモニカはそれから、指ダンス《デド・エルバイレ》を始めた。

波の打ち寄せる浜で太い枯れた指と白く細い骨指を絡ませ、すっと逃げ、また縺れ合わせたあの戯れだった。本能寺だったか、安土だったか、統治者《ゴベルナンテ》とも一夜興じた。

老王は砂の上で指を逃がし、波が寄せるたびに歓びの、ただし末枯れた声で、「ここは地獄《インヘルノ》ぞ、苦界ぞ」と繰り返した。

臼杵の王の教会堂で開いた協議会には、〈シモ〉区の司祭、副司祭、選ばれた七人の修道士《モンヘ》たちが集まった。

司会はスペイン語とハポン語にもっとも通じている磯次が仕切った。司祭でもないのに、行きづまることなく会を進行させた。

小狡い目を隠そうともせず、マカオで「パードレ、おいは穴《アグヘロ》と呼ばれとる。おいをハポンに連れて、お救いくださらんき」と取りすがったようすのかけらはない。

上陸した口之津から有馬領に入って、ヴァリニャーノの導きのお陰で、領主・ドン・プロタジオ晴信の格別の赦しを得て〈箕浦磯次〉の名と、名主・乙名などそれなりの地位に就く者しか着られない小袖と短衿をあたえられた。

その赦《ゆる》しに与《あずか》り、敬虔な信仰者の範になった。粗暴と野卑が消えた。天草の洞穴で生まれ育った幼時からの、耳の最頂部の耳輪《じりん》が三角に尖っているところだけは変化がない。

午後一時から始めた会議は、二か国の語を繰って滞りなく進めた。

みな黒い袖付き、裾の長い修道服・ソターナを着ている。ヴァリニャーノの見知っている顔は平戸からのぼって来たリヒテル・シュッテだけだった。フロイスらは〈ミヤコ〉区にあって今回は招集されていない。

〈シモ〉区やこの〈ブンゴ〉区は、総会議をやるには適切な場ではなかった。

殊に〈ブンゴ〉区は瀬戸内の海の根付けに位置し、〈ミヤコ〉区と〈シモ〉区が集まりやすい利点の他は、むしろ危険の地だった。堺から瀬戸内の航行に次々と現れる略奪者と異教徒の目をかすめなければならない。

それ以上にこの場での集合を困難にしているのは国王フランシスコ・ソウリンをめぐる人々の置かれた状況だった。王の子息、主だった家臣はすべて異教徒であり、王自身が激しい狂想と切迫した恐怖心に駆られていまにもみずからを打ち砕いてイエスに背く寸前の憐れみと怖れが発火しかねない。そのようすは近隣諸国の信徒たちに伝わっている。

協議会の主な議題は、布教事業報告、今後の信徒獲得の予測、コレジョの経営方法……三日の討議の予定だが、イエズス会本部への正式報告として成せるかどうかは覚束ない。ヴァリニャーノは巡察師として、なんとか成案に漕ぎつけなければと神経を尖らせた。ハポンに渡ってきた任務の総括である。

ところが、議案について揉み合わせるうちに、最も肝要な動議が持ち出された。それぞれの管区を運営する経費、多額の金のことだった。

天草の司祭・クァドロスが口を切った。

いまは、キリスト教徒のダイミョウ・僭主からの援助と、マカオからのポルトガル船の五、六千ドゥカードの収益がある。管区の経営はこれで成っている。

だが、マカオからの一艘の船が暴風雨に遭って沈没するか、略奪者に乗り込まれれば、壊滅的に金は入って来ない。教会堂の燭台の油や蠟燭にも困窮する。

「途方に暮れるばかりです。一艘にはおよそ五十万ドゥカードの資産が積まれていますが、もし春と秋ふたつの便がたてつづけに難に遭えば、この国のキリスト教徒はほぼ消え果て、神の恩寵《ガラサ》など届くにはあまりにも遠い国になってしまうでしょう」

だが討議でひとつだけ、明るい報告が齎《もたら》された。

長崎港周辺をイエズス会領とした領主ドン・バルトロメオ・スミタダ（大村純忠《おおむらすみただ》）から協議

会への返答が紹介された。

ヴァリニャーノが日本人の「高邁、清潔、礼節の豊かさ。これをローマ教皇とキリスト教徒の貴族らに伝え示す良き手立てではないか」とイエズス会巡察師として純忠に書を送った返信である。

協議会は芘びをはじけさせた。

「ローマ教皇の御許に日本人の優秀な少年使節《エンビアード》を送ろうではありませんか。必要な援助はすべて当職が負担いたします」

ローマからハポンに訪ねて来た巡察師の務めとしてこれ以上の成果はない。

ヴァリニャーノは純忠の書状を手にして強い昂ぶりを覚えた。豊後に出てきた最大の収穫だった。


ヴァリニャーノは、東洋への誓願を樹ててジェノヴァを発つ二年前の三十代初めに、改築が成った〈パラッツォ（宮殿）〉の尊称を持つカプラローラ教会を見学したことがある。

大村純忠の書状を読んで、かつて訪ねたその教会宮殿の五角形型の大広間を思いだした。

のちにこのカプラローラ教会〈地図の間〉を参考にグレゴリオ教皇がヴァチカンに世界各地の地図と都市図で飾る〈宮殿図書館〉〈地誌廊〉を造った曰くつきの間である。

広間の四方五方の壁にイタリア、ユダヤ、アジア、アメリカ、アフリコ、イヴァン四世が支配したツァーリ国（ロシア）、エウロパが描かれ、天井には北極星からオリオン大星座まで広がっていた。

さらに星座の海には、蛇か龍を乗せた巨大な船が航行している。

ヴァリニャーノは、衝撃と深い感懐に衝き落とされた。

この部屋こそ、十六世紀・大航海と言われるわれらの生きる時代を指揮、牽引する枢軸の地だ。布教の統括、世界征服の指令の間である。

いかなる異郷の地にもと誓願を樹てたヴァリニャーノはインド区、アジアの地図の前に足を止めた。

ロシアの東端とアメリカ大陸の北端を分けて、エステロチョ・ド・ベリン（ベーリング海峡）と記された海が横たわっている。

手前に、干からびたプパ（蛹）を思わせる褐色の島がぶら下がっている。これが目指すインド管区からさらに東方に向かった小島・ハポンか。

いかなる異郷の地にもとはいえ、私はこんな所に行くのか。

そしていま、大村純忠が申し越してきたようにハポンの少年たちが使節として、あのローマの宮殿図書館の広間を訪れることができるというのか。

二十六

「ヴァリニャーノ司祭、貴下はすでに城中各階の造作も襖絵もご覧になった。本日は海の涯より参られた勇猛の士を、どなたも気にとどめぬ場に案内いたす」

御屋形様は上機嫌だった。こめかみと頰の引き攣りもなければ、気随気ままな不興を起こして相手をひれ伏させる強圧の気配もない。

しかし、越中魚津《うおづ》に上杉を攻め、空海が沙弥戒《さみかい》を受けた槇尾山施福寺《まきおさんせふくじ》を焼き討ちし、三条河原《がわら》で数百人の高野聖を処刑し、北畠《きたばたけ》の養子に出した次男・信雄に伊賀を総攻撃させているなど、血腥《なまぐさ》い重大事が引きも切らぬ多忙の日々にあった。家康との盟で武田も滅しおおせた。その上に豊後・大友宗麟と、阿波《あわ》・三好康長《みよしやすなが》で、毛利を挟撃する策についての返答の急使を未だ遅しと待ち構える辛労も募らせていた。

これまで幾数年、刃を向けられれば嚙みちぎって相手の血まで吸い、なおしゃぶりつくさねば収まらない性分を前面に押し、いったん敵にまわった者を憎みきる戦さ仕立てを続けてきた。

一乗谷朝倉義景の母・光徳院、妻・細川晴元の娘、子・阿君丸、愛王丸を、乳人《めのと》、従者、郎党とともに鏖《みなごろし》にし、義景本人の首は浅井父子の首とともにミヤコと岐阜の高札場にさらしたのち、正月の祝宴につどった諸将の満座に、金箔を貼った髑髏盃にしてまわし吞みさせた。

信長の掲げる〈天下布武〉の旗印は、髑髏が縫い付けられている。ヴァリニャーノに教えられたが、レオナルド・ダ・ヴィンチに意匠させたチェーザレの髑髏の幟旗《のぼりばた》と同じだった。

信長にとって、死だけが一切を落着させる手段だ。

殺し尽くし、焼き尽くすにためらいを見せない。

しかし、本能寺屛風画の童子が向けてきた邪気のない視線にオレを憐れんでくれ、傷ましいと泣いてくれと願ってから心揺らぐ。そしてではこの揺らぎをチェーザレならどう決着したのか、ヴァリニャーノに問いたい。

煩瑣《はんさ》の役儀と煩慮《はんりょ》を払いのけて、ヴァリニャーノを遅しと待ち構えた。

馬揃えの前後に本能寺で、世界や北極星や赤道の謎と解答をこの異郷人から親しく明かされてしばらく経っている。

傍らに、太田牛一がついていた。いよいよ佳境の『信長公記』の筆録をあずかっている牛一は、よほどのことがなければ、御屋形から離れるわけにはいかない。

重要議題の折りのあとは倅の牛次、奥村左馬之助たちと手分けして牛一自身が重臣たちに尋ねてまわる。

もうひとり、蛸薬師・南蛮寺の修道士マテウス・デ・コウロスが、ヴァリニャーノに従くことを許されて登城してきた。

ヴァリニャーノが来日する二十三年前からの滞日生活で流暢に日本語を操れて、聖職者より宮殿の司書が似合いの人物だった。

愕くと、かっと大きな目玉を剝き、寡黙で、ミヤコの信者たちの信頼は篤い。

アマクサ、ヒラト、ナガサキなどのシモ区に長く滞留して通辞の技術は一流で、特等の貴人と会うときには、この男が補佐する。

城中のこととて、信長は落合小六郎、村瀬虎丸のふたりの御小姓をつけただけで、美貌に輝く若女モニカを連れたヴァリニャーノと並んで行く。牛一が、むくむくと肥った円い躰を揺らしながら後を追う。

歩きながら宗麟について信長は尋ねる。

「ところで、修理大夫はいかがであった」

ヴァリニャーノが、応える。

「臼杵のお方にまだ戦さはかなうのでありましょうや。左様の力はないように」

「枯れたか」

それだけで返さない。憐れんでくれ、泣いてくれと童子に願った心のことは漏らさなかった。

会話を途切らせた先で、「切支丹司祭に余の案内《あない》したかった所よ」と目の前を指した。

思いもしないものだった。

三基の大釜だった。釜は一階に据えられ、脇の踏み段を降りた地下一階に薪をくべるかまど口がある。一階と階下、二層にしつらえられた釜だ。

年嵩の御小姓・小六郎が説明した。

「この三つの釜でいっぺんに二石（三百キロ）が炊けまする」

ひとつで七斗（百五キロ）、三つで二千人分になる。

信長はめったに見せない笑みを頬の窪に寄せた。

「げに、戦さの心ノ臓。食うために戦い、戦うために食う。ここに較べれば、永徳の襖も金箔の天守もかたちばかりの烏滸《おこ》の沙汰、アレらがたとえいま燃え落ちたとしても何用もない。この釜が残っておれば、足りる」

「左様なこと、永徳殿が耳にされたら」

「永徳か。アレは利け者であることを押し出し、態《わざ》とらしい。近頃の画風に表れておる。皆々滅すというに」

「はい」

「伴天連は、この世にあるものすべては焼け落ち、滅すと覚えぬのか」

その議が始まると、信長の目に冷たく白い光が奔る。

問いに答えず、「二千人分ですか」と返した。

「いかにも。ガレオンやフスタは何人分を乗せる」

釜はなく、堅いパンと数樽のワインと水しか積まないことを言った。

「水もパンも拇《おやゆび》ほどの分量を飲み、齧るだけで」

「そのこと何遍も聞いてみたいが。ここまで来るには涯ない仕儀であろう」

「赤道に近いところでは貿易風、そこから北では偏西風に乗り、結局ゴアとマカオでさらに風待ちして、リスボンから日本九州に参るには、ほぼ二年かかります。船上では飯はなく、パンと塩漬けの肉が食料ですが、すぐに腐って耐えられぬ臭気を放ちます。それを海水で洗って口にします。夜になると船内を大群で走りまわるねずみが洗った肉を襲い、足りなくなると人間の顔、足を齧る。ねずみが運ぶ疫病でガレオン船の千人がほぼ全滅したというイエズス会修道士の航海日誌も残っております」

聞きながら息を止めたノブナガはややあって「さも」と漏らし、「ギュウよ。『記』に留めおけよ」と続けた。

この頃では、戦さ仕立てに関わることばかりでなく、海の外のこと、切支丹との問答は『信長公記』に必ず残せというのが欠かさぬ厳命だった。一言一句ずつ下書きする。

「大釜のことも？」

「いかにも、釜を司祭殿に見せたこともな」

「心得てございます」

ヴァリニャーノは釜を目にし、飯の用意の話を聞かされて、釜と鉄砲が時代を開いていく仕掛けだったかと目を開かされた気がした。

東北・艮《うしとら》の鬼門口に配された庫裡から裏口に出た。牛舎、厩舎だった。

造作や普請で荷運びする牛、馬ではない。牛は、主上や高位の公卿が御幸、参城してきたときの用意である。屋形車に乗せて牛で曳かせる。

牛舎、厩舎いずれも、貴人たちの集う広間にも似る大きさで、きわめて清潔に保たれていた。牛皮、馬毛の臭いもしない。牛五疋、馬六疋を十人の馬廻り役が三十数人の従僕を使って世話している。

ただし、信長にミヤコの貴人を呼ぶ心づもりはない。そもそも長袖どもには嫌悪しかない。

馬は湖畔の近江八幡・津田に拓いた信長自身の狩り場で汗をかかせる責め馬である。

馬廻り役たちはだしぬけに現れた信長に、黒天鵞絨《ビロード》を縁取りした乗馬袴を地に押しつけてひれ伏した。安土城中の牛舎、厩舎を護る者だけに許されている装束だ。ひとりが、腰に帯びている金鞘の太刀尻を地にひきずって汚した。

こういう時、機嫌次第の信長は譴責するか、中を見せろと命じ、抜いて差し出した刃で一刀のもとに斬り捨てる。これまでにそのたぐいのことは珍しくない。

だが見捨てて、歩きながら唐突にヴァリニャーノに訊く。

「チェーザレ殿は、馬は」

マキアヴェリの著作でも、ローマ、フィレンツェの年代記作者・セッティマーナらの作品にも、トスカーナやアペニン山脈を駈けめぐるチェーザレの馬狂いの記述は頻出する。

シエナからキャンティの渓谷を駆け抜けるようすは、翼を持つ馬・ペガサスを乗りこなす若き王と囃された。

「いかにも御馬責めは、国奪りと同じほどのチェーザレの生きがいのようでありました」

「左様ぞの。馬、牛とて徒《あだ》に思うべからず。去《い》んぬるフビライ・ハンは馬で帝国を築いたという」

「しかと」

「サン・ピエトロ大聖堂なる寺は？」

とつぜん問いが変わった。

「エウロパ最大最古の教会堂でございます」

「馬とともに、この目にしたいものよ。大聖堂もエウロパの馬も赤道を越えて何百日も船に揺られてはこっちには来られまい」

「馬だけでも運んで来られればよいのですが」

「当方より渡って行くしかないな」

行くというのか。

「教会堂に響くヴィオラ、オルガンの音色も耳にいたしたいが」

馬、サン・ピエトロ大聖堂、トスカーナの丘を眼のあたりに致したい……御屋形様の見果てぬ夢か。

ヴァリニャーノはノブナガの横顔に目を走らせた。いつものひりつくような険《けん》はない。

牛舎、厩舎をまわりこんで東側・麝香《じゃこう》の間の扉口に出た。傍らにつくモニカはヴァリニャーノの胸にやっと届くほどの背丈しかない。項《うなじ》、臀《しり》の歩くようすは、若女からたったいま伐ったばかりの花の茎が水をあげようとしている年端の匂い立つ女に脱皮する風情だ。腰と臀の肉が動く。

信長の肩に並んで話しかけた。

信長の肩口に、ふくよかな薄紅色の頬あたりがいく。モニカを脇に置いた信長からたとえ戦さに勝ちを制しても消えないいつもの陰鬱な光が消えている。

側に侍る牛一は筆を運びながら、信長の心意《しんい》を窺う。

御屋形様は、ヴァリ殿には、勝家、秀吉、光秀公には見せぬ上機嫌の羽を伸ばされている。

それが証《あかし》に、誰もが見たがる「五階八角の段」も最上階六階も手引きせずに釜と馬だ。永徳の金碧《きんぺき》障壁画でもない。

ヴァリ殿を通じて、ローマ国やフィレンツェ国に近づいた気がしているのか。

チェーザレ・ボルジアという者と御身を重ね合わされておられるのか。

ヴァリ殿の片言《へんげん》を聞き逃さず録せよと申されるのは、そのゆえに違いなかろうや。

牛一は、御屋形の事蹟を『信長公記』として後世に残すことにあらためて願をかける気になった。二階東麝香《じゃこう》之間で招じ入れられたヴァリニャーノが信長に話しかける。

「馬、牛のことでチェーザレの話をひとつ思いだしました」

「ほう」

「チェーザレ、フランス・ロワール渓谷のトウルに入城した折りでございました」

古代ローマの将軍の凱旋に倣って美々しく飾りたてた四頭の白馬で乗り込んだ戦車行列のことである。

勝利の数日後、サンガシアン寺院の広場で、一年に一度のカーニバルが始まった。しかしその年集まった群衆は、広場に張り巡らされた頑丈な木の柵を目にして小首をかしげた。こんなものは例年はない、初めてだ。

「広場に牛、六疋が放たれたのです。みな牡牛です」

ヴァリニャーノの説明に、信長は珍しく訊き直した。

「牡牛を六疋皆の集まった広場に、とな」

柵のなかに曳き入れられた牛は、群衆市民の歓呼、喊声に猛って方角を構わず、矢庭に突進した。だが柵に撥ね返される。土埃をあげて狂い走る六頭に市民らは、石を投げつけ、さらに総立ちの拍手と叫びをあびせる。

毎年の恒例にはない牛暴れ見物の趣向かと誰もが思ったとき、白襟、白袖を縁取った赤いブラウスに、赤いタイツを穿いた背格好も若々しい美青年が白馬にまたがって現れた。手に長鎗、帯革に短剣をさしている。

数日前、凱旋してきたチェーザレ・ボルジアだった。

六疋はいっせいに赤いチェーザレに頭と背を振り立てて襲いかかる。

地響きが湧き、赤土が舞い上がり、濛々と立つ土煙の中から、一疋に狙いを定めたチェーザレの赤いブラウスと白馬が浮かびあがる。

次の瞬間、一疋が音を立てて崩れ落ちた。チェーザレの鎗穂がいつ牛のどの部位に入ったのか土煙で見えないが、市民は歓呼をあげて喝采し、足を踏み鳴らす。

犠牲の牛の胴のまわりに赤い血溜まりがひろがる。ついで二疋目、三疋目、おなじように仆される。そのたびに地響きがとどろき、市民の顔に血しぶきが飛び散る。

最後の一疋に狙いをつける。最も大きく動きも速く、猛々しい。初めはチェーザレの白馬に前から突進し、四、五度それを繰り返してから、広場に響く唸り声をあげて馬の右脇にのめり込んで行った。

瞬間、チェーザレの鎗は宙に飛び、代わりに腰の短剣が牛の喉に突き入った。いやその一瞬を目にしたと群衆が察したのは、牛の喉から大量の血しぶきが噴き出したからだった。

仆した黒い巨大なかたまりを馬上からしばし見やったチェーザレは、血糊を拭きもしない顔を昂然と市民にあげ、さっと土煙の向こうに消えた。

サンガシアン聖堂の広場は、古代ローマ以来初めて大量の牛の血に浸った。

牛は、ボルジア家の紋章にあしらわれている聖動物だと皆が気づいたのは、チェーザレが消えてだいぶ経ってからだった。おのれの手で、おのれの血統を滅するというのか。

ヴァリニャーノは恭々《うやうや》しく尋ねる。

「御屋形様は？」

「おれは雉や兎を追う鷹狩りだけだ」

牛を追うより、三条河原に囲いを作って百人、千人の人間を焼く方に哲理がありますか。

尋ねかけて、どうこたえるだろうかと思いながら、慎んだ。


「まあ、茶でも喫《の》もう。珠光《じゅこう》でな」

重臣・丹羽長秀に下げ与えた茶碗と同窯の村田珠光の青磁碗だ。

宇治を一服、喉口にとどまらせてからヴァリニャーノは一刻も早く尋ねたかった〈屏風〉の噂について切りだした。

だが信長に、ヴァリニャーノから屏風についてくだくだしく尋ねられる耳はなかった。

「聞いたか。その通りだ。しかあるまい」とだけ初めは答えた。

「そこもとが教皇殿に呈せよ。道中、艱難が待つ。ひとしずくも海の水をかぶらせるな。よいな。さようなことがあれば、そなたのその隆い鼻、尖った大耳、ひとつずつ切り削る」

屏風について口を添えたのはそれだけだった。

ヴァリニャーノは尋ねる。

「描かれた永徳殿は？」

「永徳が、なんぞ？」

「永徳殿のお許しは？」

「アレは堕ちたな。城図屏風に未練をつのらせた上に、等伯との戦さで何事か、勧修寺に頼みこんだ。あの長袖に何ができよう。よいかそなた、もう一度申す。主上、公家が何をわめこうが、余の目は赤い道の向こうを見ておる。内裏、公卿が後生大事に握っておる位階の顕職など、なんの興もない。鉄砲が来て、お手前ども切支丹が、われらの頭には思いも致せぬイエスという主の言葉を伝えに参った。

さようの新しい国が生まれようとしているのに、なにゆえ旧態の長袖どもの袂《たもと》におれの身をひそませねばならぬ。アレらには、城中に二層の焚き口の大釜を据えることすら考えが及ばぬ。まして赤い道など知りもせぬ。永徳、あ奴はおのれの家しか頭にない。世を拓かんとする気概など毫も持たぬ。それだけの路傍の絵師よ」

「……」

ヴァリニャーノは応えられない。

「ミヤコの上《カミ》がな、屏風を見たいとな。いずれ叶えてやってもよいが、いまはミカドの願いなどこの耳が聞かぬ。それより、そなたがローマ国に屏風を無事供ずることに興がある」

寸刻後「はずせ」と顎を振られた牛一は、山下の居室に戻って、近頃、朝廷のこととなると御屋形様は激すると控えに綴ろうとした手を止めて、御屋形様の心中に立ち入った。

誠仁《さきひと》親王に、御所を新造献上した典礼の御行列も、御屋形様は旧態の愚劣な大儀だと鼻白む思いで眺めておられたのか。

〈天正七年巳卯十一月廿二日。誠仁親王様、二条新御所へ御移徙《おわたまし》のため、一条より室町通り、御先へ近衛殿御参なり。次に、近衛大納言、関白殿ら、御輿《おこし》にて御参り〉

以下、列に続く者を綴った。

〈奉行衆、唐櫃《からびつ》に収めた御物、四天王寺の楽人、宮、局、上臈らが乗る輿六丁、そのあとを飛鳥井《あすかい》、甘露《かんろじ》寺、勧修寺、万里小路ら公卿とそのお供衆、さらに北面の武士、清華《せいが》家《け》の公卿衆、徳大寺、西園寺、大炊御門《おおいみかど》、花山院らが御参り〉

これにお供の中間《ちゅうげん》、牛飼いの童が続く。合わせて三百ほどの行列だった。

こんな記述は、御屋形様にはおそらく不興。削ってしまえと声を荒らげるかもしれぬ。

牛一はそれでも、あったこと目にしたことは余さず下書きに綴らねばとおのれを励ました。

「ヴァリ殿よ、していつローマ国に戻る。くだくだしくは申さぬ、心して屏風をローマ国、ポルトガル国に運ばれよ。鼻、耳をオレに削がれるでないぞ」

「七月にはここを発って十一月には長崎に入り、年が明けましたらマカオに向け」旧暦である。

「そののち、ローマ国まで？」

「いかにも、されど統治者殿《ゴベルナンテ》、私は生涯をこの国で全うする大志をいささかも変えてはおりません。教皇庁本部がどう申すかしれませんが。ローマに屏風を届けてまたハポンに戻って参りましょう」

「左様か。ひとまず七月にな」

尖りかけた口許と発光し始めた目を和らげて続けた。

「そなたを、格別の趣向でお送りいたす」

「かたじけないお言葉」

「ところでな、話の続きだが、永徳、あれは筆を握るしか能のない男だ。永徳永徳とみな囃し立てるがありゃ、薄ら馬鹿ぞ。狩野一統一派の大為事《しごと》を、世界という汐瀬《しおぜ》に見せられる後にも先にもない機宜《きせん》だという眼力がない。オレも見込み違いをいたした。

世界というものが目の端にも見えぬ鈍物《どんぶつ》……挙句の果てに、いつぞやも申したか。等伯の内裏対屋《たいのや》の襖絵を邪魔立てに行ったとは見下げ果てた奴。あ奴の父御・松栄が労病《いたつき》の臥し床から起き上がれぬのは不憫だが。まあ小袖一領は見舞いに取らせた、それでよかろうて」

と、信長は屏風に話を戻した。

長崎からローマにどう運ぶか。

ヴァリニャーノは考えてあった。裏地から剝がして筒状にまとめ、鹿革、牛皮、杉皮、竹皮でくるんで衝突、摩擦、水濡れに備える。リスボン、ローマにも表装師がいる。彼の地でふたたび屛風に戻すのに難はない。

その運び方から、大海の危難、航海の辛酸に話は移った。

信長は目を輝かす。

切れ切れのことは聞き知っているが、まだ見たことのない大海原を越えてきたヴァリニャーノらの難航の実説を、ことのほか好んだ。

「はい。陸《おか》で貧しかった者が船員になるのですから、少々のことでは音を上げません。堅パンを二本と、牛の乳を固めたチーズというものを手にしただけで川の向こう岸にでも渡るようすで、黄金の国があるぞ、行ってみるかと、酒場で喚《わめ》き合った東方をめざすのです。

大型のガレオンはメインマスト（大檣）、フォアマスト（前檣）を備えて、甲板は四つに割り振られ、海面まで十二尋《ひろ》（二十二メートル）の高さがございます。

乗員は〈カピタン《艦長》〉、〈ギア・ピロート《水先案内人》〉、〈ドノ・ダーグァ《水主》〉、その補佐、漕ぎ手、などに分かれておりますが、擾乱《じょうらん》をきわめます。小型のフスタ船で、艦長以下これら船員と、兵卒、商売人、布教に向かう修道士ら、乗客三百五十人のうちの二百人が暴動を起こし殺し合った例があります。ワインをひと匙、黙って飲んだと毒づいた騒ぎが発展したのです。狭い船上では、殺し合うまでやらないと行きつかない。

御屋形様、かようの話は気慰みになりましょうか」

「苦しゅうはない、それどころか、乗ってみとうなった」

「いえ、お待ちくだされ。乗った者は死にに死ぬのでございます。先般、安土山の下で起きた、ねずみが運んでくるアペスターレなる疫病もあり、騒乱もある。ほかにも、何日もやまない吹き降りの雨とすさまじい強風、波浪の嵐が山となって繰り返し圧しかぶさってまいります。

船は精も魂も尽き果ててマストを折り、舷側、甲板も破かれて沈みます。流されて浅瀬に座礁するものもあります。

イエズス会修道士、司祭はそれらの記録をたくさん残しております。書き綴った控えと一緒に死んだ者も多くいるのでございます。彼らも、嵐に波浪に熱暑酷暑に賛美歌を捧げ、祈りを尽くしたのですが、海の泡に消えた。私どもがいま、東洋のハポンの統治者《ゴベルナンテ》にこうして謁しておりますのは、ひとえに神の恩寵《ガラサ》と天にひとつの僥倖を得たおかげであります」

隣に侍る通辞・滞日二十年を超える南蛮寺の修道士コウロスも深く頷く。がっしりとした柄で脂気の浮いた首も太い。折り曲げて深い皺が寄った。

「疫病も嵐も越し、赤道の下に入ったと安心すると今度は海賊が襲って来ます。

リスボンから、数えきれぬそれらの難題をくぐり抜けて六か月でアラビア海のゴアに着けば運が良いと言われます。

春三月の末、大抵は三月二十五日にリスボンを発ち、アフリコのモザンビクに寄って、黒檀、男と女の奴隷などを入荷してゴアをめざし、秋に着くのです。交易の主商品となる奴隷は貧苦に育ち、インディエでどう使役しようと忍耐強く働くので高く買われます」

信長は驚いたようすを隠しもせずかさねた。

「その船に乗って黒い奴隷を買って嵐にあった者でなければ、艱難《かんなん》は分からぬな。そこの琵琶湖の海とはよほど違うことは、地球儀と地図で知っておるが。委細を尋ねるようだが、船には、地球儀を載せて針の先などの指針を辿って航行するのか」

「いえ、いまはシナで発明されたその針先を利用する羅針盤と申すものがございますが、私のときには磁石だけで、北を指す磁針はなく、揺れる船の上でずいぶんとあやふやなものでありました。私は先に航海した者の記録と、北極星を頼りに渡って参りました」

「さようか。難行だなやはり」

「クジラ、イルカなどの大きな魚が群れ跳ぶ方角や、海面に浮かぶ草の色、空を行くカモメやアホウドリを目安に船を進めます。マスト、甲板に小鳥が止まれば陸地は近い」

「ヴァリ殿よ、われらやはり帰《き》すところよくよく、日本の中で武門の盛衰などに浮身をやつしている段ではござらぬな。日本もあの地球儀の中にあるのなら、世界とは、なるほど如何《いか》なるところぞ。日本は何を以ってすれば世界に伍していけるや。深く思慮を尽くさねばならぬ。されど、われらとエウロパのあいだにおぬしがいう荒れ狂う海がある」

ノブナガはそれから、ひと息降ろしヴァリニャーノにまた珠光を勧めた。

「いやヴァリ殿、よき話を伺ったが、いまはまだ手も足も出ぬ。天下布武などと申しておる時ではなかったな。さりながらヴァリ殿、そなたに余計を申すようだが、ものみな滅する、おれも日本も、枯れ葦の茎のごとく折れ曲がってしまう。あとは眠るだけと先《せん》に申したな」

「はっ」

「近頃な、夜に入ると怖いのだ。言いしれぬ畏れが迫りあがって参る。憐れんでくれ。オレは何を成した。ふふっ、この城を造ったか」

信長も茶を啜る。薄い唇から細いかすかな音を立てる。

この国を統一せんとする男の自信も暴慢のかけらも見えない。

昼間、退路を断ったぎりぎりの戦役に勝利し、おのれの思いを成しても眉ひとつ動かさぬ。

夜になると沈黙に襲われ、憂苦に落ちるしかない。

そして、怖いといっている。

幼児のように震えているのか、それとも、これまで屠《ほふ》ってきた怨霊に足首を摑まえられて慄《おのの》いてでもいるのか。

「いや、ひとつ救いがある。われの先達でもあると思えるチェーザレの話は余を安らがせる」

「マキアヴェリが伝える『君主論《イル・プリンチペ》』の」

「いかにもそうであった」

「では統治者殿《ゴベルナンテ》、お寝みになられる前でございます。肩の凝らない少し違う趣向の話を」

「悪くない。ブンゴの大殿の娘御もいる」

単衣の小袖に腰に結んだ組紐の帯もほどけかからず、眠気も見せないモニカも頷いた。

「先にも申しましたか。マキアヴェリは不遇の折り、日々、居酒屋で博打に興じ、酒と喧嘩に明け暮れておりました」

「さも」

「その頃、天駆けていたというメディチ家の頭主を知り、一方では雑民とも入り混じる。そこからマキアヴェリは人間に対して多様で深い考察に至りました。そうです。御屋形様のような主君が取るべき道はすでに幾つか御披露しましたが、われら無辜《むこ》の民草はどう生くべきかも解き明かしたのです。以下、幾つか。モニカ殿もお聞き願います」

【民衆はおのれの観察を脇に置き付和雷同する】【民衆は他人の好意にすぐ倚りかかり、あとで裏切られる】【民衆はわずかな幸運に出逢っただけで有頂天になる】【民衆は十リラ貸したことは命尽きるまで覚えて、百リラ借りたことは明日忘れる】【皆、明日には滅びることは知っているが、気づいていない振りを装う】【民衆は痛い思いをしなければ痛みが分からない】【民衆は金持ちになりたいばかりに、足許の罠に嵌まる】【民衆はうわべの立派さに惑わされ、外見と結果だけで判断する】【民衆は軽薄で、定まりがない。信頼できない】【民衆は日夜、おのれの利得のことばかり考えている】

ヴァリニャーノは添えた。

「いえ御屋形様、民衆を人間と訳すべきかもしれません。チェーザレはマキアヴェリに『われはわれの時が来るのを待つ』と申した話はいつか御披露致しましたでしょうか。民衆であろうと主君であろうと畢竟、人間の資性のことであります。ノブナガ様も勇猛と力量を尽くされていまなお、おのれの時を待っておられます。あらためて敬意を表します」

「エウロパの者は含みがござらんな。娘御も異はないか。名はモニカと申したな」

「はい」モニカは小声を這わした。「ハポンの名は奈多でございます」

「モニカで奈多とな」

「いかにも差し出がましく、痛み入りまする」

「なんの。いやそなた、桃のつぼみが開きかける若々しさに美しい艶をそなえて参ったな」

「恐れ入ります」

「先にはあの戯れ、あれは切支丹仲間ではなんといったか。そなたとやった」

「指ダンス《デド・エルバイレ》」

「それよ。今宵もひとつ、願おうか」

「いえ」モニカはゆるく首を振り、傍らに携えてきた帯袋から畳み包んでいた白い薄衣を取り出した。

「これにて舞わせていただきとう」

　物怖じの気配もない。情の濃さを示すやや太い眉。ゆるくふくらんでいる頬。隆すぎない鼻梁。美貌が際立っている。

「フィレンツェ、メディチ家から発したバレエなる舞いでございます。ここにバレリーネというものも」

ブンゴの王・ドンフランシスコがイエズス会司祭・カブラルから贈られた舞踏衣装の靴だった。

「左様か、よいよい。苦しゅうない」

モニカはいったん下間《げかん》に退いて、その白い薄絹と白いバレリーネで再び皆の眼前に姿を見せた。

芯の強さと高貴が全身に表れているモニカは、一座の者の誰も目のしたことのない、脚、腿、脛、くるぶしが透けて見える渡来の着衣の膝を折り、軽くしゃがんだ。それからひとつずつに説明を加えた。

これはスカート、これはリボンバレリーネ、この先端はトウ。

ノブナガは賛嘆の声は発さず、「ほう」とひと息呑み込んだ。

と、下間の襖が開いて、いずれも三十代半ば、中肉中背の異人がふたり現れた。モニカは彼らが座すのを見てから「では」と立ち上がった。異人たちはクラリネテを構える。

左片膝を折り曲げ、右脚をまっすぐ背後に伸ばしたモニカは、次いで、交叉させた両手首を頭上高くに上げ全身を鋭く突き立てた。頭、背、踵まで一直線の棒になる。

男たちのクラリネテから、ノブナガも知るムジカ（musica）の、辺りの空気をほぐすようなやわらかな音色が流れた。

モニカは立ち姿から次いで腰を折って、くるくると舞い始めた。

西国一の美女を生んだ豊後奈多八幡宮の血を引く美貌の娘だ。羽化していく円みを帯びた上半身が、薄昏い燭灯を受けて妖しく動く。

肩から胸、腰、尻、太腿まで柔らかい艶めかしい体だ。

「余は幸若と猿楽しか見たことはないが、やはり世界は広いな」

クラリネテの音色は続いている。

「いえ、もっと上達しなければならないのですが、今日これまでお許しいただきます。あとは未熟者の繰り返しでございます」

「よい。それだけでも眼福であった。いつぞまたそのバレエとデド・エルバイレと申した指ダンスを披露していただこう」

ノブナガはヴァリニャーノに向き合った。

「して司祭殿、そなたいつぞ、チェーザレの最期は無惨であったと申したが、いかなる」

「はっ」

二十七

チェーザレの父・教皇アレクサンデル六世は、七十二歳になった夏マラリアで高熱を発し、激しい嘔気《おうき》に見舞われた。

息子・チェーザレは、手中にしたロマーニャ公国の都市計画をレオナルド・ダ・ヴィンチに進めさせ、イタリア半島の中部、トスカーナ、ウンブリア地方を教会軍の旗下に制圧した。

それから幾らも経っていない。

残るはフィレンツェ共和国と南の端のナポーリ王国、ヴェネチア共和国しかない。そのためには、フランスとの宥和を捨て、スペインと結ぶ。

チェーザレは、とどまるところを知らない野心を滾《たぎ》らせた。

枢機卿の緋衣を脱ぎ捨て、一兵も持たない剣《エスパダ》から出発してまだ十年にもならない。

だが、いまではイタリア各地の徴兵軍とは較べものにならない軍が育ち、〈Aut Caesar Aut Nihil（カエサルか無か＝進むか、死ぬか）〉の旗を掲げて統一王国創建への野望に奔《はし》る。

この二十八歳の若獅子を、教皇に即位してからたゆみなく支えてきたのが、父・アレクサンデル六世だった。

父・教皇が嘔吐と高熱に仆《たお》れたのと時を同じくして、疫病酷暑にあえぐローマの水は腐り始め、路上に打ち捨てられた死体の悪臭がアッピア街道、テヴェレ川のほとり、入り組んだ路地、小広場に這い、窓を閉めた家々にも侵入した。

財貨を持つ者はローマを捨て、郊外に逃れた。フィレンツェのアペスターレ禍の時と同じだった。

ローマにもアペスターレが来たかと市民は震えあがったが、さほどせぬうちにマラリア（悪い空気）というアフリコからもたらされた疫病であることが、判明した。

老皇はのたうちまわる苦しみののち、発症六日目に絶息した。

死ぬ前に渾身の力を振り絞ってミサに出た。

懺悔をし聖体拝領を受け、病者への塗油・終油《しゅうゆ》の秘跡《サクラメント》もほどこされた。

サン・ピエトロ大寺院の葬送は、ローマに居残っていた市民の好奇の目にさらされた。

棺を覗いて見た最後の別れの教皇の顔はどす黒く変色膨張し、腐敗臭が立ちこめていた。夜に入って、ミラノに本部を置くサンタマリアデッレ・グラツィエ・ローマ支部教会で松明の明かりの許で埋葬された。

ミラノ本教会にはレオナルド・ダ・ヴィンチが〈最後の晩餐〉と題した劣化の遅い巨大なテンペラ画を寄せていたがローマ支部教会は小さく、なんのいわれもない。司教ほかごく少数の者が立ち会った。

墓地に、チェーザレの姿はなかった。父に続いて同じ症状に臥し、父が死んだ階上の部屋で重篤にあった。

チェーザレの病床を多くの者が見舞いにきた。だが、彼らの合掌し跪《ひざまず》いて祈る姿はチェーザレの朦朧とした意識に、お前も死ねと願っているようすで切迫してきた。

【人間は最後まで信用できない】

これまでの後ろ盾だった味方も、手のひらを返して敵となり襲いかかってくる。チェーザレは譫妄《せんもう》に心を搔き乱された。

彼らを振り払う気力を奮い立たせなければならない。

エホバに放ったサタンの呪詛を高熱の下からわが身に振り撒いた。

「夜、わが骨はわが中に砕かれ、熱さに焼け、皮は黒くなって剝げる。されど朝だ。骨と身に光はよみがえる。主よ、われに光を！　狼のごとき牙を！」

仆れて十七日の間、ヴェネチア、フィレンツェ、ナポーリの大使公使もしきりに様子を探りに来た。

父の後釜を狙う枢機卿三十七名らの動きも露骨になった。次期教皇は誰か。

チェーザレは力を振り絞って枢機卿団の〈教皇選挙《コンクラーベ》〉に出た。

出なければ、勝手に何が進行するか分からぬ。

しかし出ずに、臥しておればよかった選挙だった。

幻覚と熱を発しながら、三十七名に気圧されまいと顔面を紅潮させて二刻（四時間）の丁《ちょう》場《ば》に耐え、法王選出の最後の判断を過《あやま》った。

わが一票を投じれば過半を越すと知りつつ過ちを犯した。かねて不審を抱いていた者が選出の数を得た。

「新教皇、ジュリアーノ・デッラ・ローヴェレ枢機卿」

高熱の許とはいえ、チェーザレの終末を痛憤で仕舞う禍根事となった。

ローヴェレは心底は笑っていないのに誰にも空笑顔、嬌笑を振り撒きながら、何を考えているのか本心を隠して教皇本庁を渡り歩いて来た六十手前の油断のならない二重底の目の男だった。

幾重もの肉じわを重ねた胴回りを法衣に包み、アレクサンデル六世前教皇にはよく仕えたが、目通りの部屋から退出した途端に回廊で、ぺろっと赤い舌先を見せるようなことがあった。父・教皇からチェーザレは聞かされていた。

「あ奴に気を許してはならん」

しかし、父の忠告を忘れたわけではなかったのに、病熱と意識が飛ぶ迷妄のまま一票を投じ、〈新教皇誕生〉の協定に署名した。

法衣を脱ぎ、剣《エスパダ》を執ってからの人生を崖淵に追いつめた失態である。

〈カエサルか無か〉つい数か月前まで呼号していた勢いはない。

疫病と、教皇選挙《コンクラーベ》に投じた一票……これはボルジア家の凋落の始まりだと、ニッコロ・マキアヴェリは母国・フィレンツェ政府に書き送った。

チェーザレに親愛を示したマキアヴェリのこれまでの口吻とはひどく違っていた。

〈いったいどうした。最大の敵ジュリオ（ジュリアーノ・デッラ・ローヴェレ）を教皇にしてしまうとはなんたる不覚、トスカーナをかけ巡っていた姿とは千年の隔たりがあるぞ。チェーザレ不覚、敗れたり〉

ノブナガが反復した。

「不覚……敗れたり？」

ヴァリニャーノが接《つ》ぐ。

「この一瞬で、長く敵対していた男に新教皇への梯子上《はしごのぼ》りに手を貸したことになりました」

「ほう」

「何度も裏切られた敵です。病いを得、幻覚に襲われていたとはいえ、その敵に、イタリア最高の栄誉の座に就かせてやったのです。まことに人生は一瞬で暗転いたします。颯爽と山谷を駆け巡っていたチェーザレは、政治《ポリチコ》に敗退したのでございます」

オレの憐れみと怖れの相手はこれだったか。信長は何も答えず、先を続けろと細い顎を前に振った。といって目に好奇の光を泛《うか》べているわけではない。

ものみな滅ぶ、とまた口にするのかとヴァリニャーノは思いを滑らせながら、イタリアの年代記作者・グイチャルジーニが残した書の一節を伝えた。

こうあった。

【かつての敵が新教皇になった。チェーザレはさらに、領地、城塞返還の屈辱協定も許した。このふたつの失政に加えて、スペイン王、フランス王の派遣軍が新教皇を支持してチェーザレへの復讐戦に打って出た。水に落ちた犬は棒で叩かれる】

スペイン、フランスはトスカーナ、ロマーニャ州に攻め入り、ローマを閉じ、教皇、枢機卿らと恣《ほしいまま》に専横した。抗する力はチェーザレに残されていなかった。

ローマから退却するほかはない。城壁の外まで別離の辞儀を述べに来たのは、各国の大使公使だけでヴァチカンの者はひとりもいなかった。

以降チェーザレの栄光の時は去り、悲惨が次々と立ちふさがる。

八人に担がせた輿《こし》から起き上がれず、深紅のカーテンの中で息をつぐ。顔は黒ずみ、躰は痩せこけ、脚は膨れ上がり、依然として高熱と嘔吐の容態から脱け出せていない。輿の後ろから主人を乗せないカラの白馬が行く。

それから十月、十一月、十二月、フランス派遣軍はチェーザレに一気に襲撃して来ることなく嘲弄するようにつかず離れず武具をじゃらつかせながら従《つ》いてくる。

十二月末、馬に乗れるまでに躰は回復したが、依然としてイタリアの山岳地帯をわずか数十騎の従卒とともに孤独に逃げまどう状態だった。

年が明けてナポーリに入る。当初は歓待されたが四か月後、噴煙を上げるヴェスヴィオ山とサンタ・ルチア塔を見はるかすヌオヴォー城に幽閉された。

処刑の日が数日後にも決まる深更、チェーザレを慕っていた城代がひそかに門を開け、壕の刎ね橋を降ろした。

闇に紛れたチェーザレはナポーリ港から、スペイン・アリカンテの湊に向かった。

アルジェの向かいのバレンシア地方のアリカンテはバルセロナの南方、ハポンとヴェネチア、ローマを結ぶ海路の寄港地だ。

ヴァリニャーノもフロイスもザビエルもハポンへはここに寄り、渡航して来た。

この近傍・シャティバがボルジア家が興った領地だった。チェーザレは血を享けたボルジア家の故地に帰ってきたことになる。

トスカーナやロマーニャとは違う、メセタと呼ばれる赤茶けた乾燥高原の、緑のない山肌と岩峰が視界の涯まで続き、地中海の強風が吹きつける荒寥とした大地である。

チェーザレは丘の上の石積みの小狭い修道院の窓から、褐色に打ち枯れたライ麦の畑を眺めて日を過ごした。窓は小さく区切られ、空と丘の境いは涯なく遠い。

麦の収穫が終わるとアフリコから熱気を孕んだシロッコが吹きつけてくる。

急いで変わる季節の許、小屋の小さな窓からの光景は索漠ともの寂しくうずくまった。

途中で別の小屋に移されたがまたも夜陰に紛れて脱し、義兄が王であるビルヴァオ国をめざした。地中海に面したアリカンテとはちょうど正反対の北東へ約七十二レグア（四百キロ）の街道を行く。先は、フランス西岸を望むビスケー湾に落ちる。

しかし、スペイン王とローマ教皇からチェーザレ征伐命令を受けた討手はかならずこのままの七十二レグア直線の後ろを追って来る。

難を避けるために二十レグア（百十キロ）遠回りになるカンタブリア山脈に向かった。峠を越える頃二月の雪が降り始めた。山脈の東はバスク山地に連なる。

遠まわりの向きを元に戻して、ビスケー湾に面するカストロ・ウルディアレスへの上陸をめざし直す。

ビルヴァオに出る。そこなら安心がいく。ひとまず休んで再起の機を覗う。

目的地のナヴァーラ州ビルヴァオは、ビスケー湾を見下ろすピレネー山脈に細長く沿う小都市である。

かつてチェーザレをかくまったビルヴァオは永く反スペインにまわったローマ教皇軍とスペイン王軍の両者の攻略の的にされていた。

ローマ、スペインどちらについても激しい戦さに巻き込まれる歴史にある。そこにチェーザレが逃げ込んできた。

いかなる軍揃えも時を徒《いたずら》に待っていては勝機を失する。まずスペインがローマ教皇軍より先にビルヴァオ攻略を決した。ついでにチェーザレ・ボルジアを断つ。スペイン王から派された前線部隊の将は、ボウモント伯という。チェーザレは、ビルヴァオで伯を迎え討つことになった。

ヴァリニャーノはノブナガにそこまでの経緯を伝えて息を継いだ。

「ところが御屋形様、このボウモント伯に追われてチェーザレがいかなる死に際を見せたか、よく分からないのでして」

「なに、手前どもなら、掻き切った首に札をつけて、この首は誰がどう討ち取ったか、皆に披露するが」

「首実検ですね。はい、承っておりますがチェーザレの場合は年代記作者によってみなまちまちで」

「チェーザレに、ギュウの役目はおらなんだのか」

「ある者は馬とともに鎗で刺し殺されて玉葱畑に蹴りころばされたと。ある作者は、藁小屋に数刻、身を隠したところを小屋、馬もろともに焼き払われたと」

「マキアヴェリの『君主論《イル・プリンチペ》』『政略論《ディスコルシ》』にはなんと？　フロイスらの訳書にあるや？」

「マキアヴェリですか。はい、ですからそれが〈不覚。敗れたり〉と最後にそれだけ」

「不覚、敗れたりか」

「いえ、はい。新教皇に逐われて最期は炎に焼かれるか、畑の泥に埋まるかしたのでしょうが、マキアヴェリには、死に際の最期など興はない。綴っておりません。チェーザレに、君主たる者の至上を見た。ゆえに、生きて在ってこそチェーザレだったのです。さまざまに言う者がおりますが、私はマキアヴェリに順《したが》い、チェーザレの最期の光景はやはりつまびらかでなくてよろしいかと」

「むっ。余も葱畑に埋まるや？」

　にこりともせずに言う。

「イタリアは全土で国々が争う修羅の世でございました。御屋形様に申し上げるまでもないことですが、誰がいつ、裏切り、報復、急襲で背後をついてくるかしれません。

　チェーザレは常に残酷の振舞いを怖れず世を切り抜け、切り崩してきました。美貌と鋼《はがね》の躰を持ち、威厳と気品を誰に対しても失わず、軍の骨組を基《もとい》からつくり変え、人の思惑など介さず政略に没頭した。主・イエスにお仕えする私も師と仰ぎたくなる〈騎士《カバレロ》〉〈政略家《ポリチコ》〉であります」

「余が言うのも神妙の話だが。チェーザレの残酷とはどのような」

「いつか申しましたが、敵が和睦のために駆け寄って参ります。と、旧復を歓び合う恰好で相手の背に抱擁の手をまわし、その手で従卒らに合図を送ります。

和議に胸を撫でおろした昨日までの敵どもは部屋を出る前に合図された従卒に刺し殺される。そのようなことが多くあったとマキアヴェリは書き記しております」

「ギュウよ、おれの最期は抜かりなく『記』にな。葱畑までついて参れ」

「心得ております。チェーザレと申す者のことむろんヴァリニャーノ殿のことも『記』にお残し致します」

「さすれば、ヴァリ殿よ、これまでも片々《へんぺん》を聞いたが、いまひとつふたつ、マキアヴェリが書き綴った寸鉄をわれに授けてもらえまいか。そなたが日本を去る形見にな」

「手元に書がございませんので、のちほどお届けいたします。いまは、若き頃に読んで覚えておりますものを」

南蛮寺の修道士、通辞のマテウス・デ・コウロスが、小さな咳をして意気張りを見せた。

「ヴァリニャーノ師の御説、まちがいのないように通詞いたします」

「では記憶にございますものを」ヴァリニャーノは膝を正した。

【君主のとるべき姿勢について。

部下には尋ねたことのみに答えさせ、みだりに建言させてはならぬ。常に旗幟を鮮明にしておけ。いちど裁断したことは撤回してはならぬ。運命は女神だ。ゆえに運命など女と同じく打ちのめしてやらねばならない。ただ運命に従っているだけでは、君主は、政治《ポリチコ》も、〈ラ・ヴィダ（人生）〉もみずからの手で拓くことはできない。

国の存亡にかかわる時は、悪徳の汚名をかぶることを避けてはならぬ。戦争は避けられない、ぐずぐずしておればそれだけ不利になる】

「いつぞや聞いた気もするが、キンカ頭やサルに聞かせてやりたいの」

「お役に立ちましょうか」

「なに、エウロパのお方の話は益になる。日本では誰も知らぬ。豊後の若女のバレエも指ダンス《デド・エルバイレ》も見た者はない」

「まだまだ人間についても、民衆についても申しております」

【人間は恩知らずで偽善者で厚かましい。物欲に際限がない。

民衆は軽薄ですぐにぐらつく。集団では大胆だが、個人では臆病だ。他人の好意を信じて裏切られる愚か者も多い。虚栄心が強く嫉妬深い者は、幸運に恵まれると有頂天になる】

ノブナガは珍しく笑い声をあげ、半畳を入れた。女のように甲高い。

「誰ぞのことよ。サルか。アレは見栄坊の有頂天男。イタリアにもおるのか？」

「でありますから人間の野望《アンビシオン》にはきりがないと」

「それはおれだな。チェーザレも？」
「野望《アンビシオン》の果てに焼かれましたか、泥に埋まりましたか、分かりませぬが」

二十八

〈七月十五日。ヴァリニャーノ殿御見送り。安土御城主、幷《ならび》に信長公麾下御歴々衆、摠見寺に桃灯《ちょうちん》余多《あまた》つらせられ、歴々、御馬廻りの人々、新道お濠、江の中に舟を浮かべ、手々に続《つい》松《まつ》とぼし申され、山下《さんげ》かがやき、湖に移り、言語同断面白き有様、見物群衆、喝采熄まぬ有様に候なり。信長公黒装束にてセミナリヨ広場に有りて御続松かかげられしのち、セミナリヨオルガンを御弾き給へり〉

信長がヴァリニャーノを見送った夜のようすの牛一の下書きである。
経机の脇には、これより前の城中で大釜を見、厩舎に行き、麝香の間で交わされた信長とヴァリニャーノの会話をできるだけつぶさに記した留め控えもある。

〈信長公、切支丹《きりしたん》巡察師・ヴァリニャーノ殿を御城中に御引見。御秘蔵の駿馬・雲雀毛《ひばりげ》を御供覧に候なり。ヴァリニャーノ殿、御輿を起こし、エウロパで神気の活躍なりしチェーザレ・ボルジア公の駿馬、馬責めの話柄《わへい》に相成り、ついでチェーザレ評を披露致せし。信長公、殊《こと》の外チェーザレ并にマキアヴェリに感心致され、余もサン・ピエトロなる大寺院を観るためにロ（なら）びーマ国に渡海致したいと申されしこと、余人には有間敷《あるまじ》き思し召しなり。以下、信長公とヴァリニャーノ殿の御掛け合いを記す……〉

天正九年の期日の前後するその手控えの紙きれを牛一は、ためつすがめつ読み返し、思いを乱す。

数え切れない戦さを越え、安土城を成し、天下統一を目前にして御屋形様にこれまでにないなにか新しい噴火口のようなものが生まれているのだろうか。

非情無残な戦いを命じ、ひくつかせるこめかみの裏から、エウロパの大聖堂や馬を見に渡海したいと大望の光をともす。いまだ目にしたことのない赤道なる一線の向こうにお気を向かわせておられる。

牛一は、信長に近頃、前より一層翻弄されている気がする。

かねてより御屋形は、事は〈成る〉のではない、〈成す〉のだと申されておった。大船団を組んでエウロパに渡る日をまことにいますぐにも成すかもしれない。城を三日で造った御城主だ。

牛一は振りまわされている思いを消せぬまま、七月十七日、上杉に内通したとして越中願海《がんかい》寺《じ》城主・寺崎盛永《てらさきもりなが》、喜六郎《きろくろう》父子に、信長が切腹を申しつけた御沙汰もまた手控えに記した。

〈子息・喜六郎未だ若干十七歳、眉目、形《なり》尋常にうつくしく生立ちたる若衆に候。最後の挨拶、哀れなる有様なり。色体《しきたい》これあって（この世にかたちあるものの倣いによって）親が先に立つ事本儀なりと候て、父、腹を切り、若党介錯仕《つかまつり》候。其後、倅、父の腹切ってながるる血を手に享け、嘗《な》めて、われ御伴申すの由候て、自ら尋常に腹を切り、比類なき働き、目も当てられぬ次第なり〉

『記』にそのまま浄書できるか、削らねばならぬ条が出てくるかと案じる心持ちがないではないが、信長より、委細斟酌することなく綴れと申し渡されている。

出来うるかぎり忠実に留めおこうと、下書きに筆先を舐めた。

切腹申し付けのその日の条は暗鬱だが、それより二日前の盂蘭盆《うらぼん》・七月十五日のヴァリニャーノ歓送光景は、『信長公記』のなかでも華やぎが際立つに違いないと思いながら、牛一は書き継いだ。

ヴァリニャーノを見送る信長のその夜の仕掛けに、牛一はむろん安土の者はみな圧せられた。下書きする前に息を止めて、目にした光景を胸に曳き出した。

不思議なことがあった。七月半ばの盆時分の夕暮れ時、昨日までは、御城中、山腹を這う登城道の大手道、百々橋《どどばし》口道、搦手道などで焚かれる篝火と炬火《たいまつ》が山肌と武将らの拝領屋敷を煌々と照らしだしていた。安土山西嶺に配される摠見寺の三重塔、熱田社・同拝殿の伽藍も、大手道を降りた先のセミナリヨも窓から灯がこぼれ出していた。

しかし、この夜は山下の楽市楽座の豊浦から常楽寺に連なる大路や朝鮮街道にも猿屋小路にも、ただひとつの明かりも灯っていない。

ヴァリニャーノを送別するための信長の機略に富んだ心づくしであることがあとで分かった。

前日、御山から下りた御見廻り衆は楽市の名主と乙名《おとな》に、明日没《みよう》、合図があるまで火を使っても灯を出してもならぬと達していた。

盂蘭盆会の十五日のこの日、五階八角の間で〈安土城図屏風引き渡し〉の儀式があった。

信長、ヴァリニャーノに、武田氏終結討伐の出陣が予定されている津田信澄、堀秀政、氏家《うじいえ》行継《ゆきつぐ》らの諸将が立ち会った。モニカも在《あ》った。

「では安堵致す」と、ヴァリニャーノは信長から巻き物となった屏風を手渡された。

「しかと。恙《つつが》なく」

肝心の永徳は招ばれていない。簡略の儀が終わって二階麝香の間に降りて来たヴァリニャーノにも、その夜安土一斉に灯が消されている理由は明かされていない。

ヴァリニャーノの足許には小提灯がひとつ照らされただけだ。

一階登閣《とうかく》御門の出口で信長に見送られた。

「のちほど、セミナリヨでお眼にかかろう。最後の別れだ」

「身に余る別れの儀、もったいのうございます」

「春なら桜の木の下で花見の宴もよかったが。それはそなたが次に参ったときだ。モニカ殿もまたその折りにバレエの続きを踊られよ」

「はい、かたじけない仰せ」

ヴァリニャーノは大きな躰をモニカとともに深々と折り曲げた。

「オレもそなたも生きておればな、見られる。日本の桜はローマ国にはなかろう」

信長はこれまでに見せたことのない笑みをこぼした。

山下に降りて来て、セミナリヨに入った。

別れを惜しむ十五人の少年信徒、列《なら》べられた長椅子に坐りきれない日本人修道士《モンヘ》、信者がセミナリヨ前の広場に出てきていた。

薄暮れに濃い闇がかぶさってきた刻限、先程別れを惜しんだばかりの信長が黒装束で広場に現れた。

修道士《モンヘ》、信徒の誰も、真っ黒に身を包んだ御屋形様に気がつかない。

ヴァリニャーノが寄っていって初めて人渦が崩れた。

「そなたと余にふさわしい別れを、司祭長に先に申し渡してある」

ミュージカのことだった。

会堂の中で、クラリネテ、オルガン、ヴィオラ、それにヴィオリンと呼ばれるようになってきた三弦のレベック、それに似た、弓を使わずに弦を指ではじく洋ナシ型の撥弦《はつげん》楽器のラバーブが、一斉に三重奏、四重奏を始めた。

ミュージカを好む信長は、広場にまで流れてくるその音色にしばらく耳を寄せていたが、ヴァリニャーノに「さあ、お出でくださりませ」と手を引かれて会堂に入った。

さらに、白い薄絹のケープをまとった少年たちに導かれて祭壇の前に立った。モニカはここにも招ばれていた。

会堂に来るのは初めてではないのに、いつもに似合わず信長は顔を二度三度と左右に向けて落ち着きがない。

「お弾きになられますか」ヴァリニャーノがオルガンに首を振った。

「余か？」

幾つかの問答ののち、オルガンの前に坐った信長は、おそるおそる鍵盤に両手の指をさし出した。

「ミュージカだな、これが」

濁った大きな音がいきなり立った。

「御屋形様、そうっと女人の肌に指を置くようなご様子でおよろしいのです」

「なに、オレはもともと色恋に縁のない野暮天だからな」

言ってから鍵盤に手を乗せる。

むろん流暢にあるいは軽やかに弾けたわけではないが、セミナリヨに集まった会衆《かいしゅう》の耳に、ミュージカはゆるやかに優しみを含んで響いた。モニカがゆったりとした動きでバレエを踊り始める。

「御屋形様が？」囁き合う声が会堂前の小広場にさざなみになって広まった。みながその温かい含みのあるオルガンの音に耳をかたむけた。

ヴァリニャーノが宣する。

「では、いまいちど会う日までを会衆《かいしゅう》と一緒に」

大海原で嵐を呼ぶ前兆だと言われている舟虫を甲板に見つけた時に口にするヴァリニャーノ自我流の聖歌だ。船の中で穴《アグヘロ》にも教えた。

〈いまいちどいまいちどあなたに会う日まで、嵐来たる時も病める時も神よ、ゆくてを示し力を与えませ〉


これを牛一の弟子に書かせて高札にあげた。皆それに声をあげる。

ヴァリニャーノがクラリネテを吹き、指を動かす。信長に並んで修道士マテウス・デ・コウロスが同じオルガンの鍵盤に指を這わせる。

信長は歌唱に口を合わせることはなかったが、ところどころに脇から調子はずれのオルガンの音を入れた。終始、信長の手指の先から温かいミュージカの音が這いだした。モニカのバレエは続いた。

広場に戻った。と、信長はさっと手を上げた。

「ではさらばだ」

ヴァリニャーノは深く低頭した。モニカも倣った。

「いつの日か、いまいちど」

会衆たちがとり巻いている。

常に、司令官、従卒に囲われている信長の、ほとんどひとりきりで動くこのような光景をヴァリニャーノが目にするのは初めてだった。


広場で、ヴァリニャーノはモニカ、牛一とも別れた。御屋形様に気を取られ、丁重な礼を尽くせなかったことがかすかな棘に残った。大事の時に限って周章し、あとで悔いることがこれまでもたびたびあった。

信長が大手門にあがったと同時に、セミナリヨのカンパニレ（鐘楼）で二個の鐘が薄い鉄板を打ちつけ合う音を闇空に響かせた。ミヤコの大寺の腹を打ってくる重い音ではなく、軽く乾いた響きが耳に撥ねる。

すると百々橋口・登城坂の中腹あたりから、ひとすじの赤い烽火《のろし》が、音もなくくねりながら長い尾を曳かせて闇空に駈け昇った。

それもまた合図だった。

山下の楽市楽座の大路小路から山腹の登城道沿いの明智惟任光秀、筑前守秀吉ら諸大名の屋敷、牛一の居宅、仮宿までの、すべての篝火、手持ちの炬火、龕胴《がんどう》に灯が入った。

天守の窓からも明かりが放たれる。叛心の気配があると信長に見られていた出雲守護代・尼子氏の系・宇野政頼も灯を入れた。政頼は早晩、信長に誅されることに決していた。

四方六方からくねったり行き当たったりして山上に伸びるすべての登城坂を、兵士、足軽たちの無数の発光が駈けのぼっていく。火の粉が撥ねている。

炬火と龕胴と提灯と松明と続松と燎火が一挙に、右手の安土山の山容と安土城の白い壁を赤く染めた。屋根も朱を刷いた。

だが、鐘が鳴らされてからは、なんの音も立たない。人のざわめき立てる音もない。

一瞬にして灯と火が入ったが、城も山裾も町も無言のしじまにもどった。

ヴァリニャーノは、セミナリヨを出て下豊浦から神崎高屋町の大波止に向かった。

静かな沈黙の送別である。波止の桟橋に寄せる水音が立つだけだ。大山崎で襲ってきた摩利衆といったか一向宗の残党も姿を見せなかった。

遠く、湖上に浮かぶ数千におよぶ大小の船がそれぞれに、松明、龕胴の火をかざしていた。

湖面に光の筋が這い走り、波間で灯りの縞が揺らぐ。

「さらばでございます」

ヴァリニャーノは闇につつまれた山上に向かって声をあげ、船首の円い百石積みの丸子舟に乗り移った。

と、とつぜん花火が上がって闇空にはじける音を立て、安土の山と町と湖のそれまで抑えに抑えていたに違いない怒号、喚声の大音量が爆発した。

二十九

一五八二年二月二十日に長崎・生月《いくつき》元浦を出帆したポルトガル船籍のフスタは十日後、明国福建省に隔《へだ》つ台湾海峡を越えた。二門の大砲を据え、商人、兵員合わせて三百二十人、生野の銀、丹後の絹織物、明礬《みょうばん》、真珠、硝石を積んできた。

東シナ海の卓越風の大時化《しけ》に見舞われることも、壱岐《いき》、対馬《つしま》、高麗の者が混成する海賊〈倭寇〉の襲撃を受けることもなく、順調にいけばあと十数日でマカオに入る。

大小の三角帆を孕ませ、合わせて四十本の長い櫂を左右の船腹の〈櫂窓《かいそう》〉から喫水に伸ばしている。櫂を全部海面におろせば、むかでが百足を進めているように見える。

マカオで二十日をかけて荷を積み下ろし、ゴアに向かう。「いまいちどいまいちど会おう」を穴《アグヘロ》と唱えた。

この折りとは逆に日本イエズス会の活動を巡察するために東方に向かったときは、いかなる国が待ち受けているのかとヴァリニャーノの不安はきりがなかった。

マカオで朱印状も持たぬ船に乗った密航だった。ゆえに開かれた湊ではなく、有馬・口之津の砂浜に上陸した。

革手帳に控えている。一五七九年七月二十五日、二年半前のことだった。

以来、おもいがけなく多くの日本人に会って、高潔さ、礼節の確かさ、教養と理解力の深さに、いずれ叶うならこの国の優秀な若年をスペインの王にもローマ教皇の許にも連れ、遠い東方の国からの主への祈りを通じさせようと考えた。

ハポンに在った日のその思いが今遥かな故国に届かんとしていることにヴァリニャーノは、フスタの踏板《ふたて》に坐って感慨が深い。

船は、青い空を映した波の立たない静かな大海原の海面を滑っていく。甲板に舟虫が揚がってくることもなかった。

統治者《ゴベルナンテ》・ノブナガの憧れている大海だ。

海はいつも茫漠と広い。先がない。行けども行けどもゆるやかな椀を伏せたかたちの白く青い水平線がその向こうに逃げていく。そして一転牙を剥いて荒れ狂う。

天に通じた思いのローマへの使節となった少年らも水押《みおし》の際で陽を浴びている。

彼らこそ、思いがけぬ人生の激変に出遭った。

貴人の武士の子も貧農の育ちの者もいる。イエズス会〈シモ〉区と〈ブンゴ〉区の大村、豊後、有馬のセミナリヨ、コレジョで学ぶ優秀の四人だ。

ヴァリニャーノの許に、ヨーロッパへの使節となる少年たちが司祭長に初めて連れて来られたのは〈イエズス会長崎協議会〉の最中だった。いずれも好奇心を隠さない利発な目をかがやかせていた。

彼らに接したヴァリニャーノは、ここに来る前、堺で日々屋了珪と話をしていて聞かされた十七歳で腹をさばいた少年、願海寺城主、寺崎盛永の子・喜六郎のことが思いだされた。

安土でヴァリニャーノを見送った二日後、ヴァリニャーノが瀬戸内の船上にあった頃、信長に切腹を命じられたという。

腹をさばいた父に続いて子は、父の腹から流れる血を手に掬い飲んで、おのれも同じ作法で後を追ったと了珪はいった。

この少年使節《エンビアード》らと同じほどの年端である。

日本人はなんと重々しい胆力を具え、主・イエスに劣らぬ潔さを持っていることか。チェーザレのビルトウ（集中した意志力）と同じだ。

このことをかならずローマに伝えなければならない。

長崎を発った船が、東シナ海でいったん明国・福州に舳先と帆を向けたとき、ヴァリニャーノは久しぶりにアクアヴィーヴァ総会長に短い正式の通信を書いた。

この船で運ぶ書状なら、ゴアでガレオン船に無事に引き継がれ、失われることもないだろう。

〈猊下御許に。

いま私はハポンの四人の少年使節《エンビアード》を伴いシナ海を渡海しています。この後、彼らを御引見くださり、彼らの優秀さ、礼儀振舞いに感得なされたのちは無事に帰国せしめ、世界布教発展とキリスト教の栄光をハポンに知らしめるべくお導きください。

猊下への最後になるかもしれないこの便で謹んで申し上げます。統治者《ゴベルナンテ》・ノブナガ公に謁しまして、マキアヴェリが伝えたチェーザレの王国建設のフィロソフィア（理念）を備えているのはノブナガ公だとつくづく知らされました。王国建設とは正義、理想の帰結ではなく、残酷を恐れず領民を慰撫し、揺るぎない支配を行使して国に平安をもたらすことだと。

統治者《ゴベルナンテ》はハポンを一統し黄金の城を成し、だが栄誉も称賛も求めず、死も恐れず突き進もうとされておった。確乎たる統治だけが国を泰平と弥栄に導く道《イストラーダ》であると証されようとしていました。この貴重な教訓を得て私は猊下の御許に帰ります。

同時に、私はノブナガ公から、猊下のみならずヴァチカンにある者すべてが愕くにちがいないあるモノを託されて参りました。

いいえ、ヴァチカンだけではなく、イタリア全土はいうに及ばずリスボンでもバルセロナでも、ひと目見たら驚倒するに違いないモノです。楽しみにお待ちください。一年後、無事に会えますことを祈念して、アーメン〉

長崎を出帆してから九か月の航海ののちマカオを経たフスタ船はゴアに入った。

ひと月後、マカオからの次の便船が、セ・カテドラルに悲報をもたらした。

ハポンの統治者《ゴベルナンテ》・ノブナガが、明智咲庵惟任の反乱《レベリオン》、謀反により討たれた。

「Fonnozi（本能寺）で！」

ヴァリニャーノは顔を両手で覆い、喉ぼとけをひらいて哭いた。

常に、沈着、静謐を心掛けなければならないイエズス会員にはあるまじき不覚である。

しかし、ヴァリニャーノは、鋭利な刃で切り裂かれた胸の痛みを消せず、皺枯れた喉にせりあがってくる声を止めることができなかった。

あの方が死した。

夜の更けるのもかまわず、「で、いかがいたした」と幼な子と変わりないようすで、チェーザレ・ボルジア、マキアヴェリ、ローマ教皇国のことからフィレンツェの風光まで身を乗り出して聞きたがったのは、本能寺でだった。モニカと指ダンス《デド・エルバイレ》をしたのも本能寺で。

きらびやかな騎馬パレードで貴人の椅子に坐って昂然と肩を張っていた日があった。

あれはノブナガ公の間違いのない〈人生の一瞬〉だった。

政治《ポリチコ》の暗闘を生き抜いて、「みな、滅ぶ。あとは眠るだけだ」と青白いこめかみと頬をひくつかせて吐く口癖も耳によみがえった。

マキアヴェリのいう【危険のなかに身を置いてこそ生きる高貴がある】を具えているのは、ノブナガ公だけだった。

昏い狂暴な孤独に沈潜し、戦さのことは神仏を受け容れず、天主・朝廷を認めず、おのれの残酷の非を省みず、自他ともに情緒に陥る滑稽を退けて、ひたすら矢羽を飛ばすような行動を起こし、エクアドル（赤い道）の向こうに夢と野望を抱いた。

かような統治者《ゴベルナンテ》がヨーロッパにいるか、いたか。

そしておのれの時を持してそのまま絶した。

野望《アンビシオン》の完成はいまだ道半ばだったか。

ノブナガ公、

【されど朝だ。狼のごとき牙を！】

起きよ。立て。

ハポンは国の幹を劇的に変ずる機をむざむざと喪ってしまった。世界に開き、世界を受け容れて次代を築いていくハポンだ。

三十

御屋形様が本能寺に仆れて五年になる。太田牛一は関白となった秀吉に仕え、大坂城南方《みなみかた》玉造《たまつくり》の武家屋敷に在った。屋敷といえど小身の勤番屋敷陋屋《ろうおく》だ。

六十歳になった。小肥りで血色の良かった顔に末枯れた皺が走り、信長のかたわらで筆記し、ヴァリニャーノ巡察師と親しく膝を交えていたころの生気も俤《おもかげ》も失せた。

変わらぬのは、日が落ちると待ちきれずに通いの歯欠け婆さん、鉋《かんな》どのに声をあげて、生駒や河内の燗の手間を省いた安酒を運んでもらうことだった。箸で摘まむものは二、三の小皿に載った四季の菜だ。一日に食う物はそればかりで、円く布袋のように膨らんでいた躰はこけ落ちて、これがギュウ殿かと皆が首をかしげる朽ちた棒っくらになった。

宵の口からの酒と、もうひとつ変わらないのは、下手だ、聞いておられんと誰も彼も、ネコまで耳を押さえて逃げ出す琵琶弾きだった。相変わらず、ぺんぺんと奏《や》っている。

いまだに『平家物語』『方丈記』を謡いあげ、ときに、御屋形様の舞った『敦盛』の「人間五十年」なども唸ってみる。

信長公が長逝してからは、さっぱりうだつの上がらぬ尾羽打ち枯らした暮らし向きになった。関白に雇われはしているが、もとよりあのようなサル顔に忠勤を励む気はない。

されど今時分、安土辺りならどうかは分からぬが、京、大坂で右大臣信長の名を口にする者はいない。

安土城は焼け落ち、皆の胸から信長のノの字も消えた。世は挙げて関白ザルの出世話で、いまどき〈天下布武〉や〈安土天下城〉のことなどだれも聞く耳はない。

だが、牛一はたとえ反故《ほご》紙になろうと、『信長公記』として一冊に成すための下書き手控えの整理は休むことなく続けていた。

登場する武将の名の誤記、間違い、期日の謬り、場所の変更など、確認、整理しなければならないことはいまだに山積していた。綴った人物は一八〇〇人に及ぶ。これで補整がおわったかと肩の力をおろすとまた疑点が浮き上がってくる。訂正修正は、相手の手の甲を順につねりあってきりがない、いたち遊びに似ていた。

牛一のいわば書記・長束直吉はサル殿の麾下に入ることを潔しとせず、生まれ在所の美濃白鳥に帰った。鼻の穴が空を向いたような顔の倅・牛次と、川原の掛芝居の女形でも張れるような美貌の奥村左馬之助が残った。ただしおでこにコブはついたままだ。牛次はいろ女を取り替えた。

その年の五月末、ことしも玉造の杜で蟬が鳴き始めたかと左馬之助と牛一が話していた午後、同じ勤番屋敷に住む元・織田家奏者の犬飼七郎左《いぬかいしちろうざ》がいつものように、ただ茶を喫《の》みにきた。

たまにわずかな額だが借銭を申し込んで、「そろそろ、どや」と催促しなければ返済しない小ずるい男だ。だが顔はおっとりと好人物に見える。この程度の性悪のキツネタヌキならいくらでもいる。気にせぬこととして牛一は「まあ、上がんなはれ」と毎度、円莫蓙を勧める。

陋屋で出来そこないのセガレたちと朝から晩まで顔を合わせて昔の留め書きを突き合わせているだけでは息がつまる。性悪でも近所客との茶飲みの時間も悪くない。

「銭は、ないで」先に釘をさした。

「ギュウイッつぁん。わしの顔見たら、銭はないばっかり。ついこの前までは、天下布武殿の御側近でおましたお方が」

牛次たちは、反故紙整理の手を休めず笑っている。それから渋茶をすすった七郎左は、どこからか仕入れてきた関白の九州島津征伐の話をひとしきり広げてから言った。

「今後ヤソを禁止に致すと、筑前筥崎《はこざき》でいうたそうやで」

その話をわざわざしに来たわけではない。口の流れの余談だった。

牛一の老い皺の立つ顔に、気難しげな青白い筋が甲走った。

「ヤソ禁ズ、確かか」

ひとこと発しただけで息が詰まってそれ以上訊き返せない。

カネ借り七郎左に、大変事《ごと》を話している自覚はない。またずずっと茶を啜った。いくら飲んでもただだ。

「関白殿は長崎から回ってきたフスタいう船に博多で乗り込んでびっくりした。こりゃ大砲備えた軍船やぞ。こんなん乗ってイエズスのヤソめ、日本征伐の野心燃やしとるに違いない。蒙古襲来となったらいかが致す」

牛一は、七郎左の話に打ちのめされた。

カネ借りはさらに続けた。

「関白、さらにヤソ禁教令を出しなさったそやで」

〈日本ハ神国タル處、キリシタン国ヨリ邪教ヲ授ケラレルハ不可ナリ。コレヨリ、キリシタンノ事ヲ言フテモ、見テモ、読ンデモイカン〉とな。

豊後のヤソ大名のソウリン殿もこのひと月前に、デウスいうもんにあっちへ持っていかれたらしいの」

切支丹のことを言うても見ても読んでもいかん。

ヴァリニャーノ殿たちを歓待した御屋形様の計らいとサル関白の思いは、東と西ほどに違う。サル殿ではなく御屋形様がそのフスタに乗っていれば時代時世まで変わっていたかもしれない。御屋形様なら同じような船を造り、大艦隊を組んでローマ国をめざしていた。ところが、関白殿は逆に国を閉じてしまう。

本能寺さえ起こっていなければと牛一は凶難を痛切した。いやいまさら歯噛みしても詮はない。

切支丹を保護したブンゴ・ソウリン殿も死んだか。指ダンス《デド・エルバイレ》をしたというモニカはいかが致した。ヴァリニャーノが聞いたらいか程悲嘆に暮れることか。五十八歳で召されたソウリンは豊後津久見の丘裾の小狭い谷戸に埋葬された。

御屋形様がいなくなれば切支丹禁教令が出る。案じないことではなかった。

しかしよもや、上様が仆れて五年経ったばかりでサル殿が追放令を宣するとは。

ただ茶をずるずると啜った七郎左がいつ帰ったか覚えていないが、帰りがけ、振り返りながら放った口の端に、さらに追い打たれた。

「さっきのヤソ禁ずな、関白殿、これから毎年、切支丹伴天連を禁ずと触れを出して厳しいにやるそうで」

「毎年？」

このひと月前のことだった。牛一は玉造稲荷の夕暮れ入相《いりあい》の鐘の音と同時に婆さんに運んでもらった河内の粟《あわ》酒をきゅっと喉に落とした。外はまだ明るかった。

その時だしぬけに、御屋形様の日録の下書き手控えをまとめた手稿本の題僉《だいせん》はやはり当初から考えていた『信長公記』がよいと、あらためた思いにせりあげられた。長くとつおいつ思い悩んでいた題である。

と、題簽が決まれば、ゆかりの者に読んでもらう抱負を早く奥書《おくがき》にまとめなければならない。一気に筆をおろした。いつ、一冊のものにまとめられるかはまだ見越せない。あと五年も、ひょっとして十年もかかるかもしれぬ。

だが、奥書を記して決意を肝に据えればあとは徐々に、手控えが完本の綴り巻になるかたちを成してくる気がする。これ以上、耄碌《もうろく》する前にやらなければならない。奥書に録した。

〈わしも八十になった。もう先のない年寄りです。しぼしぼする老い目、禿げ頭で、さてこの先どうしたらよいかとどなたかにお尋ねしようとするうち、心に浮かぶよしなしごとを老い筆にまとめようと思いついた。

日記のついでの手控えがおのずから集まった。

されどこの『信長公記』と奥書、おのれの勝手な作も語も一切付け加えておらん。じかに目にし耳にしたことばかりで御座有る。逆になかったことは添えておらん。もしさようなことがあったら、どうぞ笑いながら正真のところをお教えくだされ〉

その意はこうつづった。

〈八旬（八十歳）ニ余リ、頽齢スデニ縮マリテ、渋眼ヲ拭ヒ、老眼ノ通ヒ道ヲ尋ヌルトイヘドモ、愚案ヲ顧リミズ、心ノ浮カブトコロ禿筆《とくひつ》ヲ染メヌヲハンヌ。

予、毎篇日記ノツイデニ書キ戴キスルモノ自然ニ集ト成ルナリ。曾《カ》ツテ一度タリトモ私作・私語セズ、直ニ有リタルコトヲ除カズ、無キコトヲ添ヘズ。モシ一点ノ虚ヲ書シタラバ天道如何《い》ン、見ル人ハタダニ、一笑ヲシテ実ヲ見セ玉へ〉

安酒の勢いを借りたとはいえ、この『信長公記』奥書に、ただのひとつの嘘もない、あるというなら〈実〉を見せてくれと気負った。

信長公、入京以前の首巻から、本能寺に果てた天正十（一五八二）年の六月二日までほぼ十六年間の膨大な書き留めと補綴《ほてい》である。


ただカネ借りの七郎左に放たれた衝撃をひとまず胸におさめて、牛次たちに向かった。

「いまの、聞いたか」

ふたりは同時に頷いた。

「来たな関白、どう思うや」

『信長公の時世はとうに終わった。いまは余の時代だ、キリスト教、切支丹、ヤソ、伴天連どもを追い出せ、余の目の玉に奴らどもを映してはならぬ。耳を汚してもならぬ』

関白秀吉の憤然とした禁教令の公布宣言のようだった。

左様のものが出されてこれまで綴ってきた『信長公記』の切支丹に関わる覚え書き、記述など許されるはずはない。


〈キリシタンノ事ヲ言フテモ、見テモ、読ンデモイカン〉

ひそかに世に出して、発覚すればいかなる処断が待つか。焚書では済まぬ。切腹の下知間違いない。

牛一が恐れたのは、おのれの厄難《やくなん》ではない。サル関白が御屋形様ゆかりの熱田神宮、越前劔《つるぎ》神社に一部なりと『記』の手稿本を奉納することも相成らぬと発することだった。

御屋形様が世界に目を開いて成した政治《ポリチコ》の営為、ヴァリニャーノ殿との問答を明かす『遺書』を御屋形様の霊前に捧げられぬ。これほどの理不尽、不敬があるか。

「遺漏なくすべてをとどめよ。余の遺書とせよ」

御屋形様の厳命がいまも耳を搏つ。

最側近として傍らに侍り、その自負に生き、御下命通り、御屋形様の覇業を長い後世に残す。それが牛一の為埒《しらち》である。

その一生の苦行、決着がサル殿の放恣《ほうし》にかかって葬り去られるのか。


カネ借り七郎左に〈禁教令〉を教えられたその日から三人は手控えを整理する意気込みを削がれた。

初めは三人ともに、これまでの営みを何があっても無為にはせぬと腕を捲り、次のひと月ほどは、関白殿に縋りついて許しを得ようという話に移り、最後には意見が二手《ふたて》に分かれた。

牛一本人が、日和《ひよ》った。

牛次と左馬之助は、フロイス、ヴァリニャーノと膝を交えた御屋形様の片言隻語も、また司祭たちが御屋形様に奉じたモノ、コトバ、書き留めてあるかぎりをすべてまとめるべきだと言い張った。

出来損ないの倅の牛次も変わった。なにかというと難癖をつけねば気が済まなかったコブの左馬之助も沈着を測れるようになってきていた。

牛一本人も、御屋形様の厳命どおりに遺書として進めたかった。奥書に綴ってある。

〈直ニ有リタルコトヲ除カズ〉

有りたることを削ってはいけない。

だが思いが捻れて、牛次と左馬之助を逆に言い懲らした。

すべてをもらさずまとめて、関白の癇気を呼んで光りかがやく玉《ぎょく》を全部粉々にしてしまうことにならぬのか。

たとえ部分を削って疵の玉になろうと、この『記』は十分に御屋形様の光輝をのちの世に伝える玉ではないか。

ならば、関白の瞋恚《しんい》を買わぬように、切支丹司祭や信徒の記述を削り取った残欠と呼ぶべき『信長公記』を成そうではないか。

鼻の穴をふくらました牛次、女形のように細い気弱な声を出す左馬之助と紛議の応酬のすえ、最後はそう決着した。

分散している控え綴りだから、取り外してしまえば集成の作業にそれほど難はない。

信長殿とヴァリニャーノ殿の、本能寺の夜の会話、モニカ殿との匂やかな座、安土城を訪れて屏風や馬や大釜を論じあったこと、それから殊に、チェーザレ・ボルジア、マキアヴェリについて信長が示教を乞い、ヴァリニャーノが革表紙の『君主論《イル・プリンチペ》』を持ち出して語った控えなど、すべて除いた。

赤道のことも、北極星の見つけ方も、チェーザレが攻め入ったというどこかの広場で鎗と剣で牛を仆した話も抹消した。

ヴァリニャーノを見送るためにオルガンを弾いて、安土の山、町、湖を、火と光に染めて、最後に爆発させたいきさつも、モニカのバレエの光景も取り去った。

控え綴りを読む牛一の耳から、セミナリヨの会衆の声が離れなかつた。


〈いまいちどあなたに会う日まで　いまいちどあなたに会う日まで〉


出来損ないが父親の落胆を救うような声をかけた。

「いや待ってくだされ父上、よき応手を思いつきました。二種、編みましょう」

チェーザレ・ボルジア、マキアヴェリ、ヴァリニャーノらの条《くだ》りをすべて除いた、関白の怒りを買うことのない残欠の〈副篇〉、さらにもう一巻、司祭らの問答を手控え通りに生かしたひそかな完本の〈正篇〉をつくる。この〈副〉を公けに残し、後世に流布されるものとする。

完本は門外不出・秘著《ひとく》する。

手控えの注記を除くか加えるかだけの手数《てかず》で済みます」

なるほどと、みな、思いがけなくよき知恵に出会った、いろ女にとち狂っているばかりではなかったなと出来損ないに顔をほころばせた。

肝要のことゆえ再度確かめあった。

信長とヴァリニャーノの親交、チェーザレ・ボルジア、マキアヴェリ、フィレンツェ、ローマについてを綴ったものが『信長公記』の〈正〉で、それらを除いたものを残欠の〈副〉とする。

〈副〉を御屋形様ゆかりの社寺に奉納し、完本の〈正〉は秘匿しておく。

だがどこに隠しておくか。

論に残ったが、牛一の胸は、ヴァリニャーノに託すのが最善策に違いないと辿り着いた。イタリア国ならサル関白の手は及ばない。


その後、編纂におもいがけず、いや思った通りの歳月がかかって慶長十（一五九六）年に〈正〉〈副〉の『信長公記』一年一巻、全十六巻が成った。信長が本能寺に絶えてから十四年後である。

牛次らと手分けしてそれぞれ三部ずつ筆写し、熱田と、越前劔の二社に奉納した。

〈正篇〉の完本は数年後に二次目の来日をし、禁教下の長崎平戸《ひらど》・生月島《いきつきしま》でひそかに活動していたヴァリニャーノに託した。

大業を卒《お》えた牛一は長命を辿り、完成から十七年後の八十六歳・慶長一八（一六一三）年に、大坂玉造の陋屋で没した。モニカはブンゴの大殿《オドン》亡き一年後に後を追った。

少年使節《エンビアード》は八年のエウロパ視察を終え、一五九〇年長崎に帰港した。

ヴァリニャーノは徳川二代・秀忠の治世になっていた慶長八（一六〇三）年一月十五日、ローマに向かう寄港地・マカオで客死した。たび重ねた長い航海と質朴苛酷な異郷生活は六十七歳の老体をむしばんでいた。

完本『信長公記正篇・遺書』は病床のヴァリニャーノからローマにほどなく帰国するゴア・聖パウロ教会のルイス・ゴーメスに託された。

ゴーメスは提案した。

「ローマもイエズス会本部も、年中行事のように戦乱と危難に見舞われます。大事のものはヴァチカンよりも市井の商人に預けたほうが安心がいきます。フィレンツェにコルレオ・レイなる私の知己がおります」

フィレンツェのその織物交易商は絹を扱って繁盛し、これから尚、何十年、何百年、家業は続くだろうという。

病身に、ほかの知恵は浮かばなかった。ヴァリニャーノは了解し、ゴーメスに託して胸を撫でおろした。

〈安土城図屛風〉の行方は、インド管区・ゴアのカタリナ聖堂にイエズス会本部の返信が届いて判明した。

〈グレゴリオ教皇がヴァチカン宮殿につくった《地誌廊》に、他の世界各地の都市図と一緒に間違いなく飾った〉

〈見る者みな、インド管区の涯の、地図でプパにしか見えぬ島《さなぎ》に、こんなキャステッロ、ピアザフォルテがあることに驚倒している〉

臨終のヴァリニャーノは、聖体拝領と終い油の秘跡《サクラメント》を受ける前、最期の力を振りしぼってアクアヴィーヴァ総会長に通信した。

〈一六〇六年一月二十日。

ああ、もう手が動きませぬ。いままた主・イエスに、私の罪に苦痛と忍耐を与えられますこと。同時にいまいちどあなたに会えますことを乞い希い、ハポン国の統治者《ゴベルナンテ》より託されし《安土城図屛風》が無事にヴァチカン地誌廊に届きました神のみ業に謝し、ノブナガ公の遺書がフィレンツェの交易商の許で永代秘蔵されんことを祈ります〉

補遺

「ジャポネの方ですか。少々お待ち願えますか」

二〇二二（令和四）年、五月。

フィレンツェ、トルナブオーニ通り、コルレオ・レイ織物店に入った日本人客・W氏は主人の言葉に少し待った。

中世ヨーロッパ美術史専攻のS大教授W氏は、〈安土城図屛風〉探索調査プロジェクトの一員としてヴァチカンに入ったが、成果がなく一行と別れてフィレンツェにまわってきた。

この地には幾度も来ているが、今回のプロジェクトは、支援者から資金調達を受けたにもかかわらず目的を果たせず、足どりは重い。

落胆の気持ちをひきずっているために、数日の逗留にとりたてて新たな感興は覚えなかった。

それより、胸に残ったのは安宿だった。タイル張りの青い床に錆びた褐色の雨水が這い、ヨーロッパ人の体軀に間にあうのかと心配になる細い小さなベッドが少し右に傾いていた。アルノ川に架かる〈ポンテ・ヴェッキオ〉のたもとに建つその宿から、下町のボボリ庭園に向かう通りを過ぎ、方角もわからず右に踏み入った路地のわずかな先が〈ニッコロ・マキアヴェリの部屋〉と知った。門標に英語案内が添えられていた。おもいがけぬ発見だった。マキアヴェリについて博通だったわけではないが、『君主論』『政略論』は昔、読んだ。得難い遭遇だ、よいこともあるかもしれぬと胸がぬくまった。

ほぼ四辺形のフィレンツェ市街は世紀を隔ててもむやみに膨張せず、開発されることもなく、ルネサンス時代とほぼ同じかたち、広さを保って中世の俤《おもかげ》を色濃く残しているという。

翌日も滞在した。最後に〈サンタ・マリア・デル・フィオーレ〉大聖堂内の左側廊から円蓋《えんがい》のクーポラに上った。

どの方角からも望めるフィレンツェを象徴する頂塔である。

一階側廊から天井まで四百六十三段、二十分ほどかかった。眼前に黄みの強い、代赭色《たいしゃいろ》の屋根屋根が小ぶりな町全体を覆っている。

その先にプラート、ピストイアに向かう街道が丘陵と山岳を縫っていた。

西側にはさらにルッカ、ピサに至るアルノ川沿いの山並みが続いている。

マキアヴェリが『君主論』『政略論』に綴ったチェーザレ・ボルジアは、馬上からこの円蓋を仰ぎ見、葡萄畑、林檎畑の枯れ枝を延ばした冬のトスカーナのあの山と街道を駆け巡ったのか。W氏の胸に感懐が湧いた。

これより、ピッチィ宮の前からバスで十五分ほどのペレトラ空港に向かう。時間があった。研究室の助手たちと連れ合いにまだ土産を買っていなかった。

フィレンツェは昔から絹織物が伝統工芸品で質も良いと聞いている。元はイタリア・コモで起きたブランド、マンテロのスカーフを思い立った。三人分だ。通りかかった店の陳列ガラスを覗いて入った。いったん店奥に入った主人はすぐに戻ってきた。

「これ、こんなもの。ご興味はございますか。ジャポネの方がお見えになればと」

コルレオ・レイとあらためて名乗った主人は、虫食いでちぎれかけた麻紐をほどいた。まくれかかり、時の長さに灼けた何通かの紙束が現われた。

「フィレンツェ、ローマがポルトガル語で通じた当時のものです」

今も、フィレンツェの交易商主人、大番頭級ならおよその者が、ラテン語から発する、ポルトガル語、スペイン語に労しない。普段はイタリア語だ。

主人は用紙に書かれたポルトガル語を声に出した。

用紙に〈十字〉と〈ＩＨＳ〉をあしらったイエズス会紋章が透いている。

マカオ在、司祭・アレシャンドロ・ヴァリニャーノなるサインがあるという。

「えっ、ヴァリニャーノ司祭の？」聞きおぼえのある名に声を上ずらせた。ザビエルの何年かのちに来日した宣教師だ。

遺簡には、司祭長の愛惜の辞も挟まれていた。

〈フランシスコ・ザビエル師と同様にハポンでウマニスモの雨を降らせ、主への熱烈な祈りを捧げて死せり〉」

「ここに、ハポンとありましたのでね、ジャポネの方にお戻ししたかったのですが、その機もなく」

突然の古文書の出現にW氏は愕きで声も発せない。

「お役に立つものでしょうか」

主人は訊きながら再度奥に退き、また埃まみれの革袋を抱えて来て綴じ紐をほどいた。

主人はさらに尋ねた。

「商いに役立つわけでもストーブの役にも立ちそうにないこんな古紙の束もございますが」

「それも日本に関するものですか、どれ」

触れるだけで砕けかねない中身を慎重に引きだした。

店奥の桟格子のすきまから差す光に、ほこりが散り舞う。

まず表《おもて》書きに、ポルトガル語らしき解説があった。主人が読みくだした。

「〈統治者《ゴベルナンテ》・ノブナガに近侍するオオタギュウイチが、御屋形様の日々の政治《ポリチコ》、戦闘時の行動および家臣たちの動きを書きついだFormalmente（正格）のGrabar（記録）である〉とあります。書いたのはさっきの手紙の、アレシャンドロ・ヴァリニャーノ司祭です。これも、ここにサインが」

一枚めくる。日本語の墨文字が現われた。こんどはW氏が読む。

〈『信長公記　正篇』信長公御遺書と為《な》す　太田和泉守牛一　門外不出永代蔵匿《ぞうとく》を期して編み

し完本とす〉

主人が呟く。

「手前ども四百年つづいておりまして、私で九代目・コルレオ・レイです。これは棚の下のほうにほうってあったものですが」

信長の伝記には、『信長記』『安土日記』『織田軍記』などの『信長公記』とは別な類本異本、さらに諸藩、諸家の文書蔵に納められた写本まで出まわっていることは聞き覚えている。だが、これは、それら残欠の異本とはきわだって違う。『信長公記』に門外不出の正篇があるという説なども聞いたことがない。しかも〈完本〉とすると。

押し戴いて、近場のカバン屋で買ってきた大型のアルミケース四個に、宝を隙間なく埋めた。船便で送ってもらう手続きをした。

帰国後すぐ助手たちの手を借りて解読にかかった。

次の図書を参考にした。

『日本巡察記』ヴァリニャーノ　松田毅一他訳（東洋文庫）
『マキアヴェリ』会田雄次責任編集（中央公論社）
『信長公記』太田牛一　奥野高広・岩沢愿彦校注（角川ソフィア文庫）
『イタリア・ルネサンスの文化』全2巻　ブルクハルト　柴田治三郎訳（中公クラシックス）
『完訳フロイス日本史』全12巻　ルイス・フロイス　松田毅一・川崎桃太訳（中公文庫）
『クアトロ・ラガッツィ　天正少年使節団と世界帝国』上・下　若桑みどり（集英社文庫）
『復元安土城　信長の理想と黄金の天守』内藤昌（講談社選書メチエ）
『フィレンツェ史』全2巻　マキアヴェルリ　大岩誠訳（岩波文庫）
『チェーザレ・ボルジアあるいは優雅なる冷酷』塩野七生（新潮社）
『御用絵師狩野家の血と力』松木寛（講談社選書メチエ）
『黄金のゴア盛衰記　欧亜の接点を訪ねて』松田毅一（中公文庫）
『キリストにならいて』トマス・ア・ケンピス　大沢章・呉茂一訳（岩波文庫）
『フィレンツェ史』フランチェスコ・グイッチァルディーニ　末吉孝州訳（太陽出版）
『イタリア史』全9巻　フランチェスコ・グイッチァルディーニ　川本英明訳（太陽出版）

◎作中のマキアヴェリの語録は、『マキアヴェリ』会田雄次責任編集（中央公論社）に依拠し、創作上の改変を加えた。

本書は書き下ろしです。

山本音也（やまもと・おとや）
1982年「宴会」で中央公論新人賞、83年「退屈まつり」で芥川賞候補、休筆期間を経て2002年『ひとは化けもんわれも化けもん』で松本清張賞、16年『本懐に候』で舟橋聖一文学賞、著書に『抱き桜』『コロビマス』『高野山』『原罪　キツネ目は生きていた』など。

信長の遺書
マキアヴェリ
チェーザレ・ボルジア
御留書

2023年8月9日　初版第1刷発行

著　者　山本音也
発行者　三井直也
発行所　株式会社 小学館
〒101-8001　東京都千代田区一ツ橋2-3-1
電話　03-3230-5961（編集）
03-5281-3555（販売）
ＤＴＰ　ためのり企画
印刷所　凸版印刷株式会社
製本所　牧製本印刷株式会社

 ISBN978-4-09-386666-8

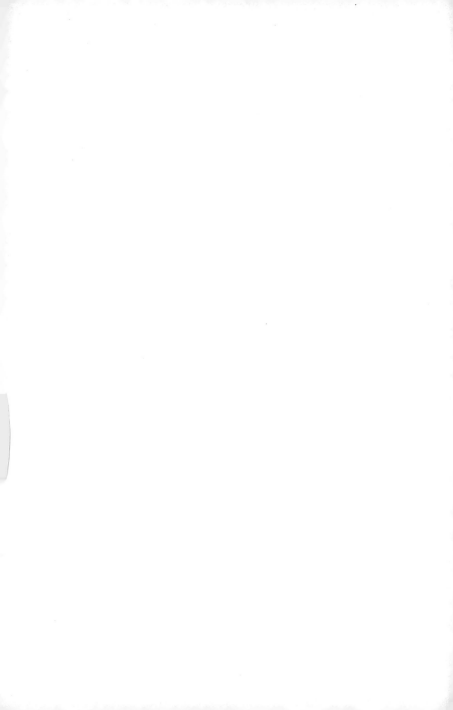